わたしがわたしであるために

E・ロックハート
杉田七重［訳］

辰巳出版

GENUINE FRAUD
by
E. Lockhart

PHOTOGRAPH Nirav Patel
BOOKDESIGN albireo

つつましさと寡黙が善と教えられてきた者たちへ
我が心の内に眠る邪悪な葛藤とまぶしい激情を捧げる

わたしがわたしであるために

18

THIRD WEEK IN JUNE, 2017
CABO SAN LUCAS, MEXICO

2017年 6月第3週 メキシコ カボ・サン・ルーカス

現在

そこは破格に豪華なホテル。

ジュールの客室のミニバーには、ポテトチップと四種類のチョコレートバーがそろっている。バスタブはバブルジェット付き、ふわふわのタオルとクチナシの香りのリキッドソープも使い放題だ。毎日午後四時になると、ロビーにあるグランドピアノで年配の紳士がガーシュウィンの曲を披露する。ホットクレイのスキントリートメントも受けられるが、これは他人に肌をさわられても抵抗がない客限定だ。ジュールの肌からはいつも塩素の臭いがしている。

ここバハ・カリフォルニアにある、プラヤ・グランデ・リゾート・ホテルは、カーテンもタイルもカーペットも白で統一されているうえに、みずみずしい白い生花があふれんばかりに飾られて、ホテルの従業員の制服まで、看護師さながらの白いコットン製だ。ジュールは十八歳、このホテルにひとりで滞在して、そろそろ四週間になる。

今朝はホテルのジムで走っていた。ランニングシューズは青みがかったエメラルドグリーンに濃紺の靴紐を合わせた特注品。走るときに音楽はきかない。ジュールがトレッドミルでインターバル・トレーニングを始めてちょうど一時間がたったころ、隣のマシンに女が上がった。

歳は三十より下だろう。黒い髪をきゅっとポニーテールにまとめ、スプレーでつやを出している。腕はたくましく、上体はひきしまり、ライトブラウンの頬にパウダー状のチークをさっとひとはけしている。かかとがすりへったシューズには泥はねがついていた。

ジムにはふたりしかいない。

ジュールはマシンのスピードを落として〝ウォーキング〟に変えた。そろそろ終わりにしよう。トレーニングはひとりでやりたいし、いずれにしろ、今日のノルマはもう十分にこなしている。

「トレーニング?」女が話しかけてきて、ジュールのトレッドミルのデジタル表示を指さした。

「ひょっとして、マラソンか何かやってるの?」メキシコ系アメリカ人のなまり。スペイン語が飛び交う地域で育ったニューヨーカーだろう。

「中学で陸上をやっていただけ」ジュールのほうは、イギリス人が〝BBCイングリッシュ〟と呼ぶ、教養ある上流階級のアクセントで歯切れよく答えた。

女が突き刺すような視線をジュールに向ける。「あなたのアクセント、すてきね。出身は?」

「ロンドン。セント・ジョンズ・ウッド」

「わたしはニューヨークよ」相手は自分の胸をさしていった。

ジュールはトレッドミルからおりて、大腿四頭筋をストレッチする。

「ひとりで泊まってるの」しばらくして女がいった。「昨夜、土壇場でこのホテルを予約して

18
THIRD WEEK IN JUNE, 2017 _ CABO SAN LUCAS, MEXICO

ね。あなた、滞在は長いの?」

「長いとは思わないけど」とジュール。「いくら泊まってもね」

「じゃあ、ここでのお勧めを教えて。プラヤ・グランデの」

ホテルの客と話すことはあまりなかったが、これぐらいなら、とジュールは思う。「シュノーケリングのツアー。ものすごく大きなウツボが見られる」

「冗談でしょ。あの長いやつ?」

「牛乳の大きなプラスチック容器に魚の内臓を入れて、それを餌に、ガイドがおびき寄せるの。岩のあいだからにょろりと出てきて、二メートル半はあったかしら。鮮やかな緑色だった」

女はぶるっと背すじをふるわせた。「わたし、にょろにょろ系は苦手」

「だったらパスね。怖がりなら」

女は声をあげて笑った。「食事はどう? まだ何も試してないの」

「チョコレートケーキ」

「朝食に?」

「そう。頼めば特別に出してくれる」

「きいてよかった。あなたはひとり旅?」

「ごめんなさい、そろそろジェットバスに行くわ」相手がずいぶん深入りしてきたように思えて、ジュールはさよならといってドアに向かった。

「父親が病気で」女がジュールの背中に向かっていった。「長いこと介護をしてきたの」

かわいそうに。一瞬胸が痛み、ジュールは足をとめてふりかえった。

「毎朝毎晩、仕事に出かける以外はずっとつきっきり」女が話を続ける。「症状がようやく落ち着いてきたと思ったら、矢も楯もたまらず逃げだしたくなって、費用のことも考えずに飛びだしてきたの。そんな身分でもないのにね」

「なんの病気？」

「難病なの」と女。「多発性硬化症って知ってる？　それに認知症も。昔は亭主関白な父で、家族に威張り散らして、なんでも自分の意見を通してた。それがいまじゃベッドに横たわったまま。自分がどこにいるのかさえ、ほとんどわかっていない。きみはウェイトレスか、なんてわたしにきくんだから」

「つらいですね」

「父を失うのは怖いくせに、いっしょにいるのは我慢できないなんて、矛盾してるわよね。そうして父が死んで、天涯孤独の身の上になれば、父から逃げてこの旅に出たことを後悔するに決まってる。わかるでしょ？」女は走るのをやめ、トレッドミルの両わきに足を着いて、目元の汗を手の甲でぬぐった。「ごめんなさい。しゃべりすぎたわ」

「いいえ」

「さあ、どうぞ行って。シャワーでもなんでも。きっとまた会えるわね」

女はシャツの長そでをまくりあげ、トレッドミルのデジタル表示に顔を向けた。右の前腕にナイフでつけたようなギザギザした傷がある。手術痕のようなきれいなものではない。なにや

18

THIRD WEEK IN JUNE, 2017 _ CABO SAN LUCAS, MEXICO

ら事情がありそうだ。

「トリビアっていうクイズは好き？」やめておけばいいのに、つい誘ってしまった。

相手がにっこり笑った。歯は白いが、歯並びは悪い。「雑学なら任せて」

「下のラウンジで、ひと晩おきに開催されるの」ジュールはいった。「くだらないっていえばそれまでだけど。興味があるなら」

「くだらないって、どういう？」

「いい意味でくだらない。ばかげていて、さわがしい」

「なるほど。よし、参加する」

「じゃあ決まり」とジュール。「ふたりでみんなをやっつける。休暇を取ってよかったって思えるようにね。わたしの得意ジャンルは、スーパーヒーロー、スパイ映画、ＹｏｕＴｕｂｅｒ、フィットネス、資産運用、メイク、それにヴィクトリア朝時代の作家。あなたは？」

「ヴィクトリア朝時代の作家って、ディケンズとか？」

「それと、ほかにも」顔が熱くなるのがわかった。興味の対象としては、ずいぶんおかしな取り合わせだと、急にそう思えてきた。

「わたしもディケンズは大好き」

「ほんとに？」

「くわしいわよ」女はまたにっこり笑った。「ディケンズのほかには、料理、時事問題、政治

……あとは、そうだ、ネコ」

「それはよかった」とジュール。「じゃあ、メインロビーのはずれにあるラウンジで八時にスタート。ソファのあるバーで」

「八時ね。了解」女がジュールに歩みより、握手の手をさし伸べる。「あなたの名前、もう一度教えてくれる？　わたしはノア」

ジュールは相手の手をにぎった。「まだ名乗ってなかったわ。わたしはイモジェン」

＊

ジュール・ウエスト・ウィリアムズはそこそこきれいな女だ。醜いといわれることはまずないが、美女の部類にも入らない。背はわずか百五十三センチと低く、つねにあごを持ちあげている。ボーイッシュなショートヘアを美容室でブロンドに染めてハイライトを入れているが、いまは根元が伸びて黒っぽくなっている。瞳はグリーンで、白い肌にソバカスが散っている。ふだん着る服からは、その下に鍛え抜いた肉体が隠れているとは、たぶん誰もわからないだろう。だが実際は、漫画本に描かれるヒーローのように筋肉が盛りあがり、とりわけ脚がたくましい。みぞおちから腹にかけてうっすら広がる脂肪の下には、一枚板のような腹筋がある。好物は、肉と塩とチョコレートと脂っこいもの。

汗を多く流せば、戦いで流す血は少なくてすむと信じている。

自分には心がないと思えば、心が傷つくこともないと信じている。

何を口にするにも、話す中身より話し方のほうが大事だと信じている。ほかにもジュールは、アクション映画、ウェイトトレーニング、メイクの力、記憶力、男女同権を信じていて、大学では学ばない山ほどのことをＹｏｕＴｕｂｅで学べると信じている。信頼できる相手になら、身の上も打ち明ける。陸上競技で奨学金をもらい、スタンフォードに一年通った、と。好きな相手には、「学校からスカウトされて」と、さらにくわしく話す。「スタンフォードはＮＣＡＡ（全米大学体育協会）のディヴィジョンⅠ（ＮＣＡＡで最もレベルの高い大学リーグ）でしょ。学校が授業料も教科書代も、もろもろ全部面倒を見てくれるの」

なぜやめたのか？

そうきかれれば、ジュールは肩をすくめる。「ヴィクトリア朝時代の文学と社会学を学びたかったのに、ヘッドコーチが変質者だった。女の子と見れば、かたっぱしからさわりまくってた。わたしにも手を出してきたから急所に蹴りを入れてやって、きいてくれる人みんなにそれをふれまわったの。教授、学生、学生新聞にもね。ばかげた象牙の塔のてっぺんに向かって叫んでみたけど、学内コーチの恥を広めたアスリートがどういうことになるかは、火を見るより明らか」

それからジュールは両手の指をしきりにからみあわせて目を伏せる。「チームの女の子たちは否定したの。あの子はうそをついていて、コーチは誰にもさわっていないって。みんな両親に知られたくなかったし、奨学金を失うのが怖かった。事件はもみ消され、コーチは仕事を続け、わたしはチームをやめて、奨学金を打ち切られた。結果、オールＡの学生が中途退学になりましたって話」

ジムのあと、ジュールはホテルのプールで千六百メートルを泳ぎ、そのあと昼まで、いつものようにビジネスラウンジでスペイン語講座のビデオを観た。まだ水着姿だが、エメラルドグリーンのランニングシューズを履いている。鮮やかなピンクのリップを塗り、シルバーのアイラインを引いて。水着は暗灰色《ガンメタル》のワンピースで、深く切れこんだ胸元にリングがひとつついている。いうなれば、スーパーヒーローたちが活躍する架空の世界から抜けだしてきた主人公だ。

ラウンジは空調が効いている。ジュールのほかには誰もいない。足を投げだしてくつろぎ、ヘッドフォンを装着してダイエットコークを飲む。

二時間にわたるスペイン語学習が終わると、昼食代わりにスニッカーズのチョコレートバーを一本かじり、ミュージックビデオを観る。カフェインに酔って踊り、ラウンジに一列に並ぶからっぽのスツールに向かって歌う。今日は最高に贅沢な一日だ。病気の父親から逃げてきた悲しそうな女も悪くない。あの傷には興味をひかれるし、本の趣味にも驚かされた。トリビアは自分たちの圧勝だろう。

ジュールはもう一本ダイエットコークを飲んだ。ラウンジの窓の反射ガラスでメイクを確認し、ガラスに映った自分にキックボクシングの蹴りを入れる。それから声をあげて笑った。ガラスに映った自分はばかげて見えると同時に、まったく見事だった。耳のなかではずっと音楽のビートが響いている。

*

プールサイドのバーテンダーは、ドノヴァンという地元の男性だ。骨太だが、筋肉はついていない。髪をオールバックになでつけ、常連客にはごくあたりまえにウィンクをする。しゃべる英語にはバハ・カリフォルニア特有のなまりがあり、ジュールが注文するものを覚えている。バニラシロップをひと垂らししたダイエットコークだ。

ある午後には、ロンドンでの暮らしについてジュールにたずねてきたこともある。ジュールは彼を相手にスペイン語の練習をした。おしゃべりの合間に、バーカウンターの頭上に設置されたスクリーンで、いっしょに映画を観ることもあった。

今日の午後三時、ジュールは水着姿のまま、角のスツールに腰をおろした。ドノヴァンはプラヤ・グランデの白ブレザーと白Tシャツを着用し、うなじに短い毛がつんつん生えてきている。「この映画は?」ジュールはスクリーンを見あげてきいた。

「ハルク」

「どのハルク?」

「さあ」

「自分でDVDを入れたならわかるでしょ?」

「ハルクに二種類も？」

「三種類。あ、ちがう。もっとあった。テレビやアニメも入れるなら」

「おれには見分けがつかない、ミズ・ウィリアムズ」

映画はもうしばらく続いた。ドノヴァンはグラスをゆすぎ、カウンターをふいた。それから注文を受けてスコッチのソーダ割りをつくり、できあがったものを女性客がプールエリアの反対側へ持っていった。

「これは二番目に優れたハルク」ドノヴァンの注意がまた自分にもどってくると、ジュールはいった。「スコッチって、スペイン語でなんていうの？」

「エスコセス」

「エスコセス。お勧めは？」

「きみはアルコールを飲まない」

「もし飲むとしたら」

「マッカランかな」ドノヴァンがいって、肩をすくめる。「ちょっと飲んでみるかい？」

ドノヴァンはショットグラス五つに異なるブランドの高級スコッチを注いだ。それからスコッチとウィスキーについて話をし、なぜ好みが分かれるかを説明する。ジュールはどれも味見をしてみるが、量は飲まない。

「わきの下みたいな臭い」ドノヴァンにいう。

「バカな」

18
THIRD WEEK IN JUNE, 2017 _ CABO SAN LUCAS, MEXICO

「こっちはライター用のオイルみたい」

ドノヴァンがグラスに顔を近づけてにおいをかぐ。「たしかに」

ジュールは三つ目のグラスを指さしていう。「犬のおしっこ。マジで怒っている犬の」

ドノヴァンがゲラゲラ笑った。「ほかのは？」

「乾いた血」とジュール。「それと、これはトイレ掃除の粉。粉末洗剤」

「一番気に入ったのは？」

「乾いた血」ジュールはグラスに指をつっこんで、もう一度味見をする。「これ、なんて名前だっけ」

「それがマッカラン」ドノヴァンはグラスを全部洗った。「そうそう、忘れてた。少し前に、ある女性が、きみのことをきいてきたよ。それとも人違いかな。誰かとまちがえてるのかもしれない」

「どんな女性？」

「メキシコ系。スペイン語を話す。白人で、ひとり旅をしているアメリカ人の女の子を知らないかってきいてきた。髪はブロンドのショート」ドノヴァンがいう。「ソバカスがある」そういって、自分の顔に手をふれる。「鼻のあたり一面に」

「それであなた、なんていったの？」

「ここは大きなリゾートホテルです。アメリカ人はたくさんいます。ひとり旅かどうかはわかりかねます」

「わたしはアメリカ人じゃないけど」とジュール。

「知ってる。だから、そういう客は見てないといった」

「ホントに?」

「ああ」

「それでも、わたしだって思ったんでしょ?」

ドノヴァンはしばらくジュールの顔をじっと見ていた。「きみだと思った」とうとういった。

「あんまり人を見くびらないほうがいい、ミズ・ウィリアムズ」

＊

ノアは、ジュールがアメリカ人だと知っていた。

ということは、刑事だ。あるいは事情を知る何者か。そうに決まっている。

要は、ていのいいおしゃべりでハメられたのだ。病気の父親、ディケンズ、天涯孤独になるという話。相手はキーワードを的確に押さえていた。釣り竿に、〝父親が病気〟という餌をつけ、巧妙に投げたそれにジュールが食いついた。ひもじさのあまり。

自分の顔が熱くなるのがわかる。そんな餌に食いつくほど、孤独で、衰弱して、愚かになっていたとは。すべては敵の策略だった。なんでも打ち明けられる相談相手に扮していたのだ。

ジュールは至って平静を装い、部屋へ歩いてもどった。室内に入ったとたん、金庫から貴重品をひったくるように出す。ジーンズにブーツを履いてTシャツを着ると、一番小さいスーツケースに入るだけの衣類を詰めこんだ。入らないものは置いていく。メイドのグロリアのために、ベッドにチップとして百ドルを残す。彼女とはときどき話をした。それからスーツケースのキャスターを転がして廊下を突っ切り、製氷器のわきに押しこんだ。

プールサイドのバーにもどると、ドノヴァンにスーツケースのありかを伝えた。米ドルの二十ドル紙幣をカウンターの向こうへ押しだす。

頼みたいことがあるの。

さらにもう一枚、二十ドル紙幣を押しだして、指示を与えた。

*

ジュールは従業員用の駐車場であたりを見まわし、バーテンダーの小さな青いセダンを見つけた。ロックはかかっていない。乗りこんで後部座席の床に身を横たえた。からっぽのビニール袋やコーヒーのカップが散乱している。

ドノヴァンのシフトが終わるまで、ここで一時間待つ。運がよければ、ノアはしばらく異変に気づかないだろう。いつまで待ってもトリビアの夕べにジュールが現れない、おかしい、と思うのは八時半ぐらいか。その時点で、まずホテルと空港を結ぶシャトルバスやタクシー会社の記録を調べるだろう。従業員の駐車場に思いが及ぶのはそのあとだ。

車のなかはむっとして暑い。ジュールは足音に耳をすました。

肩がつる。喉もかわいてきた。

ドノヴァンはきっと力になってくれる。本当にそう？

心配ない。すでに彼はわたしのためにうそをついている。そんな客は知らないとノアにいってくれた。わたしに警告し、スーツケースを取ってきて車に乗せてくれると約束した。すでに報酬も支払っている。

それに、ドノヴァンとジュールは友だちだった。

ジュールは一度に片方ずつひざを伸ばし、それから身を折るようにして前の座席の下に収まった。

そこで自分の着ているものに気がつき、イヤリングと翡翠《ひすい》の指輪をはずしてジーンズのポケットに押しこんだ。荒い息を努めて平常にもどす。

ようやくキャスターの転がる音がきこえてきた。トランクがバタンと閉まった。ドノヴァンが運転席にすべりこみ、車を発進させて駐車場を出る。運転中、ジュールはずっと床に身をひそめている。道路に街灯はまばらにしかない。カーラジオからメキシカンポップスが流れている。

「行き先は？」とうとうドノヴァンがきいた。

「街なかならどこでも」

「じゃあ、うちに行こう」突然、餌を前にした獣の口調になった。

くそっ。この男の車に乗りこんだのはまずかった？　頼み事をする女は、男と寝るものと決めつける、ドノヴァンもその手合い？

「あなたの家から、道一本離れたところで落として」ぴしゃりといった。「自分の面倒は自分で見られるから」

「その言い方はないだろ」とドノヴァン。「いままさにおれは、きみのために面倒を引き受けてるんだから」

*

想像してほしい――アラバマ州のとある町に建つ、こぎれいな一軒家で、ある夜、八歳のジュールは闇のなかで目を覚ます。いま、物音がしなかった？

はっきりしない。家のなかはしんとしている。

薄っぺらなピンクの寝間着のまま、ジュールは階下へおりていく。

一階におりたとたん、冷たい恐怖が、大釘を打ちこんだように全身を貫いた。リビングルームは見る影もなく荒らされ、本や書類がそこらじゅうに散乱している。書斎はもっとひどかった。ファイルキャビネットがひっくりかえっている。パソコンもなくなっている。

「ママ？　パパ？」幼いジュールは階段を駆けあがって両親の寝室へとひた走る。

どちらのベッドもからっぽだった。

この時点で、心底恐ろしくなった。バスルームのドアを勢いよくあける。そこにもいない。ジュールは外へ飛びだした。

大きな木々がぬっと立って庭を取り巻いている。小道のなかばまで来たところで、ジュールは自分の見ているものがなんなのか気づいた。街灯が落とす光の輪のなかに、それはあった。

両親が草の上にうつ伏せに倒れている。どちらの身体も不自然に曲がって、ぐったりしていた。ふたりの身体の下には血だまりが広がっている。ママは頭を撃ち抜かれていた。きっと即死だったのだろう。パパもまちがいなく死んでいるけれど、ジュールには両腕の傷しか見えなかった。きっと血がすっかり流れてしまったのだ。パパはママを胸に抱きかかえるように身を丸めていた。まるで死ぬ間際に思う人はママだけだというように。

警察に電話をしようと、ジュールは走って家にもどった。電話線は切断されていた。

パパとママのためにお祈りをして、せめてさよならだけでもいおうと庭にもどると、両親の遺体は消えていた。殺人者が持ち去ったのだ。

ジュールは泣くことを自分にゆるさなかった。ひと晩じゅう、街灯の落とす光の輪のなかにしゃがみこんでいた。ねばっこくなっていく血が寝間着に吸いこまれていった。

続く二週間、ジュールは荒らされた家にひとりきりでいた。ずっと強い子でいた。自分で料理をし、両親が残した書類から事件の手がかりをさがそうとした。いろいろな書類を読んでいくうちに、両親は正義のために命を落としたことがわかった。特殊な能力を持ち、身元を隠して暗躍していた。

18

THIRD WEEK IN JUNE, 2017 _ CABO SAN LUCAS, MEXICO

ある午後、屋根裏部屋で古い写真を見ていると、そこに黒ずくめの女が現れた。女はぱっと前に出てきたが、ジュールもすばしこかった。ジュールがすかさず投げたペーパーナイフを、女は左手でキャッチした。ジュールは箱の山にのぼり、頭上にある屋根の梁《はり》をつかんでのりあがった。梁の上を走って屋根についた高窓にたどりつき、外に抜けだす。パニックになって心臓がドカドカいっているのがわかる。

女はまだ追ってくる。ジュールは屋根から近場の木に飛び移り、先のとがった枝を折り取って武器にした。枝を口にくわえて木をするするとおりていき、下生えに勢いよく飛びこんだところで、足首を撃たれた。

痛みは耐えがたかった。両親を殺した犯人がやってきて、とどめに自分を殺すつもりだと、ジュールは確信した。けれども黒ずくめの女はジュールを助け起こし、傷の処置をしてくれた。弾丸《たま》をとりのぞいてから、消毒薬で手当をした。

女は傷口に包帯を巻きながら、自分は新人採用者だと身元を明かした。この二週間ずっとジュールを観察していたという。その結果、彼女がきわめて有能な男女の子どもであるばかりか、強い生存本能と、たぐいまれな知力に恵まれているとわかった。あなたを訓練して、復讐に力を貸したいと女はいった。女は、ジュールの長らく行方がわからなかった叔母のような存在で、ジュールの両親が、愛するひとり娘にひた隠しにしていた秘密を知っていた。

それから、まったく尋常ではない訓練が始まった。ジュールはニューヨークにある特別な教育機関に通うことになった。といっても、平凡な通りに建つ豪邸を改装した建物で、そこで偵察の技術を学び、うしろ宙返りを練習し、手錠や拘束着のはずしかたをマスターした。レザーパンツをはいて、ポケットにさまざまなガジェットを仕こむ。外国語、社会慣習、文学、マーシャルアーツ、小火器の扱い、変装、言葉のアクセント、文書偽造、法律の細則も学んだ。訓練は十年にわたって続き、すべてが完了したとき、彼女は、甘く見たら大やけどをするタイプの女になっていた。

これが現在のジュールができあがるまでのあらましだ。プラヤ・グランデで暮らすようになってからは、自分の生い立ちを語るうえで、これが一番お気に入りの筋立てになっていた。

*

ドノヴァンが車をとめて運転席のドアをあけた。車内のライトがついた。

「ここはどこ?」ジュールはきいた。外は暗い。

「サン・ホセ・デル・カボ」

「この近くにあなたの家が?」

「そんなに近くはない」

ジュールはほっとした。が、通りがあまりに暗すぎる気がする。観光客用に街灯や商店のあかりがついていてもいいはずなのに。「近くに人はいない?」ジュールはきいた。

「路地にとめたから、人目につかずに車からおりられる」

18

THIRD WEEK IN JUNE, 2017 _ CABO SAN LUCAS, MEXICO

ジュールはいずって外に出た。筋肉がこわばって、顔に油脂の膜がはっている感じがする。路地にはゴミ箱がずらりと並んでいた。あかりは建物の二階の窓ふたつからもれているだけだ。

「乗せてくれて助かった。トランクをあけてくれる？」

「街まで連れてきたら、米ドルで百ドル払うといっていた」

「そのとおり」ジュールは尻ポケットから財布を出して支払った。

「いまはそれじゃ足りない」とドノヴァン。

「はあ？」

「もう三百ドル」

「わたしたち、友だちだと思ってた」

ドノヴァンがジュールのほうへ一歩踏みだした。「きみに飲み物をつくったのは、それがおれの仕事だからだ。きみとしゃべるのが好きなふりをしたのも、仕事だからだ。見下されているのを、おれが気づいていないとでも？　二番目に優れたハルクだとか。スコッチは何がお勧めだとか。おれたちは友だちじゃないんだよ、ミズ・ウィリアムズ。あんたもおれによくうそをついたが、おれは何から何までうそだ」ドノヴァンのシャツから、こぼれたアルコールがぷんと臭った。顔にかかる息が熱い。

ドノヴァンに好かれていると、ジュールはなんの疑いもなく信じていた。冗談をいいあったり、ポテトチップをただでもらったりした。「驚いた」ジュールは小声でいった。

「もう三百ドル」とドノヴァン。

この男は、米ドルを山ほど持っている小娘から金をしぼりとる三流どころのペテン師？　それとも三百ドルよけいに払うより、この女は身体をすり寄せるほうを選ぶと考える見下げ果てたやつ？　ノアに買収された？

ジュールはポケットに財布をしまった。バッグが胸の真ん中にくるように肩のストラップを調整する。「ドノヴァン？」一歩踏みだして相手に近づく。目を大きく見開いて、顔をじっと見あげる。

右の前腕を勢いよく突きあげ、相手がのけぞったところで股間にパンチを入れた。ドノヴァンは身体を二つ折りにした。ジュールは相手のつややかな髪をつかんで顔を上げさせる。髪を力任せにひっぱり相手のバランスを崩す。

ドノヴァンが突きだした片肘がジュールの胸にあたった。痛かったが、二度目の攻撃は横に飛んでかわし、突きだされた肘をつかんで相手の背中にねじりあげる。ぐにゃりとした腕のぞっとする感触。ドノヴァンの腕を背中に固定したまま、あいているほうの手で、貪欲な指から紙幣をもぎ取った。

金をジーンズのポケットに押しこんでから、相手の肘を一層強くねじりあげ、前ポケットをたたいて携帯電話をさがす。

ない。じゃあ尻ポケットだ。電話を見つけると、ジュールはしまう場所に困ってブラのなかに入れた。これでもうドノヴァンはノアに居場所を連絡できない。が、まだ車のキーが相手の左手ににぎられている。

ドノヴァンが蹴りだした脚がジュールのすねにあたった。ジュールはドノヴァンの首を横殴りにした。前かがみにくずれたところを力任せに突くと、ドノヴァンは地面に倒れた。立ちあがりかけたので、近場のゴミ缶の金属蓋をつかみ、頭を二度殴打した。ドノヴァンはゴミ袋の山の上に倒れ、額と片目から血を流した。

ジュールは相手の手のとどかないところまで下がった。まだ手には蓋を持っている。「キーをよこして」

ドノヴァンはうめき声をあげて左手を伸ばし、車のキーを放り投げた。十センチほど先にそれは落ちた。

ジュールはキーを拾ってトランクをあけた。ドノヴァンが立ちあがる前にスーツケースのキャスターを転がして通りを駆けぬける。

*

サン・ホセ・デル・カボの目抜き通りに出たところで、ジュールは歩をゆるめ、Tシャツの汚れをたしかめる。普通にきれいだ。それからいたって冷静に、顔をゆっくりなでまわし、何かついていないかたしかめる。土やつばや血がついていたらまずい。バッグからコンパクトを取りだして顔を確認し、肩ごしに背後の様子をたしかめながら先へ先へと進んでいく。

誰もついてこない。

マットなピンクの口紅を塗ってからコンパクトを閉じ、さらにゆっくりした足取りで歩いていく。

何かから逃げているような様子を見せてはならない。

大気は熱く、立ち並ぶバーの奥からビートの効いた音楽がもれてくる。たいていの店先に、白人、黒人、メキシコ人と、さまざまな人種の旅行客がうろうろしていて、みな酔っぱらってやかましい。休暇を安くあげようとする集団だ。ジュールはドノヴァンの車のキーと携帯電話を金属のゴミ容器に放り投げた。タクシーか路線バスをさがすが、どちらも見当たらない。

じゃあ、仕方ない。

ドノヴァンがあとをつけてきている場合に備えて、どこかに隠れて別人になりかわろう。ノアに雇われているなら追ってくるだろう。あるいは復讐を考えているかもしれない。

ここでジュールは映画の世界にいる自分を想像する。歩きながら、いくつもの影がなめらかな肌をかすめていく。服の下には無数のあざができつつあるが、ヘアスタイルにはわずかな乱れもない。隠し持っている数枚の金属片は技術の粋を集めたガジェットで、敵を攻撃する際、強烈な破壊力を発揮する。毒と解毒剤も肌身離さず持っている。

わたしは物語の主人公だ。誰の力も借りず、たったひとりで戦う。特殊なトレーニングを受け、スーパーヒーローにふさわしい出自も持っている。冷酷で、頭脳明晰《めいせき》、恐れるものは何もない。自分が通ったあとには、死体が転がることもある。必要ならなんでもやる。生き残るためには仕方ない。

18

THIRD WEEK IN JUNE, 2017 _ CABO SAN LUCAS, MEXICO

メキシカン・バーの窓からもれる光がスーパーヒーローに一層の輝きを与える。一戦交えたあとのバラ色の頬。ジーンズとTシャツにブーツというスタイルもまた、いかにもヒーローにふさわしい。

おまえは犯罪者だといわれたらうなずくしかない。しかも残酷な犯罪者。けれどもそれが彼女の仕事で、そのために特別な能力を与えられたのだから、むしろクールといってほしい。

ヒーローものの映画は飽きるほどたくさん観てきた。そのなかで女性が主役になることはめったにないことをジュールは知っている。女性は目の保養、男性のお飾り、つけたしのような恋愛要素でしかない。やたら勇壮な物語のなかで、女性はたいてい白人男性ヒーローの活躍を助ける存在で終わる。女性ヒーローが主役になる場合、贅肉も衣類の面積もきわめて少なく、歯並びは矯正していないといけない。

自分がそういう女の列には並ばないのはわかっている。どうあがいても、彼女たちとは似ても似つかない。けれどもヒーローの資格は十二分で、ある意味、それ以上といっていい。

それもよくわかっていた。

三軒目のバーにさしかかったところで、ジュールはさっとなかに入った。店内にはピクニックテーブルが並び、壁には魚の剝製が飾ってある。客の多くはアメリカ人で、一日じゅうスポーツフィッシングを楽しんだあとで酔っぱらいに来ている。ジュールは肩ごしにちらちらうしろをふりかえりながら奥へ突進し、男性用トイレに入った。

誰もいない。すばやく個室へ隠れた。ドノヴァンもまさかここにいるとは思わないだろう。

便座はぬれていて黄ばんでいた。スーツケースに手をつっこみ、黒いウィッグを見つける。前髪を切りそろえたつやのあるボブスタイルだ。それを頭につけ、口紅をふきとってから暗色のグロスをつけ、鼻にパウダーをはたく。白いTシャツの上に黒いコットンのカーディガンをはおる。

男がひとり入ってきて、小便器をつかった。ジュールはじっと立ち尽くし、ジーンズとごつい黒のブーツを履いていてよかったと思う。個室のドア下にある隙間からは、足とスーツケースの底部分しかのぞいていない。

別の男が入ってきて、隣の個室をつかった。男の靴に目を落とす。

ドノヴァンだ。

いつも履いている汚れた白のクロックスサンダル。看護師がはくようなプラヤ・グランデのスラックス。ジュールの耳の奥で血がドクドクと鳴る。

スーツケースをそっと床から持ちあげて胸に抱き、ドノヴァンに見えないようにする。そのまま微動だにしない。

ドノヴァンが水を流し、足をひきずりながらシンクへ向かうのがわかった。シンクで水を流す音がした。

また新たな男が入ってきた。「電話を貸してもらえないか?」とドノヴァンが英語できく。

「すぐにすむから」

「誰からにやられたのかい?」答えた男の口調にはアメリカのカリフォルニア特有のなまりが

ある。

「心配ない」とドノヴァン。「電話をかけたいだけなんだ」

「ここでは電話はつかわない。ショートメッセージのやりとりだけだ」男がいう。「仲間のところへもどらないと」

「べつに盗もうってわけじゃない」とドノヴァン。「ただちょっと——」

「だめだといったろ？　幸運を祈ってるよ」男はトイレをつかわずに出ていった。

電話をつかいたいのは、車のキーがないので誰かに乗せてもらう必要があるから？　それともノアに連絡をしようと思ってる？

ドノヴァンは荒い息をついていた。まるでどこかが痛むように。もう水はつかわない。

やがてトイレから出ていった。

ジュールはスーツケースを床におろした。両手をふって血流をもどし、背中で組んでストレッチをした。個室にいるうちに金勘定をしておく。ペソとドル、それぞれの持ち金を計算する。コンパクトの鏡でウィッグがずれていないかも確認した。

ドノヴァンが戻ってこないと確信してから、男性用トイレから出た。自信たっぷりに、どうってことはないという様子で歩いて、通りに出ていく。浮かれさわぐ群衆を押し分けて街角に出たところで、今日はついているとわかった。タクシーが一台近づいてきた。飛び乗って、グランド・ソルマールまで、と行き先を告げる。プラヤ・グランデの隣にあるリゾートホテルだ。

グランド・ソルマールでおりると、二台目のタクシーはあっさり見つかった。新たな運転手に、地元経営の安宿へ連れていってくれと頼む。そうして着いたのがカボ・インだった。見るからにいかがわしい宿だ。安っぽい壁にずさんな塗装。家具はプラスチックで、カウンターの上にビニールの造花が置いてある。ジュールは偽名でチェックインし、ペソで支払いをすませた。身分証明書を見せろとはいわれなかった。

上の部屋に入ると、小さなコーヒーメーカーをつかってカフェイン抜きのコーヒーをいれた。砂糖は三つ。ベッドのへりに腰をおろす。

まだ逃げる必要がある？

ない。

ある。

ない。

わたしの居場所を誰も知らない。まったく誰も。それはジュールにとって喜ばしいはずだった。ずっと消えてしまいたいと思っていたのだから。

それなのに、怖い。

パオロがいてくれたら、と思う。イモジェンがいてくれたら。

これまでに起きたことをすべて、起きなかったことにできたらどんなにいいだろう。

もし過去にもどれるなら、もっといい人間になろう。あるいは、まったく別の人間に。もっと自分らしい人間になる。あるいは、その逆。どっちがいいのか決めかねるのは、いまのジュールにはもう、本当の自分がどんな姿をしていたのか、そもそもジュールなんていう人間が本当にいたのかどうか、すっかり怪しくなっているからだ。状況に合わせて次々と自分を変えていった、その結果がこれだ。

人間には、本当の自分なんてないの？

それともわたしだけ？

いじくりまわして得体の知れなくなった自分を、好きになれるかといわれたら、自信がない。代わりに誰かに好きになってほしい。肋骨の奥で脈打つ心臓をのぞいて、ぼくには本当のきみが見える、きみはかけがえのない価値ある存在だ、愛している、といってほしい。

自分はあまりに変貌しすぎて、もはや原形をとどめていない。目の前に進むべき人生の道がのびているというのに、それを歩む自分がいない。そう考えると、気がめいるし、腹立たしい。わたしは特別な力を授かった。努力もしているし、いつでも人の役に立てる。それはわかっていた。

だったらどうして、生きる価値のない人間に思えるのか。

イモジェンに電話をしたい。あの低い笑い声と、一気に秘密をまくしたてる早口をきけたらどんなにいいだろう。「怖いの」とイモジェンに打ち明けたい。そうしたらきっと、「ジュール、あなたは勇敢よ。あなたほど強い人をわたしは知らない」といってくれるだろう。

パオロがやってきて、かつてしてくれたように、わたしを抱きしめて、「きみは最高で、完璧だ」と、そういってくれたらどんなにいいだろう。

何をしてもゆるしてくれる、無条件に自分を愛してくれる人がそばにいてほしい。欲をいえば、すでに事情を全部知っていて、それゆえに自分を愛してくれる誰かが。

パオロにもイモジェンにも、それは期待できない。

それでも、パオロと唇を重ねた感触と、イモジェンのつけていたジャスミンの香水の香りはいまもよみがえってくる。

*

ジュールは黒のウィッグをつけて、カボ・インの階下にある事務室におりていった。作戦はすでに練りあがっていた。夜のこの時間、事務室は閉まっているが、フロント係にチップを渡してあけてくれるよう頼んだ。サン・ホセ・デル・カボから翌朝ロサンゼルスに飛ぶフライトをコンピューターで予約するのだ。実名をつかい、いつものクレジットカードで支払いをした。プラヤ・グランデでつかっていた同じカードで。

それからフロント係の男に、現金で車が買える店はないか、たずねた。すると、自宅の庭先で店をひらいているディーラーがいて、米ドルで支払えば、朝のうちに何かしら車が入手できるという。オルティスとエヒドの中間だといって住所を書いてくれた。

ノアはまちがいなくクレジットカードを追跡している。そうでなければ、ジュールの居場所はつきとめられなかったはずだ。同じクレジットカードが今度は航空券の予約につかわれたとわかれば、自分もロサンゼルスに飛ぶだろう。ジュールのほうは現金で車を買い、カンクンを

18

THIRD WEEK IN JUNE, 2017 _ CABO SAN LUCAS, MEXICO

目指す。カンクンから、最終的にはプエルトリコのクレブラ島へとたどりつく。そこならパスポートを誰にも見せないアメリカ人が掃いて捨てるほどいる。

車のディーラーを紹介してくれたフロントの男に礼をいう。「わたしたちのあいだで、どんなやりとりがあったか、もう忘れたでしょ」といって、カウンターの上にさらに二十ドル、男に押しだす。

「いや、どうかな」と男。

「もう忘れた」ジュールは五十ドル札一枚を追加する。

「きみには一度も会ったことがない」男がいった。

*

眠りはさんざんだった。いつも以上にひどい。生ぬるいターコイズ色の海でおぼれる夢、眠っている自分の身体の上を捨て猫が次々と踏み越えていく夢、ヘビに絞め殺される夢。ジュールは悲鳴をあげて目覚めた。

水を飲む。冷たいシャワーを浴びる。

眠ったと思ったら、また悲鳴をあげて飛び起きる。

午前五時、よろけるようにバスルームに行き、顔に水をかけてからアイラインを引いた。もちろんメイクはする。苦にならないし、時間もある。コンシーラーを入念につけ、パウダーをはたき、くすんだ色のアイシャドーを塗ってから、マスカラとほとんど黒に近い口紅とグロスをつける。

ジェルを髪にもみこみ、着替えをする。黒のジーンズにまたブーツを履き、暗い色のTシャツを着た。メキシコの気温からすれば暑すぎる格好だが、ここは機能が優先だ。スーツケースに荷物を詰め、ボトルに入った水を飲み、ドアの外へ踏みだす。

ノアが通路にすわっていた。壁に背中をつけ、湯気の上がるカップを両手に包んでいる。待ち伏せだ。

17

END OF APRIL, 2017
LONDON

2017年 4月末 ロンドン

七週間前の四月末、ジュールはロンドン郊外のユースホステルで目を覚ました。一室に二段ベッドが八台——薄っぺらなマットレスにお決まりの白いシーツ。その上に寝袋を敷く。壁にはバックパックがずらりと並び、体臭とパチュリのかすかなにおいが漂っている。

昨晩はトレーニングウェアを着て寝た。ベッドからゆっくり出て靴ひもを結び、街なかを十三キロ走る。早朝で、途中通りすぎるパブや食肉店はまだシャッターを閉めていた。帰ってくると、ホテルの談話室で、プランク、ランジ、プッシュアップ、スクワットをこなす。

同室の客が目を覚まして湯をつかいだす前にシャワーを済ませる。それから自分がつかっている二段ベッドの上段に上がり、チョコレート味のプロテインバーの包みをはがす。

室内はまだ暗い。『我らが共通の友』をひらき、携帯電話の光で読む。孤児を主人公にしたヴィクトリア朝時代の分厚い小説だ。書いたのはチャールズ・ディケンズ。ジュールの友だち、イモジェンからもらった本だ。

イミーの愛称で呼ばれるイモジェン・ソコロフは、ジュールにとって最高の友だった。イモジェンの好きな本はいつでも孤児がテーマになっている。イモジェン自身が孤児で、ミネソタで十代の母に産み落とされ、二歳のときにその母が死んだ。それからニューヨークはアッパー・イースト・サイドのペントハウスで暮らす夫婦の養子となった。

パッティとギルのソコロフ夫妻は、当時ともに三十代後半。子どもを持つことはできなかった。ギルは法律関係の仕事をしていたが、里親制度を利用する子どもたちの支援にも長らく無償であたっていた。養子縁組は優れた仕組みだと信じていたのだ。最初、夫婦は新生児の養子を希望する待機リストに数年間名を連ねていたが、そのうち年を経た子どもも喜んで受け入れることを宣言した。

ふたりは、とりわけその二歳児のむっちりした腕とソバカスの散った鼻にめろめろになった。さっそくその女の子を養子に迎え、イモジェンと名をつけなおし、古い名前はファイルキャビネットのなかに葬り去った。写真をたくさん撮って、とことんかわいがった。パッティはチーズとバターをつかったホットマカロニをイモジェンによくつくってやった。幼な子が五歳になると、グリーンブライアー・スクールというマンハッタンにある私立学校へ送りだした。そこでイモジェンは緑と白のツートンカラーの制服を着て、フランス語の会話を学んだ。週末になると、レゴで遊び、クッキーを焼き、アメリカ自然史博物館に行って一番のお気に入りの爬《は》虫《ちゅう》類《るい》の骨格標本を観て楽しんだ。ユダヤ人の祝日はもれなく祝い、大きくなると、ニューヨーク州北部にある森で、正統でないバトミツヴァの成人儀式に参加した。

そのバトミツヴァがやっかいだった。パッティの母親とギルの両親はイモジェンをユダヤ人と認めなかった。血のつながった母親がユダヤ人ではなかったからだ。どうしてもきちんとした改宗のプロセスが必要だといわれたが、そうなるともう一年待たねばならない。それよりはと、パッティは家族と通っていた礼拝堂には見切りをつけ、一般のユダヤ人集団に交ざって、山奥で儀式を執り行うことにした。

そんなわけで、十三歳にしてイモジェンは、自分が孤児であることをこれまで以上に意識するようになり、心の支えになるような物語を読みだした。まずは前に学校から読むよう強制された、孤児が登場する物語をあらためて手に取ってみた。その手の本はごまんとある。「お話に出てくる服や、プディングや、馬車なんかが好き」とイモジェンはジュールにいった。

昨年の六月、ジュールはイモジェンがマーサズ・ヴィニヤードの島で借りた一軒家でいっしょに暮らしていた。その日はふたりで、花摘みのできる農家の売店に車で出かけた。「小さいころは、アルプスの少女ハイジなんかが好きだった。ほかにもいろいろくだらない本を読んでたっけ」イモジェンはジュールにいった。ハサミを手にかがんで、ダリアの株と向き合っている。「だけどしばらくすると、そういう本に吐き気を催すようになった。主人公の女の子がみんな、いつでもばかに陽気でね。そろいもそろって自分を犠牲にする女の典型。『お腹がすいて死にそう』だっていいながら、『ひとつしかないけど、このパンをどうぞ』って、ほかの子にあげちゃったり。『わたしは歩けない、麻痺してるの、それでも人生悪いことばかりじゃない、わたしは幸せ、幸せなの!』とか。『小公女』や『ポリアンナ』なんて、わたしにいわせれば、人をまどわすでたらめよ。それに気づいたとたん、もう受けつけなくなった」

花束をつくりおえると、イモジェンは木の柵にのりあがって腰をおろした。ジュールはまだ花を摘んでいる。

「高校では、『ジェーン・エア』とか、『虚栄の市』とか、『大いなる遺産』とか、ほかにもいろいろ読んだの」イモジェンが続ける。「そういうのに出てくる孤児は、自分を押さえつけたりしない」

「だからそういう本ばかりをくれたんだ」ジュールは気がついた。

「そう。『虚栄の市』に出てくるベッキー・シャープなんかは野心の固まりで、どん底からはいあがって勝利する。ジェーン・エアはかんしゃく持ちで、床に身を投げだす。『大いなる遺産』のピップは大きな夢ばかり見て、お金に飢えている。みんないい生活がしたくてあがいて、そのためには道徳に反することもする。そこが面白いところ」

「読む前からもう好きになった」とジュール。

イモジェンはそうした登場人物たちに関するエッセイが評価されて、名門ヴァッサー大学に入学した。ただし学校は苦手だと自分で認めていた。ああしろこうしろと、人に指図されるのが嫌いなのだ。古代ギリシャの文学を読むよう課題を出されても読まなかった。友人のブルックにスーザン・コリンズの『ハンガー・ゲーム』ってサイコーだよといわれても、読まなかった。挙げ句の果てには、もっとしっかり勉強しなさいと母親にいわれ、学校を中途退学してしまった。

もちろんイモジェンがヴァッサー大学を辞めたのは、プレッシャーだけが原因じゃない。いろんな要素が複雑にからみあっていた。それでも、押しつけがましい母親の態度は大きな一因だった。

「うちのママはアメリカンドリームを信じてるの」イモジェンはいった。「そして、わたしにもそれを信じてほしいと思ってる。ママの両親はベラルーシ生まれで、ここアメリカ合衆国では、その気になれば誰でもてっぺんに立てるって疑わない。どんな生まれ育ちであろうと、いつの日か国を動かし、金持ちになって、豪邸を所有するって。わかるでしょ?」

そういう話をしたのは、マーサズ・ヴィニヤードでいっしょに過ごした夏の終わり近くだった。そのときジュールとイモジェンはモシャップのビーチにいた。砂浜に大きなコットンのブランケットを敷いて横になっていた。

「悪くない夢だと思うけど」そういって、ジュールはポテトチップを口に放りこむ。

「パパの家でもやっぱり信じてた」イモジェンが続ける。「おじいちゃん、おばあちゃんはポーランド出身で、よくある安アパートに住んでいたの。それからパパがデリカテッセンを経営して成功した。だけどそこで終わりじゃなくて、もっと成功するのを期待された。一家で初めて大学に入って、実際そのとおりになった。大物弁護士になったわけだから。おじいちゃん、おばあちゃんは、それはもう喜んで、ますます納得したみたい——生まれた国を出て、自分の人生をつくりなおせばいいんだって。もし自分がアメリカンドリームを実現できなかったら、その代わりに子どもたちが実現するってわけ」

ジュールはイモジェンの話をきくのが好きだった。こんなによどみなくすらすらと話す相手にこれまで会ったことがなかった。とりとめがないのはたしかだが、強く引きこまれるし、実際よく考えていると感心する。歯に衣着《きぬ》せず、言葉を飾ることもない。まるで誰かにせっつかれてでもいるかのように早口でまくしたてるのは、自信はないけど、どうしてもきいてほしいという思いからなのだろう。

「チャンスの国ね」イモジェンの話がどこへ向かうのか、反応を見るためにジュールはいった。

「祖父母や両親はそう信じているけど、わたしにはそうは思えない。ニュースを三十分でも見てればわかるけど、多くのチャンスに恵まれているのは白人だもの。それと英語を話す人間」

「それと、そういうアクセントの持ち主」

「イーストコーストの?」とイモジェン。「うん、そうかも。それに障害を持たない人間。それと、あとは男? そうよ、男! 男! 男! いまだに男たちはアメリカ全土をのし歩いてる。この国は巨大なケーキ屋で、そのケーキはみんな自分たちのものだって顔でね。そう思わない?」

「わたしは、男に自分のケーキを食べさせるつもりはないけど」とジュール。「わたしの分は、わたしが食べる」

「そうよ。自分のケーキを守らなくちゃ。チョコレートのスポンジにチョコレートのアイシングをかけたチョコレートケーキ、それも五層になった豪華なやつ。だけど、わたしにいわせれば――ばかだといわれるのを承知でいえば、ケーキはいらない。きっとお腹がすいてないのかも。自然体でいたいんだよね。普通に生きて、自分の目の前にあるものを楽しむ。それって贅沢だってわかってるし、そんな贅沢ができること自体、はたから見たら、いやったらしいよね。

でも感謝を忘れないようにしてる、みんなにね！　このビーチにこうしていて、四六時中あくせく働く必要はないんだって、そのことに感謝する」

「イミーは、アメリカンドリームについて誤解していると思う」とジュール。

「そんなことない、どうして？」

「アメリカンドリームっていうのは、アクションヒーローになること」

「本気でいってる？」

「アメリカ人は戦うのが好きでしょ。法律を変えたり、破ったりしたい。私的制裁が好きなのよ。そして復讐に燃える、そうじゃない？　スーパーヒーローものとか、『96時間』みたいな映画なんかがいい例。誰もが西へ向かって、元の所有者から土地を奪おうとやっきになる。世間でいうところの悪いヤツを皆殺しにして、制度と戦う。それがアメリカンドリーム」

「それ、うちのママにいってやって」とイモジェン。「ねえ、おばさん、イモジェンは正義の味方になりたいの、産業界の大物じゃなくて！　そうしたらうちのママ、どう反応するかな」

「わかった、話してあげる」

「やった。それですべて解決」イモジェンはくすくす笑ってビーチブランケットの上で寝返りを打ち、サングラスをはずした。「うちのママ、わたしのためを思って、あれこれ考えてくれるんだけど、それがことごとくまとはずれ。わたしは子どものころ、同じように養子としてもらわれてきた子を友だちにしようって、すごくがんばってた。そういう友だちがいれば、自分だけが特別じゃない、ひとりぼっちじゃないって思えるでしょ。だけど、うちのママは、イミーはだいじょうぶ、うちは普通の家庭とまったく変わりないんだからって、そればっかり。なのにそれから五百年後、わたしがハイスクールに上がると、養子について書かれた記事を読んで感化されたのか、同じ養子のジョリーって女の子と結びつけようとした。グリーンブライアーに入ってきたばかりの子と」

ジュールは思いだした。誕生日会にやってきた子だ。イモジェンの両親が、イモジェンといっしょにアメリカン・バレエ・シアターに連れていった子。

「うちのママはふたりが仲良くなればいいと夢見ていて、わたしも期待に応えようとがんばったんだけど、その子はわたしのことがマジで嫌いで。髪を青く染めてるの。あんたとちがって、こっちは世界一クールなのよって感じ。こっちのやることなすこと、全部ばかにして。捨て猫のこととか、『ハイジ』を読んでることとか、音楽の好みまでばかにされた。それなのにうちのママはジョリーのママにしょっちゅう電話して、ジョリーのママからもかかってくる。ふたりで勝手に娘たちを遊ばせる計画を立てちゃうんだから。同じ境遇の者どうし、絆《きずな》が生まれるなんて思ってたみたいだけど、勘ちがいもいいところ」イモジェンはため息をついた。「ほんと、しょーもなかった。でもそれからジョリーがシカゴに引っ越して、うちのママもあきらめたってわけ」

「で、いまはわたしがいる」ジュールはいった。

イモジェンは手をのばして、ジュールのうなじにさわった。「そう、あなたがいる。だからいまは、ぐじぐじ悩むこともなくなった」

17

END OF APRIL, 2017 _ LONDON

「そう、悩む必要なんてなし」

イモジェンはクーラーボックスをあけて、家でつくってきたアイスティーを入れたびんを二本取りだした。海に出かけるときはいつもこうして飲み物を用意する。ジュールはびんのなかに浮かんでいるレモンの薄切りが嫌いだったが、結局飲んだ。

「髪、ショートにして正解よ」イモジェンがいって、またジュールのうなじにふれた。

ヴァッサー大学に入って最初の冬休み、イモジェンは養子縁組の記録が見たくて、ギル・ソコロフのファイルキャビネットをさぐった。わりとあっさり見つかった。「記録を読めば、自分が何者なのか、何か手がかりが得られるんじゃないかと思って」とイモジェン。「じつの親からつけてもらった名前がわかれば、大学でみじめな気持ちになる理由も、毎日が死ぬほど息苦しく感じられる理由も、説明がつくんじゃないかって。でもちがった」

その日イモジェンとジュールは車でメネムシャへ行き、マーサズ・ヴィニヤードにあるイモジェンの家からそう遠くない漁村へ出かけた。海へのびる石づくりのはしけをふたりで歩いていく。頭上でカモメが旋回し、足もとに波がひたひたと寄せている。ふたりは背格好が同じだった。岩の上に並んで腰をおろすと、サンブロックでつやつやの日焼けした脚が同じように並んだ。

「そう、なんの役にも立たなかった」と、イモジェン。「父親の名前の欄は、まったくの空白」

「子どもの名前は？」

イモジェンは赤くなり、つかのまフードをかぶって顔を隠した。えくぼが深くくぼんで、歯並びは完璧。ブリーチしたベリーショートの髪からちっちゃな耳がのぞいて、片耳にピアスの穴が三つ連なっている。眉毛は抜いて細くしてあった。

「いいたくない」くぐもった声。「わたしはいま、フードのなか」

「なにいってんの。いいだしたのは、自分でしょ」

「いうけど、ぜったい笑わないで」イモジェンはフードをはずし、ジュールの顔を見た。「フォレストにいったらゲラゲラ笑って、超むかついた。ずっとゆるさないって思ってたけど、二日後に、レモンクリームのチョコレートをくれたからゆるしちゃった」フォレストはイモジェンのボーイフレンドだ。マーサズ・ヴィニヤードの家で彼もいっしょに暮らしていた。

「フォレストは気遣いがたりないよね」ジュールはいった。

「よく考えない。考える前に笑ってる。でもって、そのあとで思いっきりすまなそうな顔をするんだよね」フォレストをくさしたあと、イモジェンはいつでも擁護にまわる。

「ねえ、なんて名前だったか教えて」ジュールはいう。「笑わないから」

「約束する？」

「約束する」

イモジェンはジュールの耳もとでささやいた。「メロディー。でもって、そのあとはベーコン。メロディー・ベーコン」

「ミドルネームは？」とジュール。

17
END OF APRIL, 2017 _ LONDON

「なし」

ジュールは笑わず、にやりともしなかった。イモジェンを横から抱きしめた。ふたりして遠くの海をながめる。「自分はメロディーだって感じがする？」

「しない」イモジェンは考えこんでいる。「でも、イモジェンっていう感じもしない」

二羽のカモメがすぐそばの岩にとまった。それをふたりでじっと見ている。

「じつのお母さんは、なんで亡くなったの？」とうとうジュールがきいた。「記録に残っていなかった？」

「読む前から、だいたいのことはわかってたんだ。ドラッグの過剰摂取だって」

ジュールは考える。頭のなかに場面が浮かんできた。赤ん坊のイモジェンがぬれたおむつのまま、汚れたふとんの上をよちよち歩いている。ふとんの下で母親はドラッグでハイになっていて、子どもにはかまわない。あるいは死んでいる。

「わたし、右腕の肩近くにあざがふたつあるの」とイモジェン。「ニューヨークに来たときにはもうあった。覚えている限り、ずっと昔からあったと思うんだ。ヴァッサー大学の看護師は、やけどじゃないかって。タバコの火のあとみたいだって」

ジュールはなんと答えればいいのかわからない。昔のいやなことなど補ってあまりある人生にしてあげたかったが、それはパッティとギル・ソコロフがすでにやっている。

「わたしの両親も死んでるの」とうとうジュールはいった。声に出していうのは初めてだった。叔母に育てられたことはイモジェンも知っている。

「きっとそうかなって。でも、そのことは話したくないんだろうと思ってた」

「うん。いまはまだ」ぐっと前に身を乗りだして、イモジェンと距離を置く。「どこから話したらいいのか、わかんない。だって……」先が続かない。イモジェンのように次から次へ言葉がわきでてはこないし、自分のことがよくわかっていない。「人にきかせるような話になってない」

うそではなかった。そのときはまだ、つくりはじめたばかりだった。あとでひとつできあがって、それをずっとつかうようになったけれど、そのときにはまだ、これといって披露できる話が何もなかった。

「ぜんぜんオッケー」とイモジェン。

リュックに手を入れて、ミルクチョコレートの太いバーをひっぱりだす。包みを半分までむいてから、ジュールに少し折って渡し、自分の分も折り取る。ジュールは岩に背中をもたせかけ、口に入れたチョコレートが溶けていくあいだ、熱い日ざしを顔に受けている。餌が欲しくて寄ってきたカモメをイモジェンが追い払って叱った。

イミーのことは何から何までわかっていると、ジュールは感じていた。ふたりのあいだでは、すべてが了解ずみで、これからもずっとそうだと思っていた。

＊

いまユースホステルの部屋で、ジュールは『我らが共通の友』を閉じた。物語が始まってすぐ、テムズ川に浮かぶ死体がでてきた。読む気がしない——水を吸った死体の描写なんか。イモジェン・ソコロフが同じ川に身を投げて自殺した、そのニュースが知れわたってからというもの、ジュールの一日は長くなった。イモジェンはポケットに石を詰めてウエストミンスター橋から飛びおり、パンの保存ケースに遺書を残していた。

イモジェンのことを毎日考える。毎時間といってもいい。傷つきそうになると、両手を顔でおおったり、フードをかぶったりする、そんなしぐさを思いだす。甲高い声で一気にまくしたてるしゃべり方。指にはめた指輪をくるくるまわすしぐさ。タバコでついたらしい上腕にあるふたつのやけどと、クリームチーズブラウニーをつくっていたときに熱いフライパンでつけた片手のやけど。特大の包丁で、タンタンタンとすばやくタマネギを刻んで、料理動画で学んだ技を見せる。いつもジャスミンの香りがして、コーヒーにミルクと砂糖を入れた香りがすることもあった。レモンの香りのヘアスプレーもつかっていた。

イモジェン・ソコロフは、努力家だと教師からほめられるような女子生徒ではなかった。学校の勉強は怠けておいて、気に入った本には付箋をはりまくる。成功者になるためにがんばったり、他人の定義する成功を追い求めたりすることを拒否する。自分を支配しようとする男や、こちらの注意を独り占めしようとする女から、なんとかして自由になろうともがいていた。どんな相手であっても、ひとりの人間に自分のすべてを捧げることはなく、頼り切ることもなく、自分が心地いいと感じる場を、自分が主役になれる場を独自につくろうとした。両親の出す金は受けとっても、いいなりにはならず、授かった幸運を、新しい生き方を見つけて自分をつくりかえることに活用した。勇敢といっていいが、彼女の場合は一種独特で、ともすれば自分勝手だとか、怠け者だと誤解されることも多い。よくいる、お嬢さん学校に通う金髪の娘だと思うかもしれないが、そんなふうに表面しか見ないでいたら、まず痛い目に遭う。

ユースホステルの一日が始まり、バックパッカーたちがよろよろとバスルームへ向かいだすのを尻目に、ジュールは外へ出た。その日はいつものように、自分磨きにあてた。大英博物館のなかを数時間歩いて絵画のタイトルを覚え、ダイエットコークの小びんを、何本も続けて飲んだ。書店で小一時間過ごして、メキシコの地図を頭に入れ、『資産管理——八つの基本原則』という本の一章分を丸々暗記した。

パオロに電話をしたいと思ったが、できない。

かかってくる電話には出ない。ずっと待ち続けている一本の電話以外には。

＊

その電話が鳴ったのは、ユースホステルに近い地下鉄の駅から出たときだった。かけてきたのはパッティ・ソコロフ。発信者の番号でそれがわかって、一般的な米語のアクセントで話すことに決めた。

17

END OF APRIL, 2017 _ LONDON

電話でパッティは、いまロンドンにいるといった。

想定外だった。

明日〈アイヴィー〉でいっしょにランチをどうかしら？

喜んで。また連絡をいただけるとは思ってもみませんでした、とジュールはいった。イモジェンが亡くなってすぐ、パッティとは何度か話をしている。ジュールが警察に対応して、ロンドンのマンションにあるイモジェンの身のまわり品を船便で送ってあった。そのころパッティはニューヨークでギルの看病にあたっていたからだ。難しい話は数週間前にすんでいた。

パッティはつねに忙しそうで、よくしゃべる印象があったが、今日の電話では声が小さく、いつものような活気がなかった。「いいにくいんだけど」と切りだし、「ギルが亡くなったの」といった。

ショックだった。ギル・ソコロフのむくんだ灰色の顔と、彼がかわいがっていたちょっと変わった犬たちの姿が頭に浮かんだ。ギルのことは大好きだった。まさか亡くなったとは知らなかった。

パッティの話によると、二週間前に心不全で死亡したとのこと。長いこと腎臓の人工透析を受けていながら、死因は心臓とは。イモジェンが自殺して、これ以上生きていたくないと思ったのかもしれないとパッティはいった。

ギルの病気についてひとときしり話し、本当に素晴らしい人だったと彼を悼んでから、話題はイモジェンのことに移った。自分たちがニューヨークを離れられないときに、ロンドンでやらなくてはならないことをジュールがすべてやってくれて、どれだけ助かったかわからないとパッティはいう。「こんなときに旅なんて、と思われるのはわかってるの。でも、ずっとギルの看病をしていたから、部屋にひとりでいるのが耐えられなくて。ギルやイモジェンの物が、至るところにあって。わたし、もう……」いったん声がとぎれ、ふたたび話しだしたときには、無理をしているような明るい声だった。「でもね、友だちのレベッカがハンプシャーに住んでいて、ゲスト用のコテージで気が晴れるまでゆっくり休んだらどうかといってくれて。来なきゃだめよとまでいわれたの。友だちって本当にありがたいわ。彼女とはもう長いこと話をしていなかったのに、電話をかけてきたとたん──イモジェンとギルのことをきさつけて、かけてきてくれたの──すぐ昔にもどってね。型どおりの世間話もなく、いきなり本音で話せた。グリーンブライアーにいっしょに通ってたのよ。学校時代の友だちって、思い出を共有してるでしょ。同じ時を過ごしたことで強い絆で結ばれているのね。ほら、あなたとイモジェンみたいに。しばらく会ってなかったけど、昔の仲が見事に復活したじゃない」

「ギルのこと、お悔やみを申しあげます」心の底からそう思っていた。

「長いこと病気で臥《ふ》せっていたから。薬も山ほど飲んで」パッティはそこでだまり、ふたたび話しだしたときには喉からしぼりだすような声になっていた。「イモジェンがあんなことになってから、きっとあの人、もう病気と闘う気力がなくなっちゃったんだと思うの。ギルもイモジェンも、わたしにとって何より大切だった」それからまたむりやり元気を出すように、明るくさばさばといった。「そうそう、電話をかけた要件にもどらないと。ランチをいっしょに食べに行ってくれるわね?」

「ええ、行きます。喜んで」

「じゃあ〈アイヴィー〉で、明日の午後一時に。わたしのために、そしてギルのために、あなたがしてくれたことにお礼をしたいの。あの子が亡くなったあと、あなたに何もかもお願いしちゃったもの。それにひとつ、サプライズも用意してるから。きっとわたしもあなたも元気がでるわよ。だから遅れないでね」

電話が切れても、ジュールはしばらくスマートフォンを胸にあてていた。

*

〈アイヴィー〉は、ロンドンの狭い街角にすっぽり収まっていた。まるでその店をそこに置くことで通りが完成するかのように。なかに入ると、壁という壁に肖像写真とステンドグラスがずらりと並んでいる。富の象徴のような、ロースト・ラムと温室育ちの花の匂い。ジュールは身体にフィットするワンピースに、ぺたんこのバレエシューズという出で立ちでやってきた。女子大生風のメイクに赤い口紅をさしている。

パッティはすでにテーブルについて待っていて、ワイングラスに入った水を飲んでいた。十一か月前、最後に会ったときには、見栄えのする女性だった。皮膚科医で、年齢は五十代なかば。突き出たお腹は別として身体はスリムで肌はしっとりしてバラ色に輝き、長い髪は深みのあるブラウンに染めて、ゆるやかにカールさせていた。それがいまは、根元に白髪が目立つ髪をパツンと切って、ボブスタイルにしている。腫れたような口には紅もささず、男と変わりない。アッパー・ウエスト・サイドの女性がよく着る細身の黒のパンツにカシミアのロングカーディガンを合わせているが、靴はハイヒールではなく、鮮やかなブルーのランニングシューズ。別人と見まがうほどに変わっていた。ジュールが部屋を突っ切って歩いていくと、パッティは立ちあがってにっこり笑った。「ずいぶん変わったでしょ」

「いいえ、ちっとも」うそをついた。パッティの頬にキスをする。

「もういやになったの」とパッティ。「窮屈な靴を履いて、毎朝鏡の前にすわって、お化粧をするのが」

ジュールは腰をおろした。

「ギルのためにお化粧は欠かさなかったの」パッティは続ける。「それにイモジェンのためにもね。あの子がまだ小さかったころ、『ママ、髪をカールして！　いつもきれいでいて！』ってよくいわれたわ。いまはもう化粧をする意味もなくなった。仕事も休んでるの。ある日ふと思ったのよ。もういいんじゃないかって。まったく何もせずに表に出ていったら、それがすごく気楽というか。でも他人は同じようには思わないっていうのはわかってるの。友だちはみんな心配したわ。でもね、もうどうでもいいって思った。イモジェンを失った。ギルを失った。これがいまのわたしなんだって」

ジュールは答えにつまった。同情すればいいのか、話題を変えればいいのか、どっちだろう。

17

END OF APRIL, 2017 _ LONDON

「そういうことが書かれている本を大学で読みました」

「そういうことって?」

「日常生活で自分をどう見せるか。著者のアーヴィング・ゴッフマンは、状況がちがえば自己表現も異なるという考えの持ち主なんです。自己像というのは普遍じゃない。状況に合わせて変わればいいいと」

「わたしの場合、自分を飾ることをやめた、ということ?」

「あるいは、新しい自分を表現する段階に入った。自己像はひとつじゃありません」

パッティはメニューを手に取ったかと思うと、腕をのばしてジュールの手にふれてきた。

「かわいい人、あなたは大学にもどるべきだわ。ものすごく頭がいい」

「ありがとうございます」

パッティはジュールの目をじっと見る。「わたし、人に関しては勘が働くの。あなたは可能性に満ちている。野心と冒険心にあふれている。自分はなんだってなりたいものになれるんだって、あなたがわかっていればいいんだけど」

ウェイターが飲み物の注文を取りにきた。さらにまた別のひとりがパンの入ったかごを持ってきてテーブルに置いた。

「イモジェンの指輪を持ってきました」ふたりきりになったところで、ジュールはいった。

「もっと前に郵送でお返しするべきだったんですけど——」

「いいのよ」とパッティ。「手放すのがつらかったのよね」

ジュールはうなずいた。薄紙に包んだ指輪をパッティに渡す。パッティは留めてあるテープをはがした。なかにはアンティークのリングが八つ入っており、いずれも動物をかたどっているか彫刻がしてある。イモジェンが好きで集めていたものだが、どれも面白く、めずらしいものので、ていねいなつくりにそれぞれ独特の味わいがある。九つ目はまだジュールがつけていた。イモジェンのプレゼントだったから。翡翠《ひすい》でヘビをかたどったもので、右手の薬指にはめている。

パッティがナプキンを口に押し当てて、静かに泣きだした。

ジュールは目の前の指輪に目を落とす。いずれもさまざまな場面で、イモジェンのきゃしゃな指にはまっているのを見ていた。あのマーサズ・ヴィニヤードの宝飾店に、日焼けしたイモジェンが立っている場面がよみがえる。「この店で一番めずらしい指輪を見せてちょうだい」店の人にそういった。そのあと、「これはあなたに」といって、ヘビの指輪をくれたのだった。これだけははずさない。いまとなってはもうつける資格はないのだけれど。いや、もともとそんな資格などなかったんだろう。

喉がひくひくする。胃の奥底からこみあげてきた吐き気が喉をふるわせている。「すみません」そういって立ちあがり、よろけながら女子トイレへと向かう。自分を中心にレストランがぐるぐるまわっている。両側から視界が黒くふさがれた。人のすわっていない椅子の背につかまって身体を支える。

このままでは吐く。あるいは気を失う。両方かもしれない。上品な人たちが会食をする、自分などいる資格のないレストランで粗相をし、親友のこのうえなくかわいそうな母親に恥をかかせることになる。イモジェンには、わたしの愛情が足りなかったのか、それとも重すぎたのか。

トイレにたどりつき、シンクにかがみこんだ。

吐き気は収まらない。喉のひくひくがとまらない。

個室にこもり、しゃがんで背中をドアに押しつけた。肩がふるえる。便器のなかに吐こうとしても、苦しいだけで何も出てこない。

そのままじっとしていると、とうとう吐き気が収まってきたので、首をふり、息を整えた。

シンクにもどって、ぬれた顔をペーパータオルでふく。冷たい水にひたした指で、腫れあがったまぶたを押す。

赤い口紅がワンピースのポケットに入っていた。よろい代わりにそれをつけてから、ふたたびパッティと向き合うために出ていく。

テーブルにもどったとき、パッティはすでに落ち着いていて、ウェイターと話をしていた。

「わたしは最初にビーツをいただくわ」パッティが注文するのをききながら、ジュールは椅子に腰をおろした。「そのあとは、メカジキがいいかしらね。メカジキ、いいのが入ってる？そう、じゃあお願い」

ジュールはハンバーガーとグリーンサラダを注文した。

ウェイターがいなくなると、パッティが謝った。「ごめんなさい。取り乱してすまなかったわ。あなたはだいじょうぶ?」

「はい」

「いっておくけど、きっとわたし、またあとで泣くわよ。ひょっとしたら、通りで! 自分でもよくわからなくてね。いつなんどき泣きだしてもおかしくないの」指輪と、それを包んでいた薄紙はもうテーブルの上になかった。「きいて、ジュール。あなた、前にいったわよね、親は頼りにならなかったって。覚えてる?」

覚えていなかった。いまとなっては親のことはまったくといっていいほど考えなかった。考えるとしたら、自分で組み立てたスーパーヒーローの生い立ちのなかでだけ。叔母のことはこれっぽっちも考えたことはない。

いまジュールの頭に、自分でつくった話の一場面がぱっとよみがえった。アラバマの小さな町の袋小路。そのつきあたりに建つ、こぎれいな家の前庭に両親が横たわっている。顔を伏せたふたりの下で黒い血だまりが草にしみこんでいく場面を、たったひとつの街灯が照らしている。頭を撃ち抜かれた母。撃たれた腕から大量の血を流している父。

よくできている。視覚的にもパーフェクト。両親は勇敢だった。娘は高度な教育を受けて成長し、比類なき強さを得る。

しかし、これをパッティに話すわけにはいかない。代わりに、「そんなこと、いいましたっけ?」とお茶をにごす。

17

END OF APRIL, 2017 _ LONDON

「ええ、でね、それをきいたとき、ひょっとしたらわたしもイモジェンにそう思われていたんじゃないかって。あの子が小さいころ、ギルもわたしも、あの子が養子だってことは、ほとんど話さなかった。本人の目の前ではもちろん、夫婦のあいだですら。イモジェンは自分の赤ん坊だと思いたかったの、わかるでしょ？　ほかの誰でもない、わたしとギルの子だって。それに、話しにくいってこともあった。あの子のじつの母親はドラッグに依存して、ほかに赤ん坊を引き取ってくれる身よりもなかったわけだから。話さないのは、あの子を傷つけないためだって自分にいいきかせていたの。まさかそれで、頼りにならないと思われていたなんて。あんなことになるまで、思いもしなかった――」パッティの声が尻すぼみになる。

「イモジェンはお母さんを慕っていましたよ」ジュールはいった。

「死にたくなるほど悩んでいた。それなのに、わたしは頼られなかった」

「わたしも頼られませんでした」

「もっと他人に心をひらいて、悩みがあったら相談できるように育てなくちゃいけなかったのよ」

「イモジェンはわたしに、なにもかも話してくれました」ジュールはいう。「秘密も、不安も、どんな生き方をしたいかも。生まれたときにつけられた名前も教えてくれました。お互いの服を自分の服のように着て、同じ本を読んだ。正直いって、イモジェンが死んだとき、わたしたちは一心同体に近かった。こういうお母さんがいてくれて、イモジェンは、このうえなく幸せだったと思います」

パッティは目に涙を浮かべてジュールの手にふれた。「あなたを友だちに持てたのも幸運だったわ。グリーンブライアーに入学した年、あの子が最初にあなたと親しくなったとき、そう思ったの。これまで会った誰よりも、あなたに夢中だったのよ、ジュール。なぜって――そうなの。そのことで、今日あなたに会いたかったの。うちの弁護士が、イモジェンはあなたにお金を残したといってるの」

めまいがしてきた。ジュールはフォークを置く。

イモジェンのお金。何百万ドルという金額。

それは安全と権力。飛行機の搭乗券にもなり、車のキーにもなり、もっと重要なのは、学費が支払え、食べる物に困らず、医療も受けられるということ。お金を持っていれば、誰にもノーといわれない。行動に歯止めをかけられることも、傷つけられることもない。もう二度と、人に助けを求める必要がなくなる。

「わたし、お金にはうとくて」パッティが続ける。「それじゃいけないってわかってはいるんだけど。でも全部ギルに任せてあって、彼がすべてうまくやってくれていたから安心してたの。わたしは話をきいてるだけで眠くなってしまうのよ。だけどイモジェンはちゃんとわかっていて、遺書を残した。死ぬ前に弁護士に送ってあったの。あの子にはギルとわたしから、多額のお金が転がりこんだ。十八歳になったときにね。それまでは預けてあって、誕生日を過ぎたところで、あの子の口座にお金が移るよう、ギルが書類手続きをすませていたの」

「まだハイスクールに通っているときから、それだけのお金を持っていたんですか？」

17

END OF APRIL, 2017 _ LONDON

「大学が始まる年の五月から。それがよくなかったのかもしれない。もうすんでしまったことだけど」パッティが続ける。「あの子は資金管理がうまくてね。利子で食べていって、元金にはまったく手をつけなかった。ロンドンの部屋を買うとき以外には。だから働かなくてすんだのよ。それで、遺書には、全部あなたに残すと書いてあった。国立腎臓基金――ギルの病気を思ってのことね――とノースショア動物愛護団体にわずかばかり遺贈したけど、お金のほとんどはあなたに残すって、あの子は遺書にしたためた。弁護士に電子メールで送った書面には、あなたが大学にもどれるよう力を貸したいって特記事項がついていたそうよ」

ジュールは心を打たれた。道理に合わないことだが、実際胸がじーんとした。

パッティがにっこり笑った。「あの子はあなたを学校にもどして、この世を去った。だから悪いことばかりじゃないって、わたしはそう考えようとしているの」

「遺書はいつ書かれたんですか？」

「死ぬ数か月前。サンフランシスコで公証ずみ。あとは何か所かに署名するだけよ」パッティはこちらに一通の封筒を押しだした。「お金は直接あなたの口座に移されるから、九月にはスタンフォードの二年生よ」

口座にお金が入ると、ジュールはそっくり引き出して、預金者が小切手をふり出せる当座預金の口座を別の銀行で新たにつくった。クレジットカードの引き落とし用の口座も新たに二、三つくり、請求金額が毎月自動的に引き落とされるよう手続きをすませた。

それから買い物に出かけた。つけまつげ、ファンデーション、アイライナー、チーク、パウダー、化粧用ブラシ数本、口紅三種類、アイシャドー二種、小さいが値の張るメイクボックスも買った。さらに赤毛のウィッグ、黒のワンピース、ハイヒール一足。本当はもっと欲しかったけれど、旅行は身軽でないといけない。

自分のノートパソコンをつかってロサンゼルス行きの飛行機のチケットを取り、ロサンゼルスのホテルを予約した。それからラスベガスで中古車を売るディーラーについて調べる。ロンドンからロサンゼルスへ飛んだら、そこからバスでラスベガスへ向かい、ラスベガスからは車でメキシコへ。それがこれからの旅程だった。

パソコンでかたっぱしから書類をひらいていく。すべての口座番号、顧客番号、パスワード、クレジットカードの番号、さまざまな規約を、いつでも確認できるようにしておく。パスポートと運転免許証の番号は暗記した。そうしてある夜、すっかり暗くなってから、ノートパソコンとスマートフォンをテムズ川に投げこんだ。

ユースホステルにもどってくると、昔懐かしいエアメール用の薄くて軽い紙にパッティ・ソコロフに宛てて心のこもったお礼状をしたためてポストに投函した。それからユースで自分がつかっていたロッカーの中身をそっくり出してスーツケースに詰める。身分証明書も必要書類もきちんとそろっている。液体のローションやヘアケア用品は旅行サイズのボトルに小分けにし、ファスナー付きのビニール袋に入れた。

＊

ラスベガスは初めてだった。着替えは長距離バス発着所のトイレですませた。手洗い場に五十代とおぼしき白人女性が老人用の手押し車とともに棲《す》みついていた。洗面カウンターの上に腰をおろし、白い紙包みに油のしみたサンドイッチを食べている。汚れた黒のレギンスに包まれた痩せこけた腿。白髪交じりのブロンドの髪は、逆毛を立てて高い位置で結ばれており、見るからにべたついて固まっている。床に脱ぎ捨てられた靴——薄いピンクのビニール製ピンヒール。ぶらぶらゆらしている素足のかかとにはバンドエイドが何枚もはってあった。

ジュールは一番大きな個室に入ってスーツケースのなかをさぐった。フープ・イヤリングを、ほぼ一年ぶりに耳につける。買ってきた服を、身をくねらせて着る。ショート丈の黒いワンピースで、それに革の厚底ハイヒールを合わせる。次にひっぱりだした赤毛のウィッグは、光沢がありすぎるのが不自然だったが、この色がソバカスによく映える。メイクボックスを取りだしてからスーツケースを閉じ、手洗い場に出る。

洗面カウンターにすわっている女は、髪の色が変わったことについて何もいわなかった。サンドイッチの包み紙をくしゃくしゃに丸め、タバコに火をつけた。

メイクのスキルは、ネットにアップされている動画で学んだ。去年はだいたいいつも女子大生風のメイクにしていた——素肌にチークと透明リップとマスカラだけをつける。しかしいまのジュールは、つけまつげ、緑のアイシャドー、黒のアイライナー、下地、陰影用ブラシ、アイブロウペンシル、コーラルのグロスをつかう。

本当はここまでやる必要はなかった。化粧や服や靴はよけいだ。たぶんウィッグひとつあれば事は足りる。それでも変身するのはいい経験になる——これも自己研鑽《けんさん》のひとつだと思っていた。それに他人になりかわるのは楽しい。

目のメイクを終えたところで、女が話しかけてきた。「あんた、商売女?」

面白半分で、ジュールはスコットランドなまりで答える。「いいえ」

「つまり、身体を売ってるかってことだけど?」

「いいえ」

「やめたほうがいいよ。あんたらみたいな若い子が、悲しすぎる」

「やってません」

「もったいないよ。それだけはいっておく」

ジュールは何もいわない。頬骨のあたりにハイライトを入れる。

「あたしはやってた」女が続ける。カウンターからおりて、傷だらけの足を靴に入れた。「身よりもなくて金もなかった——それで始めたんだけど、いまでも状況はおんなじ。この商売は落ちていくばっかりさ。どんなにはぶりのいい男を相手にしたってね。それだけは覚えときな」

ジュールは肩をすぼめて緑のカーディガンをはおり、スーツケースの取っ手をつかんだ。「わたしのことなら心配しないで。正直、うまくいってるから」スーツケースをひきずりながら、出口へと向かう――が、慣れない靴のせいでわずかによろけた。

「だいじょうぶかい?」女がきく。

「ええ、平気」

「女に生まれたってだけで、やっかいなことが多いからね」

「そう、まったく頭にくるけど、メイクは別」とジュール。そのままふりかえりもせず、出ていった。

*

スーツケースをバス発着所のロッカーに預けると、トートバッグを肩にかけ、タクシーを拾ってラスベガスの大通りへ向かった。疲れていた――バスのなかではまったく眠れず、まだ身体はロンドン時間のままだった。

カジノではネオンやシャンデリアにくわえ、スロットマシーンが派手に輝いている。歩きながら、スポーツジャージを着た男の一団、年金生活者、遊び好きの若い女たち、会議のバッジをつけた図書館司書の大集団とすれちがう。あちこち歩きまわり、二時間かかって、ようやくさがしていたものが見つかった。

バットマンのスロットマシーンが並ぶ一角に女たちが群がって騒いでおり、妙にテンションが高い。みな紫色のどろどろしたフローズンドリンクを飲んでいる。アジア系アメリカ人らしきふたりと、白人ふたり。女性だけの独身お別れパーティーだ。その花嫁が完璧で、要件をすべて満たしていた。色白で小柄、肩ががっちりしていて、薄いソバカスがある——年齢はせいぜい二十三といったところ。ライトブラウンの髪をポニーテールにまとめて、鮮やかなピンクのワンピースに、ラインストーンで〝BRIDE TO BE（まもなく花嫁）〟とつづった白のサッシュベルトをしめている。左肩にぶらさげているのは、ファスナーがいくつもついたターコイズ色の小ぶりのバッグ。スロットマシーンをしている友だちにかがみこんで歓声をあげ、まわりのみんなに愛されてうれしそうだ。

その一団に歩みより、アラバマのような南部の、低地特有のアクセントで話しかける。「あのう、ちょっといいかしら——電話のバッテリーが切れちゃったんだけど、友だちにメッセージを送らないといけないの。向こうのスシバーのそばにいたのを見たのが最後で、それからここで遊びだして、気がついたら三時間もたっちゃってて、友だちは行方不明」

みんながふり向いた。

ジュールはにっこりする。「あ、花嫁さんとその一行？」

「彼女、土曜日に結婚するの！」ひとりがいって、花嫁を抱きしめた。

「おめでとう！」とジュール。「名前は？」

「シャーナ」花嫁がいう。みな同じぐらいの背丈だが、シャーナはぺたんこの靴を履いているので、いまはジュールのほうがわずかに背が高く見える。

「シャーナ・ディキシーよ、まもなくシャーナ・マクファトリッジになるの！」ひとりが声をはりあげた。

「すてき」とジュール。「ドレスはもう用意した？」

「もちろんよ」とシャーナ。

「式はラスベガスじゃなく、教会で挙げるの」友だちが教える。

「みなさん、どちらから？」ジュールはきいた。

「タコマ。ワシントン州よ。知ってる？　ベガスにやってきたのは――」

「この週末をまるまるわたしのために計画してくれてるの」シャーナが話を引き取った。「今朝飛行機で飛んできて、スパに行って、ネイルサロンにも行ったのよ。それはやっぱりはずせないでしょ？　ジェルネイルをしてもらったわ。それからカジノにくりだして、あしたはホワイト・タイガーの出るマジックショーを観に行くの」

「それで、結婚式で着るドレスは？」

シャーナがジュールの腕にしがみついた。「もう最高！　プリンセスになった気分よ。ものすごくすてきなの」

「見せてもらえる？　スマホで写真は撮った？」ジュールは口元に手をあてて、頭を軽くかがめた。「ウェディングドレスには特別な思い入れがあって。ちっちゃなころから憧れてたの」

「もちろん、写真に撮ったわ」とシャーナ。バッグのファスナーをあけてゴールドのケースに入ったスマートフォンを取りだした。バッグの裏地はピンク。ダークブラウンの革財布とビニールパッケージに包まれたタンポンがふたつ、あとはガムがひとつに口紅が一本。

「見せて」とジュール。さっとまわりこんで、シャーナのスマートフォンをのぞく。

シャーナは写真を次々とスワイプしていく。一匹の犬。シンクのさびた裏側。赤ん坊。同じ赤ん坊の写真がまた一枚。「わたしの息子、ディクランよ。十八か月なの」次は湖畔に生える木立の写真。「あった、これよこれ」

ストラップのないロングドレスで、腰まわりにひだが寄せてある。写真のなかでシャーナがポーズを取っているのはブライダルショップらしく、白いロングドレスがぎっしり並んでいる。

「うわっ、すてき」ジュールは何度も感嘆の声をあげた。「婚約者の写真もある？」

「もちろんよ。危ないプロポーズだったわ」とシャーナ。「指輪はドーナツのなかに入ってた。彼、ロースクールに通ってるの。わたしのほうは、その気がなければ働かなくてもいいってわけ」途切れることなく話が続く。彼女がかかげたスマートフォンの画面には、丘の上で歯を見せて笑う幸運な男が写っていた。

「たまらなくキュートね」ジュールがいって、手をシャーナのバッグに入れた。財布をつかんで自分のトートバッグにすべりこませる。「あたしのボーイフレンドのパオロはバックパッカーで、世界中をまわっているの」言葉を続ける。「いまごろはフィリピンにいると思う。信じられる？　それでわたしは女友だちとベガスにいるってわけ。結婚したいなら、やっぱり身を固めたいと思ってる男をつかまえるべきよね？　バックパックしょって世界を旅してまわる男じゃなくて」

「結婚願望があるならね」とシャーナ。「でもだいじょうぶ。心を決めたら、ぜったい実現す

17

END OF APRIL, 2017 _ LONDON

るから。強く願って、そうなったときのことを心のなかにありありと浮かびあがらせるの」「ヴィジュアリゼーション。視覚化ってやつよ」別の女がいった。「わたしたち、そのワークショップに参加したの。本当に効き目があるのよ」

「きいて」とジュール。「あなたたちに近づいて話しかけたのは、スマホを貸してほしかったからなの。あたしのは充電切れで。貸してもらえないかな？」

シャーナがスマートフォンをよこすと、ジュールは適当な番号を打った。「〝十時十五分にチーズケーキファクトリーで落ち合おう〟」スマートフォンをシャーナに返す。「助かったわ。あなた、きっと世界一美しい花嫁になる」

「あなたもね」とシャーナ。「近いうちにきっと」

別れのあいさつにみんなが手をふってくれる。ジュールもふりかえし、スロットマシーンの列のあいだをすばやく進んでいってエレベーターの前へ出る。

エレベーターに乗りこんでドアが閉まり、ひとりになったとたん、ウィッグをはずす。ハイヒールを乱暴に脱ぎ捨て、トートバッグからスウェットパンツとVANSのスニーカーをひっぱりだし、ショート丈の黒いワンピースの上からパンツをはいてスニーカーに足をすべりこませた。ウィッグとハイヒールはバッグにしまった。ジップアップ式のパーカーを着たところで、ホテルの十階に着いてドアがひらいた。

ジュールはおりない。下降していくエレベーターのなかで、シート式のメイク落としをひっぱりだし、つけまつげをはがす。リップグロスをふきとる。シャーナの財布をあけて運転免許証をつまみだし、財布は床に落とす。

ドアがあいたときには、すっかり別人になりかわっていた。


カジノを四軒過ぎた先で、レストランを一軒一軒のぞいていき、七軒目で、これはという場所が見つかった。コーヒーを注文し、ひとりぼっちの大学生を相手におしゃべりをする。彼女はウェイトレスで、ちょうど夜のシフトが始まったばかり。一九五〇年代のダイナーをそっくり真似た店構えだ。小柄で、顔にソバカスがあるウェイトレスは、落ち着いたブラウンの髪をカールし、水玉模様のワンピースに、主婦がつけるようなフリルのエプロンをつけている。酔っぱらいの男たちが押しかけてきて、彼女にビールとハンバーガーを注文したところで、ジュールはカウンターに代金を置いて厨房へすべりこんだ。一列に並ぶかばんのなかから、まちがいなく女物と思われるリュックをフックからはずし、裏口から出る。出たところはカジノの従業員通路で、その階段を駆けおりて路地に出る。リュックを肩にかけ、マジックショーを見る客の列を押し分けて先へ進む。

歩きながらリュックのなかをさぐると、ファスナーのついたポケットのなかにパスポートが入っていた。名前はアデレード・ベル・ペリー、年齢は二十一歳。

なんという幸運。そう簡単には手に入らないだろうと思っていたのに。それでもアデレードには申し訳ない気がしたので、パスポートを失敬したあと、リュックは遺失物預かり所へ持っていった。

17

END OF APRIL, 2017 _ LONDON

通りにもどって、ウィッグの店一軒とブティック二軒を見つける。必要なものをすべてそろえてから、朝になるまで、もう二回カジノで仕事をした。ウェーブのかかったブロンドのウィッグにオレンジのリップを合わせて、身長百五十六センチのダコタ・プレザンスのパスポートをくすねた。黒のウィッグをつけてシルバーのジャケットをはおり、身百五十九センチのドイツ人、ドロシーア・フォン・シュネルのパスポートを失敬した。

午前八時には、ふたたびスウェットパンツにVANSのスニーカーという格好にもどり、顔のメイクをふきとった。タクシーを拾ってリオ・ホテルまで行き、エレベーターに乗って最上階へ上がる。五十一階にある〈ヴードゥーラウンジ〉のことは何かで読んで知っていた。

戦いが終わった。また新たな戦いに出るために、今日一日を生きのびた。そういうとき、白人男性演じる有名なアクションヒーローは、街のどこか高い所、眺望のいい場所に上がる。アイアンマン、スパイダーマン、バットマン、ウルヴァリン、ジェイソン・ボーン、ジェームズ・ボンド——みんなそうだ。ヒーローは大都市のまたたく光を見渡しながら、その奥にひそむ、醜いものと美しいものを思う。自分に課せられた特別な任務、授かった才能、暴力にまみれた人生、生きるために犠牲にするすべてのものを思うのだ。

朝早い時間の〈ヴードゥーラウンジ〉は、赤と黒の椅子が点々と置かれたコンクリートの屋上に過ぎない。椅子は巨大な手の形。屋上からは、さらにもう一本、湾曲した階段が上へ延びている。常連客がそれを上がっていくと、眼下にラスベガスのすばらしい眺望がひらける。柵で仕切られたショーガールの踊るスペースがふたつあるが、いまラウンジには清掃員がひとりいるだけだ。ジュールが入っていくと、清掃員が眉を持ちあげた。「ちょっと見てみたいだけ」とジュールは断る。「無害よ」

「わかってます」と清掃員。「ご自由に。わたしはモップをかけてしまいますから」

ジュールは昇り階段のてっぺんに上がって街を見渡した。そこで営まれているさまざまな暮らしを思う。歯磨き粉を買う人、口げんかをしてる人たち、仕事帰りに卵を買って帰る人。ネオンの輝くきらびやかな街で、みなそれぞれの人生を送るのに必死で、小柄でかわいい女は無害だと、のんきに信じている。

＊

三年前、ジュリエッタ・ウエスト・ウィリアムズは十五歳だった。そこはあるアーケード――広々として空調も整い、何もかもぴかぴか。戦争シミュレーションゲームにはまって、敵を撃っていると、背後から同じ学校の男子ふたりが胸をつかんできた。両側から片方ずつ。ジュリエッタは、相手のぐにゃりとした腹に鋭い肘鉄を食らわせ、ぐるっと半回転してもうひとりの足を力一杯踏みつけ、股間をひざ蹴りした。

これまでマーシャルアーツの授業以外で、実際にこういった技をつかったことはない。それが初めて必要になった。

17

END OF APRIL, 2017 _ LONDON

いや本当をいえば、必要ではなかった。つかいたかったのだ。つかって楽しかった。

股間を蹴られた男子が身体を二つ折りにして咳《せ》きこみだすと、ジュールは方向転換し、もうひとりの顔を手の付け根でたたきあげた。のけぞる相手の、Tシャツの前をつかんで引き寄せ、垢《あか》じみた耳に怒声を放つ。「人の身体に勝手にさわるな!」

男子の顔に恐怖が浮かび、もうひとりが近くのベンチに倒れこむ。こういうのが見たかった。恐れるものは何もないという顔で、学校ではいつもつけあがっていたふたりだった。

アーケードで働くニキビ面の男がやってきて、ジュリエッタの腕をつかんだ。「ここでけんかはよしてくれ。悪いが、出ていってもらおう」

「あんた、わたしの腕、つかんでる?」ジュリエッタはきいた。「人に腕をつかまれるの、嫌いなんだよね」

相手がぱっと手を放した。

ジュリエッタを恐れている。

ジュリエッタより二十センチほど背が高く、少なくとも三つは年上の男。大人の男がジュリエッタを恐れている。

気分がよかった。

ジュリエッタはアーケードを出ていく。男子ふたりが追ってくる気配はなかった。まるで映画のなかにいる気分だった。こんなふうに自分の身を守れるとは思っていなかった。ハイスクールの授業で身につけてきた技と、ウェイトトレーニングで鍛えた筋肉が、いずれこんなふうに役立つとは知らなかったのだ。気がついたら、よろいをまとっていた。これまでは意識しなかったものの、自分はそのためにがんばってきたのだろう。

ジュリエッタ自身は元のまま、見た目は何も変わらないが、この経験を機に世界ががらりと変わって見えた。女でありながら身体能力に長《た》ける——それは大きな強みだ。どこへでも行けるし、なんでもできる。簡単には打ち負かされない人間であるなら。


リオ・ホテルの数階下の通路で、ジュールはカートを押しているメイドを見つけた。四十ドルのチップと引き換えに、午後三時半まで眠れる部屋を確保する。チェックインは午後四時だ。次の夜にもうひと働きして財布をいくつかくすね、日中に仮眠を取ったあと、用意万端整えて駐車場に向かい、柄の悪い男から目立たない中古車を買った。支払いは現金。長距離バスの発着所でロッカーから荷物を出し、余分に調達した身分証明書をスーツケース内のフェルトでできた裏張りの奥深くにつっこんでおく。

車で国境へ向かい、アデレード・ベル・ペリーのパスポートを見せてメキシコへ入った。

16

LAST WEEK OF FEBRUARY, 2017
LONDON

2017年 2月の最終週 ロンドン

ジュールがメキシコに入る三か月前、フォレスト・スミス・マーティンは、ジュールのソファにすわり、白くまっすぐな歯でベビーキャロットをかじっていた。彼がロンドンのマンションに居すわって五日目になる。

フォレストはイモジェンの元彼で、ジュールの話は何ひとつ信じない。ジュールがブルーベリーを好きだといえば、ウソをつけというように、眉を高々と持ちあげる。イモジェンは急に思い立ってパリに飛んだのだといえば、パリのどこに飛んだのか、どこに泊まっているのか、正確に教えるよう迫ってくる。この男といると、ジュールは自分が犯罪者のように思えてくる。

色白でスリムなフォレスト。目の前に自分よりたくましい女がいると居心地が悪くなる、そんな軟弱な男だった。関節がゆるんでいるようにしまりがなく、左手首につけた織り紐のブレスレットが薄汚れて見える。イエール大学で世界文学を専攻したのをみんなに知らしめたいのか、会話のなかにしょっちゅう持ちだす。小さな眼鏡をかけ、あごひげを生やそうとしているが、ひげは一向に伸びる気配がなく、ずっと長くしている髪を頭のてっぺんで男のお団子《マンバン》ヘアにまとめている。歳は二十二で、小説を執筆中だ。

フォレストはいま、フランスの翻訳小説を読んでいる。アルベール・カミュ。彼が発音すると、カミュではなく、カムーだ。ソファにただすわっているのではなく、だらしなくもたれている。トレーナーとボクサーパンツという格好で。

イモジェンが死んだという知らせを受けて、フォレストはこのマンションにやってきた。小部屋に置いてあるソファベッドで、イモジェンの物に囲まれて眠りたいという。彼がイモジェンの衣類をクローゼットから出して匂いをかいでいるのをジュールは一度ならず目撃した。窓枠にイモジェンの衣類をつるしているところも何度か。イモジェンの古い本――『虚栄の市』の古い版をはじめ、ヴィクトリア朝時代を舞台にした小説――を見つけてきてベッドの枕元に積みあげ、まるでそれを見ながらでないと寝つけないという感じだった。フォレストはトイレの便座を上げたままにしておく。

イモジェンが亡くなったあと、ロンドンのはずれにあるこのマンションで、ジュールはフォレストと事後処理に当たった。イモジェンの両親はニューヨークを離れることができない。父親のギルが病気だからだ。自殺事件が記事にならないよう、両親はあらゆる新聞社に手をまわした。世間で騒がれたくないとイモジェンの両親はいい、警察は殺人の可能性はゼロだと断定した。遺体は依然として見つかっていないものの、誰も自殺を疑わなかった。イモジェンはパソコンの保存ケースに遺書となるメモを残していた。

彼女はずっと鬱状態だったと、周囲の意見も一致している。テムズ川に身投げする人間はいつの時代もめずらしくない。イモジェンが自らメモに書いたように、飛びこむ前に身体が浮きあがらないようおもりをつけておけば、遺体が見つかるまでにどれだけ時間がかかるかわからない。

ジュールは先ほどからフォレストと並んですわって、テレビのチャンネルをあちこち変えて

16

LAST WEEK OF FEBRUARY, 2017 ＿ LONDON

いた。いま映っているのはＢＢＣの深夜番組だ。日中はふたりでイモジェンのキッチンにこもり、パッティに頼まれたとおり、所持品の梱包にあたった。長時間にわたる、やりきれない仕事だった。

「あの子、イモジェンに似てる」フォレストがいって、テレビ画面を指さす。

ジュールは首を横にふった。「似てない」

「似てるって。おれの目にはそっくりだ」

「近くで見たらまたちがう。ショートヘアが同じってだけよ。わたしだって、イモジェンに似てるっていわれるし。遠くから見ると」

フォレストはジュールの顔をしげしげとながめる。「ジュール、きみは似てない。イモジェンのほうが百万倍もかわいい」

ジュールはフォレストをにらんだ。「まさか今夜、あなたと角突《つの》き合わせることになるとは思わなかった。疲れてるの。そういうの、やめにしない？　それとも、どうしたって白黒つけなきゃすまないって、本気でそう思う？」

フォレストがカミュの本を閉じてジュールに身を乗りだす。「イモジェンはきみに金を貸してたのか？」

「いいえ、貸してない」ジュールは事実を答えた。

「きみは彼女と寝たかった？」

「いいえ」

「実際に寝た？」

「いいえ」

「彼女に新しい男ができたのか？」

「いいえ」

「おれにだまっていることが何かあるはずだ」

「あなたに話さないことは六百もある」ジュールはいった。「なぜなら、いまは人と話したくないから。友だちを失ったばかりで、悲しくてしょうがないのを必死に乗り越えようとしているから。それだけいえば、わからない？」

「いいや」とフォレスト。「おれは何があったのか、理解する必要がある」

「イモジェンの私生活について、根掘り葉掘りジュールにきかない。それがこの部屋のルール。ジュールの私生活についてもね。それさえ守れば、わたしたちはうまくやっていける。わかった？」

「この部屋のルール？　部屋にルールって、いったいなんの話だ？」

「どんな場所にもルールはあるのよ。新しい場所に入るとき、どんなふうにふるまえばいいか、考えなきゃ。どこかに客として招かれたら、その場の流儀をわきまえて、それに合わせる。ちがう？」

「きみなら、そうするかもしれない」

「みんなそうするんだって。話すときの声の大きさや、すわり方、どういう話題が無難で、どういうことをいったら失礼にあたるのか。つまりは社会常識に従えってこと」

「いやだね」フォレストはだらしなく足を組んだ。「おれは偽善者じゃない。自分が正しいと思う通りに行動する。それでどうなると思う？　これまで問題になったことは一度もない」

「それは、あなただから」

「どういうことだ？」

「あなたは男。金持ちの家に生まれ、白人で、歯並びも完璧で、イェールを卒業して……まだまだいくらでも強みがある」

「そうかな？」

「他人があなたに合わせてるってわかんないの？　人に合わせるなんてありえないっていうけど、フォレスト、あなたには何も見えてない。みんなそうやって生きてるんだって」

「なるほど。わかった、それはきみが正しいと認めよう」

「まあうれしい」

「だが、新しい状況に踏みこむたびに、そんな馬鹿げたことをいちいち気にしているんだとしたら、ジュール、きみはもう絶望的だ」

「友だちが死んだ」とジュール。「絶望的よ」

＊

イモジェンは自分の秘密をフォレストには話していなかったが、ジュールには話していた。ジュールはずいぶん早い時期から、事の真相に気づいていた。イモジェンが誕生時の名前を教えてくれる前から、ブルック・ラノンがヴィニヤードの家に現れる前から。

あれは七月の四日で、ジュールがヴィニヤードへ移ってきてまもなくのことだった。イモジェンが、屋外の炉で焼くピザ生地のレシピを見つけ、キッチンを粉だらけにして準備していて、友人も何人か招いていた。数日前にファーマーズマーケットで出会った避暑客で、彼らもやってきてピザを食べた。何もかもうまくいっていたが、客は早くに帰りたがった。「車を出して、街の花火大会を見に行こう」という。「やっぱあれは見とかなきゃ。みんな急げ」

イモジェンは人の大勢ひしめくイベントが嫌いだった。いつでも他人の頭が邪魔してよく見えない。うるさいのもいやがった。

フォレストは気にしない。避暑客といっしょにあっさり車に乗りこみ、クッキーの箱を食料倉庫から取ってくるのに一度おりたものの、そのまま出かけてしまった。

ジュールはあとに残った。汚れた皿を食洗機に入れて、イモジェンといっしょに水着に着替える。ジュールがジェットバスの蓋をあけると、イモジェンが背の高いグラスに炭酸水を入れてレモンを添えたものを持ってきた。

ジェットバスのなかにふたりすわって、しばらくだまっている。日が落ちて空気がひんやりしてくると、水面から湯気が上がった。

「ここにきてよかったと思う?」イモジェンがとうとう口をひらいた。「わたしの家で、毎日

16

LAST WEEK OF FEBRUARY, 2017 _ LONDON

いっしょにいて？」

ジュールは満足していた。だからそういった。けれどイモジェンがもっと何かいってほしいそうな顔をしていたので、先を続けた。「毎日、ちゃんと空を見あげる時間があって、食べ物を味わって食べられるじゃない。のびのびと暮らせるスペースもある。やらなきゃいけないこともなくて、期待もされず、大人がひとりもいない」

「わたしたちが大人でしょ」イモジェンがいって、頭をうしろに倒す。「少なくとも、わたしはそう思ってる。ジュールと、わたしと、フォレスト。立派な大人じゃないの。だから、こんなに気分がいい。うわっ！」うっかりグラスをかたむけて、湯のなかに炭酸水をこぼしてしまった。ゆっくりと沈んでいく三枚のレモンを手で追いかけて、なんとかすくいあげる。「ジュールがここを気に入ってくれてよかった」そういって、レモンの最後の一切れをつまみあげる。

「だって、フォレストといても――孤独を感じることがあるから。うまく説明できないんだけど。たぶん彼が小説を書いているせいかもしれない。それと自分より年上だってこともあるかも。だから、ジュールもいっしょにいてくれたほうがいいの」

「彼とはどうやって知り合ったの？」

「ロンドンの夏の短期留学で、彼のいとこといっしょだったの。それである日、〈ブラックドッグ〉でコーヒーを飲んでいたら、あっ、この人インスタグラムで見たことあるって思った。それでおしゃべりをするようになって。彼は小説を書くために、ひと月の予定でここに来ていたの。知り合いは誰もいない。まあ、そんなこんなでね」イモジェンはいって、水面を指でそっとなでる。「ジュールは？　誰かつきあっている人は？」

「スタンフォードにボーイフレンドが何人か」ジュールはいった。「でもみんな、カリフォルニアにいるから」

「ボーイフレンドが何人か？」

「三人」

「三人って、ジュール、多すぎ！」

ジュールは肩をすくめた。「ひとりに決められなくて」

「わたしは大学に入ってすぐつきあった」イモジェンがいう。「ヴィヴィアン・アブロモヴィッツが有色人種学生連合のパーティーに招待してくれて。ヴィヴィアンのことは話したよね？　彼女のお母さんは中国系アメリカ人で、お父さんは韓国系ユダヤ人。そのパーティーに参加しようと思ったのは、彼女が熱をあげてる男子が出席するから。参加者のなかで白人はわたしだけだったから、ちょっと緊張したんだけど、結局そういうことはどうでもよかった。問題は、参加者はみんな政治に関心が強くて、大望を抱いてるってこと。抗議集会とか、いま読むべき哲学書とか、ハーレム・ルネサンス（一九二〇年代にニューヨークのハーレムで開花した黒人文学や黒人音楽文化の復興）をテーマにした映画の話とか、そんな話題でえんえんとしゃべってるわけ。パーティーでよ！　わたしのほうは、ダンスはいつ始まるのよって、そればっかり。結局ダンスなんてなかった。ねえ、スタンフォードでも、パーティーはそんな感じ？　ビールなんかまったく出なくて、みんな難しいことばっかり話してるの？」

16

LAST WEEK OF FEBRUARY, 2017 _ LONDON

「スタンフォードにはフラタニティのパーティーがあるけど」

「そっか、でもそれとはちがうと思う。とにかく、そこにドレッドヘアの背の高い黒人の男の子が来てて、その子がもうすっごくキュート。なのにこんな感じで話すわけ。『きみ、グリーンブライアーに通ってたのに、ジェイムズ・ボールドウィンを読んでないの？　トニ・モリソンは？　タナハシ・コーツぐらい読んでおかないと』それで、わたしはいったの。『ちょっと待って、こっちはまだ大学に入ったばっかりよ。これからでしょ！』って。隣にいたヴィヴィアンは、話そっちのけでスマホを見てた。『ブルックからメッセージが来たよ。別のところでDJのいるパーティーをやってるってさ。ラグビーのチームも来てるって。そっちへ流れようよ』やっぱりダンスができるパーティーに行きたかったから、結局そこを出たってわけ」

イモジェンは湯のなかに頭まで沈み、それからまた上がってきた。

「その、人を見下すような男とは、どうなったの？」

イモジェンは笑った。「アイザック・タッパーマン。そうそう彼のことを話したくて、この話題を持ちだしたんだった。二か月近くつきあってたかな。それで彼の好きな作家の名前を覚えてるのよ」

「彼氏、だったの？」

「そう。よく詩を書いて、わたしの自転車にテープで留めていったりした。夜遅く、それこそ午前二時なんて時間にやってきて、きみにどうしても会いたくなった、なんていうんだから。それでいて、やっぱり上から目線は変わらないんだけど。彼、ブロンクスで育って、スタイに入って、それから――」

「スタイって？」

「ニューヨークにあるパブリックスクール。頭のいい子しか入れない。彼はわたしに対して、たくさんの理想があった。わたしがどうあるべきで、何を勉強して、何に関心を持つべきか。年下の女性の目をひらかせる、すてきな年上の男性になりたかったみたい。それはまあ、ありがたかったけど、たまにめちゃくちゃ退屈になるんだよね」

「じゃあ、フォレストに似てたんだ」

「え？　まさか。わたしがフォレストに会ってうれしかったのは、アイザックと正反対だったから」その言葉に偽りはないというように、イモジェンはきっぱりいいきった。「アイザックがわたしのことを気に入ったのは、あまりに無知で、何でも教えてやれるから。わかる？　そうすると自分が男だって実感できる。たしかに彼は、わたしが学んだことも、経験したこともないことを山ほど知ってた。だからうまくいったかっていうと、そうじゃないの。わたしがあんまり無知なもんだから、向こうはいらいらしまくってた。それで結局、ダメになったってわけ。こっちはもう悲しくて落ちこんで、どうしようもなくてヴィニヤードにやってきた。でもそこである日思ったの。『ちょっとミスター・アイザック、あんた何様のつもり？　わたしだってそんなに無知じゃない。あんたが、どうでもいい、くだらない、と思って目もくれないことをこっちは全部知ってるんだって』いってることわかる？　つまりわたしは、アイザックが関心を持つようなことを知らないだけ。アイザックが関心を持つのは重要なことだっていうの

16

LAST WEEK OF FEBRUARY, 2017 _ LONDON

もわかってる。けど、彼といっしょにいるといつだって、自分がばかでどうしようもない人間に思えてくるんだよね。彼の人生経験をわたしはよく理解できない。彼はわたしより一年先に生まれてて、アカデミックな世界や文芸誌なんかに、心底夢中になってる。結局いつでも彼が上からこっちを見おろして、わたしは目を大きく見ひらいて下から見あげている。わたしのそういうところが彼は好きだった。それと同時に軽蔑してた」

「そのあとで、妊娠してるんじゃないかって心配した時期があったんだ」イモジェンが続ける。「ジュール、考えてもみてよ。わたしは養子よ。そんなわたしが、養子に出すしかない子どもを、中絶するしかない子どもを、みごもってるなんて。一度両親に彼を会わせたんだけど、遊び人と結婚させるわけにはいかないって即座に切り捨てられた——彼の肌の色と、そのときの髪型も気に入らなかった——それでどうしたらいいかわからなくなって、授業を全部さぼって、中絶した人の経験談をネットで読みあさってた。それがある日、とうとう生理がきたから、アイザックにメールしたの。彼は何もかもほっぽりだして、寮のわたしの部屋に飛んできた。そうして別れ話をした」イモジェンは両手で顔をおおった。「あんなに恐ろしい思いをした一週間はなかった。自分のなかに赤ちゃんがいるって思い続けて」

その夜、フォレストが花火大会からもどってきたとき、もうイモジェンはベッドに入っていた。ジュールはまだ起きていて、リビングのソファに腰かけてテレビを見ていた。フォレストについてキッチンに入っていくと、彼は冷蔵庫をあさって、ビールとグリルド・ポークチョップの残りを見つけた。「フォレスト、料理はするの?」ジュールはきいた。

「パスタをゆでる。あとトマトソースを温める」

「イモジェンの料理は絶品よね」

「ああ。おれたちにすればありがたい、だよな?」

「キッチンで一生懸命やってる。動画を観たり、図書館で料理本を借りてきたりして、独学で勉強してるの」

「へえ、そうなんだ」気のない調子でいう。「そうだ、クランブルが残ってなかったか? いまおれが生きていくのに必要なのは、まさにそれだ」

「わたしが食べた」ジュールはいった。

「やられた」とフォレスト。「まあいい、おれは小説を書く。夜が一番頭の働く時間だからな」

*

フォレストがロンドンの部屋でジュールと過ごして一週間ほどたったある夜、彼はロイヤル・シェイクスピア・カンパニーの『冬物語』のチケットを二枚買ってきた。これで用事ができた。ふたりともマンションから出る必要があった。

ジュビリー線に乗って途中セントラル線に乗り換え、セント・ポールズ駅で降りて劇場まで歩いていく。雨が降っていた。上演開始まで一時間あったので、パブを見つけて入り、フィッシュアンドチップスを注文した。室内は暗く、壁に鏡がずらりと並んでいた。ふたりはカウンターに席をとった。

フォレストは本についてえんえんと話した。ジュールは彼が読んでいるカミュの『異邦人』について質問をした。あらすじをきけば、主人公は母親を亡くした男で、別の男を殺したために法廷に立って求刑されるという。

「それって、ミステリー？」

「ぜんぜん」とフォレスト。「ミステリーというのは現状維持でしかない。最後には何もかも収拾がつく。これで社会の秩序が回復された、めでたしめでたしってね。しかし社会の秩序なんてもんが、実際存在するか？　それは人工的な構造だ。ミステリーのジャンルに入る小説は例外なく、因果律という西洋概念のヘゲモニーを強化している。しかし『異邦人《エトランジェ》』という小説は、最初から事が起きてしまっている。解明すべき謎はない。なぜなら、究極的には、人間の存在そのものに意味がないからだ」

「フォレストがフランス語の単語を発音すると、すごくセクシー」ジュールは手を伸ばして、彼の皿からポテトをひとつつまむ。「なーんて、うそ」

伝票がくると、フォレストは自分のクレジットカードを取りだした。「おれのおごりだ。ゲイブ・マーティンに感謝」

「お父さん？」

「そう。この子の支払いを全部してくれる」フォレストはクレジットカードを指でトンとたたいた。「おれが二十五になるまで。だから小説を書いていられるんだ」

「恵まれてること」ジュールはカードを取りあげた。番号を暗記してから、ひょいと裏返し、そちらに記載されているセキュリティコードも覚える。「請求書も見ないの?」

フォレストは声をあげて笑い、カードを取りもどしてカウンターの向こうへ押しだした。「そう。請求書はまっすぐコネティカット行き。でも自分が恵まれてるってことはつねに意識するようにしてるよ。これがあたりまえだって思わないように」

バービカン・センターまで、霧雨のなかを歩いていく。フォレストが傘をさしてくれる。彼はプログラムを買った。ロンドンのどこの劇場でも売られているものと同じで、写真満載で上演までの経緯が書かれている。ふたり並んで客席に腰をおろした。

幕間になると、ジュールはロビーの片隅で壁によりかかり、人の群れをながめた。フォレストはトイレに立った。ジュールは演劇ファンたちの会話のアクセントに耳をすます――ロンドン、ヨークシャー、リバプール。ボストン、一般的な米語、カリフォルニア。南アフリカ。またロンドン。

うそ、どうして。

パオロ・バジャルタ・ベルストーンがいる。

いまこの場に。ジュールの立っているロビーのちょうど反対側にいた。

灰色の群衆のなか、ひときわ鮮やかに際立って見える。赤いTシャツの上にスポーツジャケットをひっかけ、青と黄色のランニングシューズを履いて、ジーンズのすそはほつれている。

パオロには、フィリピン人の母親と、いろんな白人をごったまぜにしたアメリカ人の父親がいる。自分の両親について、彼はそう説明した。髪は黒で——最後に会ったときより短くなっていた——優しげな眉をしている。丸い頰に、茶色の瞳。赤みの勝った唇は腫れているようにふっくらしていた。歯並びもいい。パオロはバックパックひとつで世界を旅してまわり、メリーゴーラウンドや蠟人形館で見知らぬ人に話しかける。気取りのない、話し好き。人間が好きで、いつでも相手のよい面だけを見る。その彼がいま、小さな黄色いパッケージから魚の形をしたグミをつまんで食べている。

ジュールは背を向けた。はしゃいでいる自分の気持ちがいやだった。相手が魅力的に見えるのがいやだった。

だめだ。パオロ・バジャルタ・ベルストーンには会いたくない。

会えるわけがない。いまも、この先も、ずっと。

＊

すぐにロビーを出て、客席にもどった。両開きの扉が背後で閉まる。なかはほぼがらがら。劇場の案内係と、席を離れたくない年輩の夫婦が残っているだけだった。

一刻も早くここを出ないと。パオロに見つかるまえに。ジュールは上着をつかんだ。フォレストを待っていられない。

どこかにわきの出口はない？

上着を腕にかけて通路を駆けあがる――するとそこに彼がいた。前方に立っている。ジュールは足をとめた。もう逃げられない。

パオロがグミの袋をふる。「イモジェン！」駆けよってきて頰にキスをした。息からかすかに砂糖が匂う。「また会えるなんて、夢みたいだ」

「こんにちは」さめた口調でいった。「タイにいると思ってた」

「計画に遅れが出てね」とパオロ。「全部あとにずらした」そこで一歩下がり、ほれぼれとした表情でジュールを見つめた。「きれいだ。ロンドン一きれいな女の子」

「ありがと」

「本当だよ。女の子じゃなくて女性だね、ごめん。みんな舌をだらりと垂らして、きみのあとをついてまわるんじゃない？　最後に会ったときから、またどうしてそんなにきれいになったの？　怖いぐらいだ。うん、しゃべりすぎだってわかってる、なんか緊張しちゃって」

ジュールは皮膚が温かくなるのがわかった。

「行こう」とパオロ。「お茶をごちそうする。コーヒーでもいいよ。なんでも好きなものを。ずっと会いたかった」

「わたしも」そんなことをいうつもりはなかった。しかし口から出てきた言葉は本心だった。

パオロに手をつかまれた。ふれるのは指先だけ。こんなふうに、いつでも迷いがない。たとえこっちが拒んだとしても、本心ではないとすぐわかってしまうだろう。とことん優しく、それでいて自信たっぷり。こうしてふれあえる自分たちは幸運だと、そんなふうに思っているよ

16

LAST WEEK OF FEBRUARY, 2017 _ LONDON

うなふれ方だった。わたしが他人に肌をふれさせないのを知っているみたい。指先と指先を合わせながら、パオロはジュールをロビーへとひっぱっていく。

「電話をしなかったのは、きみにするなといわれたからだよ」パオロはいって、ジュールの手を放し、お茶を買う列に並んだ。「ずっと電話をしたかった。毎日。電話をじっと見るものの、きみにいやがられたくないから、かけなかった。こうしてばったり出会えてすごくうれしい。ああ、なんてかわいいんだ」

パオロのTシャツの襟ぐりが鎖骨に重なっている。それを見るだけでジュールはうっとりする。手首が動いてジャケットの布地とこすれるのもいい。下唇をかむのは、不安なときにやるくせだ。やわらかな顔立ちのなか、黒いまつげがくっきり映《は》えている。朝起きて最初に目に映るのがこの顔だったらいい。パオロ・バジャルタ・ベルストーンを朝一番に見ることができたら、何もかもうまくいくような気がする。

「やっぱりまだニューヨークの実家に帰りたくないのかい?」パオロがきく。

「実家には永遠に帰りたくない」ジュールはいった。気がつけば彼に対しては事実をさらけだしていて、いっていることも本心だった。目に涙が盛りあがってくる。

「ぼくもそうだ」パオロの父親は金融界の大立て者で、インサイダー取引で起訴された。当時はそのニュースで持ちきりだった。「母親はオヤジのやっていることに気づいて家を出た。いまは自分の妹の家で暮らしてて、ニュージャージーから通勤してるよ。金のせいで何もかも台無しになって、離婚専門の弁護士、刑事事件専門の弁護士、調停人なんかが入り乱れてる。やってらんないよ」

「お気の毒」

「もう目も当てられない。離婚するとなったとたん、オヤジのアニキは手に負えない人種差別主義者になってね。信じがたい言葉が口から飛びだすんだ。そこへきて、母親も容赦なく毒を吐きだす。まあ、当然といえば当然なんだけど、電話口で母親と話すだけでこっちはぞっとする。一度壊れたものはもう二度ともどらないって気がするよ」

「で、これからどうするの？」

「もっと旅を続ける。二週間後には友人のほうも、もろもろ片づいて旅に出られるんだ。そうしたらバックパックを背負って、前に計画したとおり、タイ、カンボジア、ベトナムをめぐる。それから香港に行って、最後はフィリピンにいる祖母に会う」パオロがまたジュールの手を取った。手のひらにそっと指を走らせる。「指輪をしてないね」ジュールの指先には薄いピンクのマニキュアが塗られている。

「ひとつだけ」ジュールはいって、もう一方の手を見せた。翡翠でできたヘビの指輪がはまっている。「ほかは全部友だちの。わたしは借りていただけ」

「全部きみのものだと思ってたけど」

「うん。いえ、ちがう」ジュールはため息をついた。

「どっち？」

「その友だち、最近自殺したの。ふたりでいい合いになっちゃって、わたしに怒りながら死ん

16

LAST WEEK OF FEBRUARY, 2017 — LONDON

だの」それは本当だったが、うそも交じっている。パオロといっしょにいると、頭のなかがぼやけてくる。これ以上話しちゃいけない。自分の胸の内で語る話と、他人に向かってする話がぐるぐるまわって重なり合い、色合いを変えていくのがわかる。今夜に限って、自分が話していることが、本当なのか、うそなのか、わからなくなっている。

にぎっている手にパオロが力をこめた。「つらかったね」

「ねえ、とことん悪いことをした人間は、やっぱり悪だと思う?」ジュールは思わず口走った。

「え?」

「とことん悪いことをしたら、その人間は悪人なの?」

「つまり、きみの友人は自殺したから、地獄へ行くのかってこと?」

「ちがう」そんなことはこれっぽっちも思ってない。「わたしがいいたいのは、生きているときに、とことん悪いことをした人間は、もうそれで終わりなのかってこと。それとも、過去にどんなひどいことをしても、人間は、いい方向に変われる?」

パオロは考える。「そうだな、『冬物語』のレオンティーズの例がある。彼は友人を毒殺しようとして、妻を監獄に入れて、自分の赤ん坊を荒野に捨てた。となると、彼はまったくの悪人だよね?」

「ええ」

「だけど最後には——きみは、以前にこの劇を見たことがある?」

「いいえ」

「最後には、彼は後悔する。あらゆることに対して、心から後悔する。それだけで十分だった。みんな彼をゆるすんだ。シェイクスピアは、レオンティーズが最後には救われるようにした。悪行の限りを尽くした男を」

ジュールはパオロに洗いざらい話してしまいたかった。

自分の過去を全部さらけだし、醜いものも、美しいものも見てもらい、ふるいおこした勇気と、複雑な事情を知ってもらいたかった。そうすれば救われる。

でもできなかった。

「ちょっと待って。これって、芝居の話だよね？」パオロがあわてる。

ジュールは首を横にふった。

「イモジェン、ぼくはきみに怒りなんか感じない」パオロがいう。「きみに夢中なんだ」手を伸ばして、ジュールの頬にふれる。それから親指の腹でジュールの下唇をすっとなでた。「きみの友だちだってそうだ。生きているときにどんなことが起きたか知らないけど、死んでもまだ怒ってるなんて、そんなわけがない。きみは最高で、完璧だ。ぼくにはわかる」

気がついたら列の先頭に来ていた。「お茶をふたつ」ジュールはカウンターの女性に注文した。泣いてはいないのに涙があふれる。感情を抑えないと。

「こういう話題はディナーの席で」パオロがいって、お茶の代金を払ってくれる。「芝居が終わったら、レストランにでも行こうか？　それともベーグル？　本物のニューヨーク・ベーグルを出すパブを知ってるんだ」

16

LAST WEEK OF FEBRUARY, 2017 _ LONDON

断らなきゃ。わかっているのにうなずいた。

「ベーグルか、よし。それじゃあいまは、もっと明るい話題にしよう」ふたりで紙コップに入ったお茶を持って、ミルクやコーヒースプーンが置いてあるスタンドに行く。「ぼくは砂糖ふたつに、ミルクを大量に入れる。きみは?」

「レモン」とジュール。「いつも四切れ」

「よし、じゃあ明るくて、気が紛れる話題」パオロがいい、ふたりはあいているテーブルへ歩いていった。「ぼくの話をしようか?」

「誰もとめない」

パオロが声をあげて笑った。「八歳のとき、叔父の車のルーフからジャンプして足首の骨を折った。ツイスターって名前の犬と、セント・ジョージっていう名前のハムスターを飼ってた。子どものころは探偵になりたかった。サクランボを食べすぎて具合が悪くなったこともある。そして、きみに電話をしないでくれといわれてから、誰ともデートはしていない」

思わずジュールはにやりとした。「うそつき」

「女性とはね。今夜はここに、アーティ・サッチャーと来てるんだ」

「お父様の友だち?」

「同じホテルに泊まってる。彼にいわれたんだ。ロイヤル・シェイクスピア・カンパニーを観なかったら、ロンドンを見たことにはならないってね。きみはどう?」

ジュールは現実にひきもどされた。

自分はフォレストと来ている。

われながらあきれた。どうかしてる。パオロのせいだ。

劇場を出るはずだった。それなのに彼が頰にさっとキスをしてきた。指をからめて。指輪がはまっていないのにも気づいて、きれいだ、毎日電話したかったという。

こっちだってずっと会いたかった。

でもここにはフォレストがいる。

会わせるわけにはいかない。パオロはぜったいにフォレストに会ってはならない。

「あの、わたし――」

フォレストがすぐそばに現れた。ぐでっとだらしなく立っている。「友だち、見つけたんだ」まるで子犬にでも話しかけるように、ジュールにいう。

一刻も早くここを出ようと、ジュールは椅子から立ちあがった。「気分がよくないの。きっと興奮のしすぎ。吐きそう。家まで送ってくれる?」フォレストの腕をつかみ、ロビーの出口へひっぱった。

「ちょっと前まで、なんでもなかったじゃないか」フォレストはいいながら、引きずられるままにうしろからついてくる。

「会えてうれしかった」パオロに声をかける。「じゃあね」

そのまま椅子に貼りつけておくつもりだったのに、パオロは立ちあがって、いっしょに出口までついてくる。「ぼくは、パオロ・バジャルタ・ベルストーン」歩きながらフォレストに向

16
LAST WEEK OF FEBRUARY, 2017 _ LONDON

かって名を名乗り、にっこり笑う。「イモジェンとは友だちなんだ」

「早く行こう」ジュールはいう。

「フォレスト・スミス・マーティン」フォレストも名乗った。「じゃあ、もうきいてるよね？」

「いいから、行こうって」ジュールはいう。

「きいてるって、何を？」とパオロ。どこまでもついてくるのをよそに、ジュールはフォレストを外にひっぱりだした。

「ごめん、本当に」ジュールがいう。「本気でまずい。タクシー呼んで、お願い」

外はざあざあ降りだった。バービカン・センターは通りに通じる長い連絡通路がある。ジュールはずっとフォレストの手をひっぱって歩いている。

屋根がなくなる手前で、ぬれるのがいやなのか、パオロが足をとめた。

ジュールは黒いタクシーに手をふる。乗りこむなり、セント・ジョンズ・ウッドと、マンションの住所を告げた。

深呼吸をして気を静める。フォレストに語る話は決まった。

「座席にジャケットを置きっぱなしだ」フォレストが文句をいう。「具合が悪いんだって？」

「ちがう」

「じゃあ、何？　どうして帰るんだよ？」

「あの男に、ずっとつきまとわれてる」

「パオロ？」

「そう。しつこく電話をかけてくるの。一日に何回も。メールやショートメールも送ってきて、まるでストーカー」

「変なやつとつきあってんだな」

「つきあってなんかない。あの男には『ノー』といってもダメなの。だから逃げなくちゃいけない」

「パオロ……ベルストーンとかなんとか、いってなかったか？」とフォレスト。「やつの名前」

「そう」

「スチュアート・ベルストーンの親戚か何か？」

「さあ、どうだか」

「でもラストネームは同じだろ？　ベルストーン？」フォレストはスマートフォンをひっぱりだした。「ウィキペディアに書いてある――ほら、スチュアート・ベルストーン、D&G取引スキャンダルとかなんとか。彼の息子がパオロ・バジャルタ・ベルストーンだ」

「かもね」とジュール。「できるだけ、彼のことは考えないようにしてる」

「ベルストーンか、こいつは面白い。イモジェンは彼と会ったの？」

「うん。じゃなくて……」

「どっちだよ？」

「親どうしが知り合い。ふたりで初めてロンドンにやってきたとき、彼にたまたま会った」

「その彼が、いまはきみをつけまわしてるって？」

16
LAST WEEK OF FEBRUARY, 2017 _ LONDON

「そう」

「なのにきみは、そのベルストーンっていうストーカー男のことを警察に教えるべきだとは、これっぽっちも思いつかなかったって？　失踪したイモジェンの捜索に役立つとは思わなかったのか？」

「彼は何も関係ない」

「わかんないさ。つじつまが合わないことが山ほどあるんだから」

「イモジェンは自殺した。それはもう疑う余地がない」ジュールはぴしゃりといった。「鬱状態になって、あなたのことはもう愛していなかったし、わたしも愛されていなかった。わたしがいるからまだ生きよう、とは思わなかったんだから。それ以外に何かあったんじゃないかなんて、つまらない勘ぐりはやめることね」

フォレストは唇をかみ、あとはもう何もいわなかった。しばらくして目をやったら、泣いていた。

*

朝、フォレストは消えていた。いつもならソファベッドの上にいるはずだった。玄関ホールのクローゼットにも彼の大きなかばんはなかった。毛玉だらけの男物のセーターも部屋に脱ぎ捨てられていない。ノートパソコンも、フランスの小説もない。台所に汚れた皿が残っているだけ。

寂しいとは思わない。二度と会いたくなかった。それでも理由もいわずに出ていったのが気に入らない。

前の晩、パオロはフォレストに何をいった？「イモジェンとは友だちなんだ」「きいてるって、何を？」——あとは自分の名前。それだけだ。

パオロがわたしをイモジェンと呼んでいるのはきいていない。それともきいたの？

まさか。

ひょっとしたら。

ありえない。

どうしてフォレストはパオロのことを警察にいうべきだといったの？　イモジェンがストーカー行為をされて、殺されたと思ったから？　イモジェンがパオロと恋仲だったと思ったから？　わたしがうそをついていると思った？

ジュールは荷づくりをし、以前に何かで読んだことのある、街の反対側にあるユースホステルに向かった。

15

THIRD WEEK OF FEBRUARY, 2017
LONDON

2017年 2月の第3週 ロンドン

ユースホステルに向かう八日前、ジュールはロンドンのマンションからフォレストの携帯に電話をかけた。そのときは手がふるえた。パンの保存ケースがあるキッチン・カウンターの席に腰をおろし、足をぶらぶらさせている。朝のきわめて早い時間。電話は手早くすませてしまいたかった。

「やあ、ジュール」彼が出た。「イモジェンはもどってきた？」

「いいえ、まだ」

「そうか」そこで間があった。「それじゃあ、なんで電話してきた？」こちらをさげすんでいるのが、声からはっきりわかる。

「悪い知らせがあるの」ジュールはいった。「気の毒だけど」

「何？」

「いまどこにいるの？」

「新聞の売店。この国じゃ、ニュース・エージェントっていうらしいけど」

「外に出て」

「わかった」フォレストが歩いているあいだ、じっと待つ。「いいよ、何？」

「マンションで書き置きを見つけた。イモジェンの」

「書き置きって、どんな？」

「パンの保存ケースに入ってたの。読むからきいて」ジュールは目の前に紙をかかげた。縦長で、くるくるっとしたくせのある文字。イモジェンのサイン、イモジェンのよくつかうフレーズ、イモジェンの好きな言葉が並んでいる。

ハイ、ジュール。あなたがこれを読むころ、わたしは睡眠薬を大量に飲んでるわ。これからタクシーを呼んで、ウエストミンスター橋に向かう。

ポケットには石。山ほどの小石を入れた。一週間かけて集めたの。川に抱きしめてもらえれば、少しは気が楽になると思う。

理由がわからないと、きっとあなたはそういう。答えるのは難しい。何もかもまちがっている気がする。どこにいてもくつろげない。くつろいだことなんて一度だってない。これからだって、きっとないと思う。

フォレストには理解できない。ブルックもね。でもジュールなら——わかってくれると思う。あなたは、誰にも愛されないわたしを知っているから。「わたし」というものが存在すれば、の話だけれど。

イモジェン

「そんな。そんな」フォレストが何度も繰り返す。

ジュールの頭に、美しいウエストミンスター橋の石づくりのアーチと緑の手すりと、その下をごうごうと流れる冷たい川が浮かぶ。それからイモジェンの遺体のことを思った。白いシャツが身体のまわりでゆらゆらして、水に伏せた顔のあたりに血が広がっている。イモジェン・

15
THIRD WEEK OF FEBRUARY, 2017 _ LONDON

ソコロフを失った痛みを、ジュールはいま、フォレスト以上に強く感じていた。「もう何日も前に書いたみたい」フォレストがようやく大人しくなると、ジュールはいった。「水曜日にはもういなかったから」

「パリに行ったっていったじゃないか」

「それは推測」

「きっと身投げはしなかった」

「自殺の書き置きを残したのよ」

「だけど、なぜ？　なぜ死ななくちゃならない？」

「どこにいてもくつろげなかった。それはそっちも知ってるでしょ。遺書にもはっきりそう書いてある」ジュールはそこでごくりとつばを飲みこんでから、フォレストがききたいであろう言葉を続けた。「どうしよう？　わたしには、どうしたらいいかわからない。まだフォレストにしか話してないの」

「いまからそっちに行く」とフォレスト。「警察に電話してくれ」

＊

二時間後、フォレストがマンションに現れた。げっそりして、身なりにもかまわない。ホテルから荷物を全部持ってきて、事が片づくまで奥の部屋のソファベッドで寝ると宣言した。寝室はきみがつかえばいい。お互いひとりにならないほうがいいと、フォレストはいった。

本当はいっしょにいたくはなかった。ジュールはいま、悲しくて無防備になっている。フォレストがそばにいるというなら、よろいをまとわねばならない。ただし彼は危機管理においては頼りになるので、全部任せた。フォレストはあちこちにメールを送り、電話をかけ、きわめて優しい口調で状況を知らせる。こんな思いやりが彼にあるとは思いもしなかった。イモジェンの両親、マーサズ・ヴィニヤードで知り合った友人たち、イモジェンの大学の仲間など、フォレストはひとりひとりと連絡を取り、自分でつくったリストにていねいにチェックを入れていく。

ジュールはロンドン市警察に電話をかけた。警官があわただしく入ってきたときには、フォレストはパッティと電話で話していた。警官はイモジェンの書き置きを手に取ったのち、ジュールとフォレストからくわしい事情をきいた。

イモジェンが旅行に出た様子はないということで、フォレストとジュールの意見は一致した。クローゼットにはイモジェンのスーツケースが置いてあったし、衣類を持ちだした形跡もない。財布とクレジットカードは、見つけたバッグのなかに入っていた。それでもノートパソコンはマンションにはなく、運転免許証とパスポートも消えていた。

書き置きは偽物かもしれないと、フォレストが警官のひとりにいった。「彼女をさらった人間が、疑いをほかへそらすために細工したのかもしれない」フォレストはいう。「あるいは、彼女がむりやり書かせられたか。そういうのをつきとめる、何か方法はありませんか？」

15
THIRD WEEK OF FEBRUARY, 2017 _ LONDON

「フォレスト、書き置きはパンのケースに入っていたのよ」ジュールがやんわりと指摘する。
「イモジェンはわたしに読ませたいと思って、そこに入れたの」
「なぜミス・ソコロフが誘拐されたと思うんだい?」警官がいう。
「金です。身代金目的で誰かが彼女を拘束しているのかもしれない。ノートパソコンがなくなっているのもおかしい。殺された可能性もある。彼女を殺した犯人がこの遺書を書かせたのかもしれない」

警官たちはフォレストの説をじっときいていた。それから、その説でいくと一番嫌疑がかかるのは彼自身ではないかと指摘した。元彼で、つい最近街に着いてイモジェンをさがしていたのだから。とはいえ、この件になんらかの犯罪がからんでいるとは思えないと、警官たちははっきりいった。もがいたような形跡がないかさがしたが、一切なかった。

マンションの外で殺されたのかもしれないとフォレストがいうと、警察はパンの保存ケースのことを持ちだした。「そうでないことは遺書が明確に示している」と。本人の筆跡にまちがいないかときかれて、ジュールはまちがいないといった。フォレストもきかれて、やはりまちがいはない、少なくとも本人の筆跡に見えるといった。

ジュールはイモジェンがイギリスでつかっていた携帯電話を警官に渡した。履歴を見ると、地元の博物館に発信が数回。両親、フォレスト、ヴィヴィアン・アブロモヴィッツ、それ以外にあと数人、ジュールが友人だとわかっている相手からのメールが受信されていた。イモジェンの銀行取引の記録はあるかと警官にきかれ、ジュールは消えたパソコンからプリントアウトされた書類を渡した。リビングルームの机の引き出しに入っていた。

イモジェンの遺体をさがすと警官は約束してくれたが、小石をポケットに詰めていたなら、そう簡単には上がってこないともいった。おそらく流れに運ばれて、ウエストミンスター橋から遠く離れたところで見つかるかもしれないと。

見つかるにしても、数日、あるいは数週間後だろう。

14

END OF DECEMBER, 2016
LONDON

2016年 12月末 ロンドン

六週間前、ジュールは初めてロンドンを訪れた。クリスマスの翌日だった。タクシーに乗って予約しておいたホテルへ向かう。イギリスのお金は大きすぎて財布にきっちり収まらない。タクシー代はバカ高かったが、ジュールは気にしない。金に困ってはいなかった。

ホテルは格式張った古い建物で、内装は新しい。受付に立つのは、格子柄の上着を着た紳士。予約状況を調べたのち、自らジュールを部屋に案内してくれる。ボーイが荷物を運んでくれているあいだ、紳士とおしゃべりをする。そのしゃべり方がとてもいい。まるでディケンズの小説から抜けでてきたような紳士だった。

スイートルームの壁紙はモノクロのトワレ柄。ずっしりした錦のカーテンが窓にかかっている。バスルームは床暖房。タオルはクリーム色で小さな四角形が浮きだす織りになっている。茶色い紙に包んだラベンダーの石けんも置いてあった。

ルームサービスでステーキを注文した。運ばれてくると丸ごとたいらげ、大きなグラスで水を二杯飲む。それから十八時間眠った。

目が覚めると、じつに爽快な気分だった。

ここは初めての街で、外国であり、『虚栄の市』や『大いなる遺産』の街だ。イモジェンの街が、ジュールの街になる。イモジェンが大好きだった本が、ジュールの一部になったように。

カーテンをあけた。眼下にロンドンの街が広がっている。たくさんの人や車に交じって、赤いバスや、カブトムシ形の黒いタクシーが狭い通りを走っている。建物はどれも数百年前に建てられたように見える。そこで営まれている生活にジュールは思いを馳せる。車は左側通行で、人はクランペットを食べてお茶を飲み、テレビ《テリー》を観る。

ジュールは脱皮をするように罪悪感と悲しみを脱ぎ捨てた。いまの自分はさしずめ、悪を倒す孤独な戦士。休息中のスーパーヒーロー、あるいはスパイ。このホテルにいる誰よりも勇敢で、ロンドンじゅうさがしても、わたしに匹敵する者はいない。並の人間とは出来がちがうのだ。

＊

マーサズ・ヴィニヤードで過ごした夏、イモジェンはロンドンにマンションを持っているとジュールにいった。「鍵はここに入ってるから。明日にでも行ける」そういってバッグをぽんとたたいた。

けれどもその後、その話は一度も出なかった。

いまジュールはマンションを管理している人間に連絡をして、イモジェンがロンドンに来ていると知らせた。掃除と空気の入れ換えをお願いできる？　食べる物を少しと切り花も欲しいんだけど？　はい、すべてこちらで手配できます。

準備が整った頃合いにイモジェンの鍵をさしこんだら、すんなりドアがあいた。マンションはセント・ジョンズ・ウッドにあって、大きな寝室ひとつに小部屋がついている。近所に店もたくさんあった。部屋は白いタウンハウスの最上階を占めており、窓から木々が見おろせた。戸棚にはやわらかなタオルと縦縞柄のシーツが入っている。バスルームには浴槽があるがシャワーはない。冷蔵庫は小さなもので、キッチンには最小限のものしか置いていない。この部屋を買ったときには、まだイモジェンは料理の勉強は始めていなかったのだ。けれどそんなことは問題ではない。

ハイスクールを卒業したあと、イモジェンは六月にロンドンで夏の短期留学プログラムに参加した。そのとき、ファイナンシャルアドバイザーからマンションを買うように勧められた。購入手続きは手早くすんで、イモジェンは友人たちとポートベロー・ロードの骨董品市場にくりだしてアンティークを買い集め、〈ハロッズ〉で布類をそろえた。玄関のドアは、イモジェンが夏に撮ったインスタント写真でおおわれている――たぶん五十枚ぐらいある。イモジェンが男女の友だちと肩を組んで、ロンドン塔やマダム・タッソー蠟人形館のような場所を背景に写っている。そういった写真がほとんどだった。

ジュールは自分の所持品を収納してから、写真をはがした。ゴミ箱に全部入れたあと、ビニール袋にたまったゴミを地下へ持っていった。

それから数週間して、ジュールはノートパソコンを新しく買い、古いものふたつを焼却炉に放りこんだ。博物館やレストランに行き、静かな店でステーキを食べ、騒がしいパブでハンバーガーを食べた。どこの店でも店員はよくしてくれる。書店の店主とおしゃべりをし、自分はイモジェンだと名乗った。いっときのつきあいで終わる観光客に話しかけて、いっしょに食事をしたり、誘い合って劇場に行ったりした。こんなふうに、どこへ出かけてもイモジェンは快く迎えられていたのだろう。ジュールは毎日トレーニングをし、好きなものだけを食べたが、それ以外はイモジェンの人生を生きた。

ロンドンに来て三週目に入ったところで、タッソー蠟人形館に足を向けた。有名なアトラクションで、ボリウッドの俳優や王室のメンバー、えくぼのある少年バンドなど、すべて蠟でつくった人形がぎっしり並んでいる。アメリカ人の子どもが大勢いて、大声でさわいでいるのに親たちが手を焼いていた。

堅い木の椅子にむっつりした顔ですわっているチャールズ・ディケンズの人形を見ていると、誰かが話しかけてきた。

「もし彼がいま生きていたら、あのはげかかった頭を剃《そ》りあげただろう」パオロ・バジャルタ・ベルストーンはそういった。それに対してジュールはこういいかえした。

「もし彼がいま生きていたら、放送作家になっている」

「ぼくのこと、覚えてる?」彼がきいた。「パオロ。夏にマーサズ・ヴィニヤードで会ったよね」顔にはにかんだ笑みを浮かべた。くたびれたジーンズに淡いオレンジ色のTシャツ。足

14

END OF DECEMBER, 2016 _ LONDON

もとは履き古したVANSのスニーカーだ。バックパックひとつで旅をしているとジュールは知っていた。「髪型、変えたんだね」パオロがいう。「最初はきみだとわからなかった」

パオロはすてきだった。こんなにすてきだったことをジュールは忘れていた。一度だけキスをしたことがある。顔にかかる豊かな黒い髪。頬が少し日焼けしているようで、唇はひび割れている。きっとスキーをしてきたのだろう。

「覚えてる」ジュールはいった。「バタースコッチとホットファッジ、どっちにするか決められない、メリーゴーラウンドでは気持ち悪くなる、将来の夢は医者になること。ゴルフはするけど野暮ったいプレー。世界中を旅してまわっていて、それはわたしも興味をひかれる。博物館で女の子のあとをついていって、こっそり忍びよる。蠟でできた有名な小説家を見ようと立ち止まったときなんかに」

「そこまで覚えてくれていたなら、お礼をいうべきだな」とパオロ。「ゴルフについては心外だけど。彼の本、読んだ?」ディケンズをさす。「学校で読まなきゃいけなかったんだけど、ぼくはサボってた」

「読んだわ」

「一番の傑作はなんだと思う?」

「『大いなる遺産』」

「どんな話?」パオロは蠟人形には目もくれない。ジュールの顔を一心に見つめている。ジュールがあらすじを説明しているあいだ、彼は手を伸ばしてきて、ジュールの腕をさっとなでた。

自信に満ちあふれたしぐさだった。再会して数秒しかたっていないのに、もうこれだ。ふだんジュールは人に身体をさわらせないが、パオロにさわられるのは気にならなかった。とても優しい手つきだった。

「孤児の少年が、金持ちの女の子と恋に落ちるの」ジュールは続ける。「女の子の名前はエステラ。彼女は生まれてからずっと、男の心を傷つけるよう訓練されてきて、たぶん、自分には心なんてなかった。祭壇で男に捨てられた過去を持つイカれた女に育てられたの」

「じゃあ、エステラはその少年も傷つけるの?」

「何度も何度もね。わざと。エステラはほかにどうしていいのかわからない。この世界で自分に唯一与えられた力は人を傷つけることだけだから」ふたりはディケンズの前から離れて、館内の別のコーナーへまわった。「あなたはここに、ひとりで来たの?」ジュールはきいた。

「父親の友人と。ここ数日ずっといっしょだったんだ。町を案内してくれるっていうんだけど、しょっちゅうすわりこむんだ。アーティ・サッチャー、知ってる?」

「いいえ」

「坐骨神経が突然痛みだすんだって。いまは軽食堂で休んでる」

「どうしてロンドンに来ることになったの?」

「バックパックしょって、スペイン、ポルトガル、フランス、ドイツ、オランダとめぐって、またフランスに行った。それからここに来た。友人といっしょの旅なんだ。彼はクリスマスのあいだ家に帰ってるんだけど、ぼくは帰りたくない。それでクリスマス休暇のあいだだけ、アーティと暮らすことにしたんだ。きみは?」

「わたしはこっちにマンションがあるの」

パオロが身を寄せてきて、暗い通路の先を指さした。「ほら、恐怖の部屋が、あの先にある。いっしょに行く? ぼくを守ってほしい」

「何から?」

「恐ろしい蠟人形から」パオロがいった。「なかには監獄があって、囚人が脱走する。そこらじゅうに血と内臓が散らばっている」

「そんなところへ、行きたいの?」

「血と内臓は大好きだ。けどひとりはいやだ」にやっと笑う。「いっしょに来て、殺人鬼からぼくを守ってくれるかい、イモジェン?」気がつけば、ふたりして恐怖の部屋の前に立っていた。

「わかった」とジュール。「わたしが守ってあげる」

＊

スタンフォードに通っていたとき、彼氏は三人いなかった。

どこでだって、彼氏が三人いたことはない。ひとりもいない。

べつに男なんていらないし、男が好きかどうか、人間が好きかどうか、わからない。

パオロとは八時に会うことになっている。歯を三回磨いて、服を二回着替えた。ジャスミンの香水をつけた。

待ち合わせ場所のメリーゴーラウンドのそばで待っている彼を見つけた瞬間、まわれ右して帰ろうかと思った。パオロは大道芸人の芸を見ている。マフラーをきつく巻いて一月の風に対抗していた。

人と親しくなってはならないと、ジュールは自分にいいきかせていた。リスクを冒してまで親しくなる価値のある人間などいない。やっぱり帰ろう、いますぐ——と思ったところで、パオロがこちらを認めた。まるで小さな男の子のように全速力で駆けよってきて、ぶつかる直前で足に急ブレーキをかけた。ジュールの両手首をつかんで、ぐるんとまわしながらいう。「なんかもう、映画みたいだ。ぼくらロンドンにいるって信じられるかい？　自分たちの知っているものは全部、海の向こうだ」

そのとおり。何もかも、いまは海の向こうだ。

今夜くらいはいい。

パオロはジュールをテムズ川沿いの散策に連れだした。大道芸人がアコーディオンを弾いたり、低い位置に張ったロープで綱渡りをしたりしている。ふたりで一軒の書店をしばらくのぞいたあと、ジュールがふたり分の綿菓子を買った。折りたためる甘いピンクの雲をふたりして口に入れ、ウエストミンスター橋を渡る。

パオロに手を取られても、ジュールは抵抗しなかった。手首をそっとなでて、親指の腹でふ

14
END OF DECEMBER, 2016 _ LONDON

れてきた。熱いものが腕を駆けあがってぞくぞくする。ふれられるのがとても気持ちいいのに驚く。

　ウエストミンスター橋は、緑の橋桁《はしげた》が川の上にアーチ状に連なる石づくりの灰色の橋だ。橋のてっぺんにある街灯が、勢いよく流れる川に光を落としている。

「恐怖の部屋で最も恐ろしいのは切り裂きジャック」パオロがいう。「なぜだか知ってる？」

「なぜ？」

「まず彼は一度もつかまっていない。そして、この橋から身投げをしたらしい」

「うそばっかり」

「本当だよ。飛びこむとき、まさにここに立っていた。インターネットで記事を読んだんだ」

「まったくのでたらめ」とジュール。「切り裂きジャックの正体はわかってないんだから」

「そのとおり」とパオロ。「まったくのでたらめ」

　街灯の下でパウロがキスをしてきた。まるで映画のワンシーン。霧のなかで石がぬれて光り、ふたりのコートが風にはためく。ジュールが夜気にふるえると、パオロが首すじに温かい手を当ててきた。

　そしてキス。地球のここ以外に自分たちがいることを想像できない。そんなキスだった。だってこんなにすてきで、こんなに気持ちいいんだからと、パオロの唇がいっている。他の人間にはふれさせないが、あなたにはふれさせる。きっとパオロはそれを知っていて、だから自分は世界一幸運な男だと思っている。ジュールは足の下を流れる川が血管のなかを流れているような気がしていた。

本当の自分にもどって彼といっしょにいたい。

それとも、いまの自分が本当の自分？　このままずっと、本当のわたしでいられる？

本当のわたしは、愛されるの？

ふたりは離れ、だまったまましばらく歩いた。こちらへ歩いてくる四人の若い酔っぱらい女。ハイヒールを履いてよろよろと橋を渡っている。「追いらされるなんて、信じらんない」ひとりが不平を鳴らす。ろれつがまわっていない。

「あいつら、単にヤリたかったのよ」もうひとりがいう。ヨークシャーなまりだ。

「あ、あの彼、カワイイ」最初にしゃべった女が三十メートル先からパオロを見ていう。

「いっしょに飲みに行くかな？」

「あんたまだ懲りないの？」

「きいてみたらいい」

女のひとりが大声でいう。「そこのカレシ、いっしょに遊ばない？」

パオロが顔を赤くした「え？」

「いっしょに飲みに行かない？」女がいう。「きみだけ」

パオロは首を横にふった。女たちはくすくす笑いながら横を通りすぎていき、パオロは彼女たちが橋を渡りきるまでじっと見ていた。それからまたジュールの手を取る。

雰囲気ががらりと変わってしまっていた。どちらも何をいっていいかわからない。

14

END OF DECEMBER, 2016 _ LONDON

とうとうパオロが口をひらいた。「ブルック・ラノンって知ってる？」

えっ？

イモジェンの友だちブルック。パオロがどうして彼女のことを知ってるの？

「ええ、ヴァッサー大学でいっしょだった。どうして？」ジュールは軽い口調でいった。

「ブルックが――一週間前に亡くなった」パオロがいって目を伏せる。

「えっ？　まさかそんな」

「ぼくから話すことじゃなかったね、きみの知り合いだったっていま気づいて、そしたら思わず口走ってた」

「ブルックとはどういう知り合い？」

「いや、正確には知り合いじゃないんだ。妹の友だち。サマーキャンプでいっしょになった」

「何があったの？」答えが知りたくてたまらないが、努めて冷静な口調できいた。

「事故だった。彼女、サンフランシスコの北にある公園に行ってたんだ。町の大学に通ってる友人たちを訪ねたらしいんだけど、みんななんやかんやで忙しかったらしい。それでハイキングに出かけた。日帰りのつもりだったけど、遅い時間になってだんだん暗くなってきた。ひとりで自然保護区を歩いていたらしい。それであっさりと――歩道橋から落ちた。渓谷にかかる歩道橋の上からね」

「落ちた？」

「酔っぱらってたらしい。頭を打って、今朝まで誰にも見つからなかった。その代わり動物が見つけた。遺体はそうとうひどい状態だったたって」

ジュールはぞっとした。ブルック・ラノンのことを思いだす。声をはりあげる大げさな笑い声。呑んだくれのブルック。ひねくれたユーモアと、つやつやした黄色の髪と、アザラシのような身体と、いかにも偉そうなあごまわりが頭に浮かぶ。ばかで、けちくさくて、口汚いブルック。「死因はなんだったの?」

「手すりの向こうへすべり落ちた。たぶん何か見ようとして手すりの上に乗りあがったのかも。駐車場に彼女の車があって、床にウォッカの空きびんが転がっていた」

「自殺?」

「いいや、ちがう。単なる事故だ。今日のニュースで教訓話のように紹介されてたよ。ほら、自然のなかへ出かけるときは必ず誰かを連れていけ、ウォッカを飲んだあとで、渓谷を歩いて渡ったりするなって。クリスマスイブに帰ってこないっていうんで家族が心配してたらしいんだけど、わざとすっぽかしてひとりで出かけたんだろうって、警察は考えてる」

ジュールはぞっとすると同時に不思議な感じがした。ロンドンに着いてから、一度もブルックのことを考えなかった。インターネットで調べることはできたはずなのに、それをしなかった。ブルックのことは頭からすっかり消えていた。「本当に事故だったの?」

「悲惨な事故」とパオロ。「ほんと気の毒だよ」

ふたりで歩きながら、ぎこちない沈黙が続く。

パオロが帽子をひっぱって耳まで隠す。

14
END OF DECEMBER, 2016 _ LONDON

しばらくしてジュールが手を伸ばして、またパオロの手を取った。彼にふれたかったのだ。それを認めて実際にふれてみると、これまで臨んだどんな戦いよりも勇敢なことをしている気がした。「もう考えるのはよそう」ジュールはいった。「海の向こうの出来事で、自分たちは運が良かったと思うしかない」

パオロに家まで送らせた。マンションの前まで来るとパオロがまたキスをしてきた。浮かれた雪が宙を舞うなか、ふたりは階段の上で身を寄せあって暖をとった。

*

翌朝早く、パオロがトートバッグひとつ下げてマンションにやってきた。ブザーが鳴ったとき、ジュールはパジャマのズボンにキャミソールという格好だった。そのまま玄関ホールで待たせておいて、着替えをすませた。

「ドーセットにある友人の家を借りるんだ」ジュールについてキッチンに入ってきながらパオロがいう。「でもって、車も一台借りた。週末旅行で必要になりそうなものは、すべてこのバッグのなかに入ってる」

彼がさしだしたバッグのなかをジュールはのぞいた——チョコレートバーが四本、ポテトリングのスナック、魚のグミ、炭酸水二本、ソルト&ビネガー風味のポテトチップ一袋。「着替えが一枚も入ってないのね。歯ブラシもないし」

「そういうのを持っていくのは旅の素人だ」

ジュールは笑った。「またそんな」

「よし、本当のことをいおう。車にバックパックが置いてある。でも本当に重要なのはこういうものなんだ」とパオロ。「途中、ストーンヘンジが見られるよ。見たことある？」

「ない」ストーンヘンジにはとりわけ興味があって見たいと思っていた。サンフランシスコの書店で買ったトマス・ハーディの小説に出てきたから。けれども見たいのはそれだけじゃない。あらゆるものが見たい――そういう気分だった。まだ見ていないロンドンのすべてを見たい。イギリス全土を、とてつもなく広い世界を見て、自由を満喫する。世界を目撃して理解する、その力と資格が自分にあると実感しながら。

「古代の謎が眠ってる。それを目撃できるんだから、すごいことだよ」パオロがいう。「友人の家に着いたら、近所をハイキングして、牧場にいるヒツジを見る。ヒツジの写真を撮ってもいい。なでてかわいがってもいい。田舎でできることをなんでもやる」

「誘ってるの？」

「そう！　寝室も別々にある。自由につかっていいんだ」

パオロはキッチンの椅子のへりにちょこんと腰をかけている。ここにいていいのかどうか、不安になっているようだ。強引すぎたかと心配しているのかもしれない。

「なんか緊張しているみたいだけど」ジュールはいって、時間稼ぎをする。

行く、といいたかった。行くべきではないとわかっている。

14

END OF DECEMBER, 2016 — LONDON

「そう、すごく緊張してる」

「どうして?」

パオロは一瞬考える。「イチかバチかの賭けだから。ぼくにとって、きみの答えが重要だから」パオロはゆっくり立ちあがり、首すじにキスをしてきた。こちらが身を寄せると、パオロはかすかにふるえていた。彼の耳たぶにそっとキスをし、それからキッチンの床の上で爪先立ちになって、唇にキスをした。

「それはイエスってことかな?」ささやくようにいう。

無理だ。

ありえない。こういう可能性はとうの昔に捨てていた。いまの自分は——こうなってしまったからには——もう恋愛はできない。人目をひく。危険すぎる。リスクを取って、生まれ変わったのだから。

それなのにこの男の子は、わたしのキッチンにいて、わたしがキスをしたらふるえていた。

バッグにジャンクフードと炭酸水を詰めて。ヒツジがどうのこうのとバカな話をして。

ジュールはシンクへ歩いていって手を洗った。宇宙が自分に向かって、何か美しい特別なものをさしだしている気がする。こういうチャンスはもう二度とめぐってこないだろう。

パオロが歩いてきて、ジュールの肩に片手を置いた。まるでゆるしを求めるかのように、そうっと。ふれることをゆるされたことに畏敬の念を抱いているかのように。

それでジュールはふりかえり、行くわ、と彼にいった。

＊

ストーンヘンジには入れなかった。

それに雨が降っていた。

事前にチケットを購入していなければ、実際の遺跡には近づけない。ジュールとパオロは車で近くまでいって、遠くにある岩をながめた。ビジターセンターに入ってみても、そこからは何も見えない。

「古代の謎を見せるって約束したのに、駐車場で立ち往生か」車のなかにもどると、半分悲しげに、半分冗談っぽくパオロがいった。「あらかじめ調べておくべきだった」

「べつにいい」

「インターネットがあったのに」

「だから、気にしないで。わたしはとにかくヒツジを見たくてワクワクしてるんだから」

パオロがにやっと笑った。「本当に？」

「本当に。ヒツジはだいじょうぶ？」

「本気でいってるのかい？　ヒツジなんてあてにならないし、またきみをがっかりさせたくない」

「だいじょうぶ。本当はヒツジなんてどうでもいいの」

パオロは首を横にふる。「やっぱり事前に調べておくべきだったよ。だってヒツジはストーンヘンジにかなわない。そうだろ。史上最高のヒツジだって、ストーンヘンジには負ける」

「魚のグミを食べよう」ジュールが元気づけるようにいった。

「いいねえ」とパオロ。「やっぱりこの旅は完璧だ」

*

これは家じゃない。お城だ。驚くほど大きな屋敷で、十九世紀に建てられたらしい。庭がいくつもあって、門のついた通路がある。パオロは門をあける暗証番号を知っていた。番号を入力し、カーブした私道を進んでいく。

煉瓦《れんが》の壁面をツタがおおっている。片側に傾斜した庭があり、バラが植わっていて石づくりのベンチがある。そのつきあたりに小川が流れていて、そばに丸い東屋《あずまや》が立っていた。

パオロがポケットをさぐる。「ポケットに鍵を入れたはずなんだけど」

雨が強くなってきた。ふたりは荷物を持って玄関前に立っている。

「くそっ、どこだ?」パオロが上着のあちこちをたたき、ズボンをたたき、また上着をたたく。

「鍵、鍵」トートバッグのなかも見てみる。走っていって車のなかもさがす。

雨のかからない玄関前にすわりこみ、ポケットに入っているものを全部外に出していく。それからトートバッグの中身も出す。さらにバックパックもからにする。

「鍵がないのね」

「そうみたいだ」

詐欺師かペテン師か。この人はパオロ・バジャルタ・ベルストーンとは別人？　本人である証拠は？　身分証明書を見たわけじゃないし、ネット上にアップした写真を見たわけでもない。彼がいうことをそのまま信じた。物腰がそれらしかったし、イモジェンの家族についても知っていた。「本当にこの家の人と知り合いなの？」軽い調子できいてみた。

「ナイジェルっていう友だちのカントリーハウスなんだ。夏の客として一度連れてきてもらった。ふだんは誰もつかってないんだ。それに――ぼくは門の暗証番号を知ってたじゃないか？」

「べつに疑ってるわけじゃないの」うそをついた。

「裏にまわってキッチンのドアがあいてないか見てみよう。キッチンガーデンがあるんだよ――すごく昔の」とパオロ。「〝由緒ある〟っていうのかな」

ふたりして頭からジャケットをかぶって駆けだし、水たまりにはまって大笑いする。

パオロがキッチンのドアをがちゃがちゃやる。錠がかかっていた。あたりをまわって、スペアキーがないか石の下を見てみる。そのあいだジュールは傘をさして身を縮めていた。

ジュールはスマートフォンを取りだし、パオロの名前を入力して写真を検索する。

あった。まちがいなく彼はパオロ・バジャルタ・ベルストーンだ。チャリティーの基金集めの写真が何枚かあった。男性は明らかにネクタイを締めるべきところを、ノーネクタイで両親の隣に立っている。サッカーのコートでほかの男子たちといっしょに撮った写真もある。ハイ

14

END OF DECEMBER, 2016 _ LONDON

スクールの卒業写真には、歯の矯正具をつけて、おかしな髪型で写っていた。これは祖母が投稿した写真で、祖母は全部で三回投稿していた。

彼はまさしくパオロであって、詐欺師ではなかったとわかってうれしかった。いい人であってよかった。本物であるということが何よりうれしい。なぜなら信用できるから。それでもパオロにはまだ、ジュールには知りようもないことがたくさんある。決して口にはしない過去がたくさんある。

パオロは鍵さがしをあきらめた。髪がびしょぬれになっている。「窓に警報装置がついてた。望みなし」

「どうするの?」

「東屋に行って、そこでしばらくキスをしよう」

*

雨はやまなかった。

ふたりはぬれた服のままロンドンに向かい、パブで車をおりて揚げ物を食べた。

パオロはジュールのマンションの前で車をとめた。キスはしてこなかったが、腕を伸ばしてジュールの手を握った。「きみが好きだ。それはもうわかっているよね? でも言葉にするべきだと思った」

ジュールも同じように好きだった。彼といっしょにいる自分が好きだった。

けれども彼といっしょにいる人間は自分じゃない。わけがわからない。パオロが好きなのは誰なのか、それさえもわからない。

パオロが好きなのはイモジェンかもしれない。ジュールかもしれない。

どこでラインを引けばいいのか、もはやわからなくなっている。ジュールはイモジェンと同じ香りがする。イモジェンのようにしゃべり、イモジェンの好きな本を好む。そこにうそはない。ジュールはイモジェンと同じ孤児で、自分で自分をつくりあげ、謎めいた過去を持つ。ジュールのなかにはイモジェンがたくさんいて、イモジェンのなかにもジュールがたくさんいる。そんな気がしていた。

しかしパオロは、パッティとギルをジュールの両親だと思っている。哀れにも死んだブルック・ラノンといっしょに大学に通っていたと思っている。ユダヤ人で裕福でロンドンにマンションを所有している女の子。そういう、うその部分もパオロは好きだ。彼に真実を話すことはできない。話したら、そのうそのために嫌われる。

「あなたとはもう会えない」ジュールはいった。

「えっ?」

「もう会えない。こんなふうには。それだけ」

「なぜ?」

「無理なの」

14

END OF DECEMBER, 2016 _ LONDON

「誰かほかにいるの？　つきあっている男が？　順番待ちをして、行列に並ぶことはできる？」

「いいえ。ええ。いいえ」

「どっち？　きみに心変わりさせることはできない？」

「とにかくダメ」つきあっている人がいるということもできたが、これ以上彼にうそをつきたくない。

「待って」

ジュールは車のドアをあけた。「わたしには思いやりのかけらもない」

「ダメ」

「頼むから待って」

「行かなくちゃ」

「いやな目に遭ったから？　つまり、雨は置いといても、ストーンヘンジは見られなくて、カントリーハウスにも入れなくて、ヒツジもいなかったから？　災難続きだったことのほかに、何かいやなことがあった？」

ジュールは車のなかにいたかった。彼の唇にふれて、平然とイモジェンになりきって、次から次へうそを重ねていく。

しかし、それはうまくいかない。

「いいからもう、わたしのことは放っておいて」かみつくようにいって車のドアをあけ、土砂降りの雨のなかへ飛びだした。

＊

数週間が過ぎた。ジュールは眉毛を抜いてずっと細い眉にしている。服を次から次へと買い、お金に糸目をつけなかった。キッチンでつかえるよう料理本を購入したが、まだ一度も開いていない。バレエを観にいき、オペラを鑑賞し、観劇もした。史跡、博物館、有名な建築物など、ありとあらゆるものを見た。ポートベローで骨董品も買った。

ある夜遅く、フォレストがマンションに現れた。彼はアメリカにいるはずだった。

ジュールはパニックになる気持ちを抑えつつ、ドアののぞき穴に目をあてた。窓をあけて配水管を伝って屋根に上がり、隣の建物に飛び移りたい。とにかく、ここにいたくない。眉を変え、髪型を変え、メイクを変え、さらに――。

フォレストがまたブザーを鳴らした。ジュールはひとまず指輪をはずし、マキシ丈のワンピースを脱いでTシャツとジャージに着替えることでよしとする。ドアの前に立ち、フォレストが現れることはずっとわかっていたはずだと、自分にいいきかせる。ここはイモジェンの部屋。作戦は立ててある。なんとかなる。ジュールはドアをあけた。

「まあ、フォレスト。驚いた」

「ジュール」

14

END OF DECEMBER, 2016 _ LONDON

「疲れてるみたいね。だいじょうぶ？　なかに入って」

フォレストは週末旅行用のかばんを持っていた。それを預かって部屋のなかへ案内する。

「飛行機をおりたばっかりなんだ」フォレストがいう。あごをなで、眼鏡ごしに目を細める。

「ヒースロー空港からタクシーで来たの？」

「ああ」ジュールに冷たいまなざしを向ける。「なんできみがここに？　イモジェンの部屋だろ？」

「少しのあいだ、ここにいる予定。彼女から鍵を預かってるの」

「彼女はどこ？　会いたい」

「昨夜からもどってきてない。どうしてこの場所がわかったの？」

「ミセス・ソコロフから住所をきいた」フォレストは決まり悪そうに床に目を落とした。「長旅だった。水を一杯くれないか？」

ジュールは先に立ってキッチンに入った。蛇口から水を注いで氷も入れずにフォレストに渡す。カウンターの上の鉢にレモンを盛ってあるのは、この部屋に似合うと思ったからだが、戸棚も冷蔵庫もからっぽで、イモジェンがストックしていそうな食品は何もない。今日までクラッカーと甘いピーナッツバター、パッケージに入ったサラミとチョコレートバーを食べて暮らしていた。何か食べたいとフォレストがいいださないよう祈るばかりだ。

「で、イモジェンはどこ？」

「だからいったでしょ。ここにはいないって」

「おい、ジュール」フォレストがジュールの腕をつかんだ。一瞬ジュールはびくっとする。シャツの布地ごしに、彼の硬い両手が感じられる。細くて弱い男のくせに。「ここにいなかったら、どこにいる？」一語一語、ゆっくりいった。彼の身体が近くにあるのがジュールはたまらなくいやだった。

「さわらないで」フォレストにいう。「二度と。わかった？」

フォレストは腕をおろし、リビングルームに入っていくと、招かれもしないのにソファにくつろいですわった。「きみなら、彼女の居場所を知っていると思った。それだけだ」

「たぶん週末を過ごしにパリに出かけたんだと思う。海底トンネルをつかえば、ここからすぐだし」

「パリ？」

「たぶん」

「おれに行き先を教えるなって、彼女から口止めされてるのか？」

「まさか。フォレストが来るなんて、わたしたちは思いもしなかったし」

フォレストはソファにぐったり背を預けた。「どうしてもイモジェンに会いたい。メッセージを送ってみたけど、たぶんブロックしてる」

「彼女、イギリスでつかえる携帯を手に入れたの。番号がちがうのよ」

「メールを出しても返事が来ない。だからはるばるここまでやってきた。直接話せたらいいと思って」

14

END OF DECEMBER, 2016 _ LONDON

ジュールがお茶をいれているあいだに、フォレストはホテルに電話をかけてまわった。十二軒目でようやく数泊できる部屋が見つかった。

イモジェンが部屋に泊めてくれるだろうと、フォレストは傲慢にもそう思っていたらしい。

13

MID-DECEMBER, 2016
SAN FRANCISCO, CALIFORNIA

2016年 12月中旬 カリフォルニア州 サンフランシスコ

ロンドンに到着する二日前、ジュールはサンフランシスコの丘をのぼっていた。バックパックにはライオンの重たい彫像が入っている。

サンフランシスコはすばらしかった。イモジェンがいったとおり、丘陵の多い、古風で趣《おもむき》のある土地ながら、開放的でエレガント。今日ジュールはアジア美術館の陶磁器展に行ってきた。借りている部屋のオーナーからぜひ足を向けてと勧められた。

オーナーのマディ・チャンはほっそりした五十歳ぐらいの女性で同性愛者だ。ジーンズをはいてポーチでタバコを吹かし、小さな書店を所有している。ジュールは週極めで家賃を払った。ヴィクトリア朝時代の建物の最上階。一階と二階はマディとそのパートナーが住んでいる。美術史や個展の話をジュールによくしてくる。ずいぶんと親切で、ジュールが人の好意に飢えていると思っているらしい。

今日帰ってくると、建物の前の階段にブルック・ラノンが腰をおろしていた。ヴァッサー大学のイモジェンの友人だ。「早く着きすぎた」とブルック。「まあいいけど」

ブルックのオープンカーが建物の前にひと晩置きっぱなしになっていた。今日取りにくることになっていたが、どうせなら話がしたいと、ジュールはメールを送っていた。

13

MID-DECEMBER, 2016 _ SAN FRANCISCO, CALIFORNIA

太い腿と四角いあごと、いつも同じなめらかなブロンドの髪。白い肌にヌードカラーのリップをつけている。ナチュラルを好む、いわゆる体育会系。サンディエゴの高級海浜リゾート、ラ・ホーヤで生まれ育った。酒を飲み過ぎる嫌いがあり、ハイスクールではホッケーをやり、ボーイフレンド数人と切れ目なくつきあい、ガールフレンドもひとりいたが、誰も本気で愛したことはない。マーサズ・ヴィニヤードでいっしょだったときに、ジュールが仕入れた情報はこれだけだった。

ブルックが立ちあがり、バランスを崩して危うく倒れそうになる。

「だいじょうぶ？」ジュールはきいた。

「あんまりだいじょうぶじゃない」

「飲んでる？」

「そう」とブルック。「だからなに？」

夜が迫ってきていた。

「ドライブしない？」とジュール。「話をするために」

「ドライブ？」

「きっと気持ちいい。こんなすてきな車を持ってるんだし。キーを貸して」年老いた男が、自分はまだイケてると思いたいがために買うようなタイプの車。ふたつしかない座席はベージュ色で、ボディは曲線を描き、鮮やかなグリーンに塗られている。ブルックの父親の車だろうか？「飲んでる人に運転はさせられないから」

「あんたは、警官?」

「まさか」

「スパイ?」

「ちょっとブルック」

「マジで、あんた何者?」

「それには答えられない」

「ふん。いかにもスパイがいいそうなセリフ」

こうなると、何をいおうがいうまいが、同じだ。「ハイキングに行こう」ジュールはいった。「州立公園でいいところを知ってるんだ。ゴールデンゲートブリッジを車で渡ると、すごい景色が見られるから」

ブルックはポケットのなかで鍵をじゃらじゃらさせる。「こんな遅い時間に」

「きいて」とジュール。「イモジェンについて、わたしたちのあいだには誤解があった。だから今日来てもらったの。どこかニュートラルな場所へ行って、とことん話し合うべきだと思う。それには、わたしの部屋はよくない」

「こっちはべつに話すことなんかないけど」

「せっかく早く来てくれたんだから」とジュール。「そっちも、いいたいことがあるでしょ」

「わかった。じゃあひとまず仲直り」ブルックがいった。「そのほうがイモジェンも喜ぶか」

ブルックはジュールにキーを渡した。

13

MID-DECEMBER, 2016 _ SAN FRANCISCO, CALIFORNIA

人は酔っぱらうとバカになる。

*

クリスマスの二日前で、オープンカーでドライブするには寒すぎるが、ブルックの車のルーフは閉めてあった。彼女がそうしろといってきかなかった。ジュールはジーンズに暖かいウールのセーターという格好だ。トランクに入れたバックパックには、財布と着替えのセーター、きれいなTシャツ、広口の水筒、ウェットティッシュ、黒いゴミ袋、ライオンの彫像が入っている。

ブルックはショルダーバッグから、半分ほどあいたウォッカのボトルを取りだしたが、実際には飲まなかった。車に乗りこんですぐ眠りに落ちた。

ジュールはブルックを乗せて街なかを走っていく。ゴールデンゲートブリッジに着いたときには、落ち着かない気分になっていた。沈黙のドライブは精神的にきつい。ブルックをつっついて起こす。「橋よ。ほら見て」空高くそびえる橋はオレンジ色で、じつに荘厳だ。

「自殺の名所」ブルックがしゃがれ声でいった。

「えっ？」

「身を投げるのにうってつけの橋、世界第二位」ブルックがいう。「何かで読んだ」

「じゃあ一位はどこ？」

「揚子江にかかる橋。名前は忘れた。その手の本、いろいろ読んだんだ。橋から飛びおりるって、きれいな死に方だと思うらしい。だからみんなやる。それとは反対に、バスタブで血を流して死ぬってのは、美しくない。だってどんな服を着りゃあいいのよ？」

「何も着ない」

「どうしてわかる？」

「なんとなく」こういう話題でブルックに話をさせたくなかった。

「死んだあとに、裸で見つかるなんて冗談じゃない！」ゴールデンゲートブリッジの上でブルックが叫ぶ。「だからって、服を着たままバスタブに入るなんてぞっとする！」

ジュールはブルックを無視した。

「まあでも、いまは柵ができてるから、飛びおりるのは無理なんだけど」ブルックの話は続く。

「このゴールデンゲートブリッジからはね」

沈黙のなか、車は橋を渡りきり、公園方面へ向かった。

やがてブルックが口をひらいた。「こんな話、しなきゃよかった。あんたに変な気起こされたらかなわない」

「変な気なんて起こさない」

「自殺はよしな」とブルック。

「だから、しないって」

「いまあたしは、あんたの友だちになって、いってやってるの、わかった？　あんた、どっかフツーじゃないから」

　ジュールはだまっている。

「あたしはごく普通の、安定した家庭で育ったからね」とブルック。「曲がりようがない。あんまり普通すぎるんで、たまに刺激が欲しくなる。でもあんたは？　普通じゃないよね。だから誰かに相談したほうがいいって、そういいたいわけ」

「山ほどのお金を持っている。それがブルックのいう普通でしょ」

「ちがうって。ヴィヴィアン・アブロモヴィッツは奨学金だけでやりくりしてるけど、いやな女ってだけで、やっぱり普通」

「いつでも自分の望むものが手に入るのが普通だと思ってる」とジュール。「なんでも楽にできてあたりまえ。でも実際はちがう。ほとんどの人は、欲しいものを手に入れることはできない。永遠にね。目の前でドアを閉められるからよ。だから戦わないといけない、いつだってそう。ふたり乗りのオープンカーに乗って、歯並びは完璧で、イタリアへ旅行して毛皮のコートを着るなんていう魔法の国に住んでる人なんてめったにいない」

「ほら」とブルック。「やっぱりあたしのいうとおりだ」

「何が？」

「そういうことを口にすること自体、普通じゃないってこと。何年も会ってなかったのに、再会して数日後にはもうイミーの人生に入りこんで、彼女のものを借りて彼女のプールで泳いで、髪を切るお金まで出してもらう。スタンフォードに通ってたのに奨学金を打ち切られたってのはかわいそうだけどさ。だからって、自分が代表して抗弁するなんて、勘ちがいもはなはだしい。誰もあんたの目の前でドアを閉めたりしない。だいたいいまどき毛皮なんて誰も着ないし。動物倫理に反するじゃん。まあどっかのおばあちゃんなら着るだろうけど、普通の人間は着ない。あたしはあんたの歯並びをこきおろしたこともない。ああ、くだらない。あんた、もっと肩の力を抜いたほうがいいよ。単に自分を大目に見てくれる相手じゃなくて、本当の友だちが欲しいなら」

そのあとはどちらも何もいわなかった。

*

車をとめると、ジュールはトランクからバックパックを取りだした。ジーンズのポケットから手袋を出してはめる。「スマホはトランクに入れておこう」ジュールはいった。

ブルックはしばらくジュールの顔をじっと見ている。「なるほど、了解。自然のなかに、文明の利器は持ちこまない……ってわけね」ろれつがまわっていない。ともにスマートフォンをトランクに入れると、ジュールは車のキーをポケットに入れた。駐車場のはずれにある案内板をチェックする。ハイキング用の遊歩道は何色かに色分けされていた。

「展望台に行こう」ジュールは青色の歩道を指さしていう。「前に行ったことがあるの」

「どうでもいいし」とブルック。

13

MID-DECEMBER, 2016 _ SAN FRANCISCO, CALIFORNIA

往復六・四キロメートル。クリスマスシーズンであり、寒いこともあって、公園内はがらがらだったが、日没前に帰ろうとする家族が数組いた。疲れてむずかり、親におんぶされている子もいる。ブルックとジュールが坂道をのぼりはじめるころには、すっかりひとけがなくなった。

先を進みながら、ジュールは脈が速くなるのを感じている。

「あんた、イミーは自分のものだって思ってるよね」ブルックが沈黙を破った。「あんただけじゃない。みんなそう思ってるから」

「彼女は親友。自分のものだなんて思ってない」とジュール。

「彼女は誰の親友でもない。人の心をもてあそぶ女」

「ひどい言い方。メールの返事が来ないから怒ってるんでしょ」

「返事はきた。そんなことどうでもいい」とブルック。「教えてあげる。あたしたちは一年生のときに親しくなって、イミーはいつでも、寮のあたしの部屋にいた。朝には授業が始まるまえにラテを持ってきてくれる。映画科の連中が上映する試写会にあたしをひっぱりだす。あたしのイヤリングを借りたがり、金魚のクラッカーを持ってくる。あたしが目がないって知ってるから」

ジュールは何もいわない。

イモジェンは映画を観にジュールをひっぱりだした。いっしょに住んでいたときには、ベッドまでコーヒーを運んできてくれた。

ブルックの話は続く。「毎週火曜日と木曜日には朝早くやってくる。早朝に始まるイタリア語の授業をふたりで取っていたから。最初はまだ眠ってるときにやってきて、あたしが着替えるのを待ってた。あんまり朝早く来るから、ルームメイトに文句をいわれたっけ。それであたしは目覚ましをかけてちゃんと起きるようにして、イモジェンが来る前にドアの外に立っていた。

ところがある日、イミーはやってこなかった。十一月の初めだったかな。それからどうなったと思う？　もう二度とラテを持ってはこないし、映画にひっぱっていかれることもなくなった。彼女はあたしからヴィヴィアン・アブロモヴィッツに乗り換えた。で、こっちはどうしたかって？　小学生みたいに大騒ぎすることもできた。裏切られたって、ぷんぷん怒って、親友を失ったとぴーぴー泣く。だって一度にふたりの親友はありえない、とかなんとか……。でもあたしはそんなマネはしなかった。どっちにも優しく接した。その結果、みんな仲良く、丸く収まったってわけ」

「なるほどね」

ききたくない話だった。なぜヴィヴィアンとブルックが敵対しているのか、その理由にこれまでまったく気づかなかった自分に腹が立っていた。原因はイモジェンだったのだ。

ブルックは続ける。「あたしがいいたいのは、イミーはヴィヴィアンのちっぽけな心も傷つけたってこと。結局はね。そしてアイザック・タッパーマンの心も。アイザックとつきあうようになってから、イミーは別の男たちにわざとちょっかいをかけた。もちろんアイザックは嫉妬して不安になる。ところがいざ彼のほうから別れ話を持ちだされると、イミーは驚く――だけどそんなの当然じゃない。ほかの男といちゃつきながら、いったい何を期待しようっての？　アイザックがあせって、ますます自分に夢中になるのが見たかった。でもって面白いのは、まさに彼女の期待どおりに、まわりが反応するってこと。大学ではみんなイミーに翻弄された。彼女はそういうのがうれしいの。だって自分がセクシーなカリスマだって思えるから。だけど、そういう相手と友情を築くことはできない。それを逆手に取って、自分のほうが上だって思わせることのできる人間なら別だけど。あんたは彼女と同じぐらい強い、いや、もっと強いってイミーはわかってる。だからあんたに一目置いて、ずっといっしょにいる」

ジュールはだまっている。アイザック・タッパーマンについて新たな話が浮上した。ブロンクス生まれで、コーツやモリソンを信奉し、イモジェンの自転車に詩を貼り付け、妊娠させる可能性もあった男。イモジェンは目を大きく見ひらいて彼を見あげていたのでは？　イモジェンは夢中になり、やがて目が覚めた――ただしそれは相手から捨てられたからだと思っていた。イモジェンが彼の気持ちを踏みにじるなんてありえない。

しかし次の瞬間、ありえると思えた。目の前の霧が晴れた。知的で男らしいタッパーマンと並んで、自分は底の浅い、二流の女だと感じていたイモジェンは、彼を裏切ることで、自分のほうが上だと実感することができたんだ。

木立のなかをふたりはだまって歩いていく。太陽が沈みだした。遊歩道にはほかに誰もいない。

「あんたはイミーにあこがれ、イミーみたいになりたいと思ってる。まあそれはいい」ブルックがいう。気がつけばふたりは渓谷にかかる歩道橋の上まで来ていた。そこから展望台に上がれる木の階段がのびている。展望台からは深い谷と周囲を取り囲む山腹が望める。「だけどあんたはイミーじゃない。わかる？」

「あたりまえじゃない」

「さあどうかな」とブルック。

「あんたにとやかくいわれる筋合いはないわ」

「親切でいってやってるの。あんたこのままじゃヤバイよ。一番いいのは、イモジェンから離れて専門家に診てもらうこと。心の病の」

「ねえ、ここへ何しに来たんだっけ？」ジュールはきいた。階段に上がって、ブルックより高い位置にいく。

眼下に広がる渓谷。太陽は大方沈んだ。

「どうしてここに来たのかって、きいてるの」ジュールは軽い口調でいい、バックパックを肩からおろすと、口をあけて、水筒を取りだすように見せかける。

「とことん話し合おうって、あんたがいったんじゃない。だからあたしはいってるの。あんたはもう、イモジェンのお荷物になるのも、彼女の財産を食い潰すのも、彼女に友だちを無視させるのも、ほかにも何をしてるか知らないけど、全部やめろってね」

「なんでここに来たのかって、きいてるの」ジュールはいって、バックパックにかがみこむ。

ブルックは肩をすくめた。「なんで？　この公園に？　あんたがここまで車を運転してきたんじゃない」

「そのとおり」

＊

ジュールはアジア美術館で買ったライオンの彫像が入った袋を取りだした。それを高く持ちあげ、力一杯ブルックの額にたたきつける。ガツンと恐ろしい音がした。

彫像は壊れなかった。

ブルックがのけぞった。木の歩道橋の上でよろける。

ジュールが前に出ていって、もう一度像をたたきつける。今度は横から。ブルックの頭から血が噴きだす。その血がジュールの顔じゅうに飛び散った。

ブルックはまたよろめいて手すりにぶつかり、両手で手すりの横木をつかんだ。

彫像を捨て、腰を低く落としてブルックに襲いかかる。両ひざをつかんだ。ブルックが蹴りだした足がジュールの肩にあたる。ブルックはふたたび手すりをつかもうと両手でもがいた。

無我夢中で蹴りだした足がジュールの肩にあたり、激しい痛みが来たと思ったら肩関節がはずれた。

くそっ。

ジュールの視界が一瞬真っ白になる。力が入らずにだらんと垂れる左腕を右手でしっかり押さえ、そのまま右肘を力一杯突きあげた。前腕を直撃。ブルックの手が手すりからはずれた。ジュールは前かがみになってふたたび低い位置からブルックに向かっていく。両すねにとりついて暴れる足を押さえつけ、無事なほうの肩をブルックの身体の下に入れて持ちあげ、手すりの向こうへ投げだした。

いきなりの静寂。

ブルックのつやのあるブロンドの髪が落ちていく。

木立のてっぺんに身体がぶつかって鈍い音がし、岩だらけの谷底にぶつかってもう一度鈍い音がした。

手すりの向こうをのぞいたが、緑の木々が邪魔してブルックの姿は見えない。あたりを見まわす。相変わらずひとけはない。

はずれた肩が痛くてたまらず、まともにものを考えられない。

ケガをするというのは想定外だった。この腕をもとにもどせなければ、計画は失敗だ。なぜならブルックは死んで、その血がそこらじゅうに飛び散っているし、こっちは服を着替えなければならないからだ。それもいますぐ。

まずは息を整える。まもなく目の焦点が合ってきた。

左手首を右手でつかみ、Jの字を書くように左腕を押しあげる。一回、もう一回——うっ、痛すぎる——それでも三度目で、左の肩にポンとはまった。

13
MID-DECEMBER, 2016 ＿ SAN FRANCISCO, CALIFORNIA

痛みが消えた。

以前に一度、男がこうするのを見ていた。マーシャルアーツを教えるジムで。そのときやり方をきいたのだった。

これでよしと思ってセーターを見おろすと、血が飛び散っていた。セーターを脱ぐ。下に着ているシャツもぬれていた。シャツも脱いで、汚れていない隅っこの部分で両手と顔をふいた。手袋をはずす。バックパックからウェットティッシュを出して、胸、両腕、首、両手と、冬の外気にふるえながら身体のすみずみまできれいにふいていく。血だらけの衣類とつかったティッシュを黒いゴミ袋のなかに入れて口を固く縛り、すべてバックパックのなかにしまった。

そうして、きれいなシャツとセーターを着た。

彫像の入っていた袋が血で汚れている。

像を取りだし、袋の血のついた部分が内側になるように裏返しにする。彫像をバックパックに入れて、汚れた袋を広口の水筒のなかにつっこむ。

ウェットティッシュをつかって歩道橋の上に飛び散った血をふきとり、汚れたティッシュも全部水筒のなかに入れた。

それからあたりを見まわした。

遊歩道はがらんとしている。

おずおずと肩にふれてみる。だいじょうぶだ。ティッシュをつかって、顔、耳、髪をさらに四回ふきながら、手鏡を持ってくればよかったと思う。歩道橋のへりから渓谷をのぞく。

ブルックの姿はどこにもない。

来た道を歩いてもどる。どこまでも歩いていけそうで、まったく疲れを感じない。ずっと人影を見なかったが、遊歩道の入り口近くで、サンタの帽子をかぶった、おちゃらけた男四人とすれちがった。彼らは懐中電灯を手に、黄色い目印がある道を上がっていく。

車の前まできて、ジュールの足がとまった。

車はここに置いていかなければならない。これに乗ってどこかに行ったら、ブルックの死体が渓谷で見つかったとき、つじつまが合わなくなる。

慎重に車のなかに入った。ウェットティッシュを取りだして、サイドブレーキをふいていく。それからはっとして手をとめた。

だめだ、だめだ。ちがう。どうして事前に、ここまでちゃんと考えていなかったのか？　車に足跡がまったく残っていなかったら不自然だ。どこかにブルックの足跡がないと。ブレーキだけきれいになっていたら、不審に思われる。

さあどうする。考えろ。助手席の床にウォッカのびんが転がっていた。ティッシュをつかってそれをつかみ、キャップをまわしてあける。それからブレーキの上にウォッカをこぼした。うっかりこぼれてしまったかのように。これで足跡がないことの説明がつくだろう。犯行現場で調査官がそういう点を気にするのかどうか、ジュールにはさっぱりわからない。実際警察はどこに目をつけるのか、わかっていなかった。

くそっ。

13

MID-DECEMBER, 2016 _ SAN FRANCISCO, CALIFORNIA

ジュールは車から出た。とにかく論理的に考えなくてはと思う。自分の指紋は警察の記録に残っていない。犯罪歴は皆無だからだ。本人以外の人間が車を運転していたことを警察は突きとめるかもしれないが、さてそれは誰だったのかと調べても、ジュールの名はあがらない。ジュール・ウエスト・ウィリアムズという人間が、サンフランシスコの町に住んでいた証拠も、訪れたという証拠もない。

トランクをあけて自分のスマートフォンとブルックのスマートフォンを取りだす。まだふるえている身体で車をロックし、歩きだした。

寒い夜だった。少しでも暖かくなるよう早足で歩く。公園内を二キロほど歩いたころには、気分がだいぶ落ち着いてきた。道路わきの金属製のゴミ入れに水筒を投げ入れる。さらに先へ行ったところで、黒いビニール袋に入れておいた血で汚れた衣類を有蓋の大型ゴミ容器の奥に投げこんだ。

あとはひたすら歩く。

ゴールデンゲートブリッジが夜空に燃え立つように輝いていた。それに比べれば自分はずいぶんちっぽけだが、上からスポットライトを浴びているような気もした。ブルックの車のキーとスマートフォンを橋のへりから水のなかに落とす。

映画のような人生。街灯に照らされた自分の姿がひときわすばらしく思える。戦いのあとで頬が紅潮している。服の下はあざだらけだが、ヘアスタイルは決まってる。この服装がまたヒーローに似つかわしい。たしかに自分は罪を犯した。それも残虐なやり口で。しかしそれは仕事であって、自分にしかできないことをやりとげたのだと思えば興奮にぞくぞくする。

今夜は三日月で、風が強い。ジュールは胸いっぱいに空気を吸いこみ、アクションヒーローの味わう陶酔と痛みと満足感を味わった。

部屋にもどると、ライオンの彫像をバックパックから取りだし、漂白剤をかけた。それからシャワーで流し、水気をふきとって、マントルピースの上に置いた。

イモジェンがいたらきっと気に入っただろう。ネコが大好きだったから。

*

ジュールはロンドン行きの航空券を買った。オレゴンのポートランド発。イモジェンの名前で買った。それからタクシーに乗ってバス停へ向かう。

到着した時点で、午後九時のバスをちょうど逃してしまったとわかった。次のバスは翌朝七時までない。

結局待つことに決めたら、ここ数時間で大量に出たアドレナリンがだんだんに収まっていった。自動販売機でピーナッツ入りのマーブルチョコを三袋買い、荷物の上に腰をおろす。そのとたん、疲れと心配に襲われた。

待合室にはほかに数組の人間がいるだけで、みんなここで夜を過ごすつもりらしかった。マーブルチョコが長持ちするよう、ゆっくりなめる。本を読もうと開いてみたものの集中できな

13

MID-DECEMBER, 2016 _ SAN FRANCISCO, CALIFORNIA

い。二十五分後、ベンチで寝ていた酔っぱらいが目を覚まし、大声で歌いだした。

神が歓びをくださるように、ご紳士がた
何にもうろたえなさるな、
救い主イエス・キリストが
この日生まれたことをお忘れか。
サタンの力から我らを救いだされるために
我らが道を誤りさまようとき

自分が道を誤っているのをジュールはわかっていた。愚かでおしゃべりな女を残虐なやり口で故意に殺した。理由はなんであろうと、この罪から自分を救いだせる者などいやしない。目の前に救世主が現れたことはない。

仕方がない。もうあともどりはできない。十二月二十三日に、ジュールは骨まで凍るようなバスの待合所にひとりすわって、酔っぱらいの歌声に耳をかたむけながら、爪の下にたまった他人の血をバスのチケットの角でほじくりだしている。ほかの善良な人たちはジンジャーブレッドクッキーを焼いて、はっか入りキャンディを食べて、プレゼントにリボンを結んでいる。口げんかをし、飾り付けをし、ごちそうのあと片づけをし、甘いホットワインでほろ酔い気分になりながら、幸せな気分になる古い映画を観ている。

ジュールはここにいる。寒さも孤独も酔っぱらいもバスに乗り遅れたのも、当然の報いで、それらすべてを合わせても、実際に受けるべき罰の千分の一にも満たない。

時計の針は着実にまわり続けている。その針が午前零時を知らせ、正式なクリスマスイブとなった。ジュールは自動販売機でホットチョコレートを買った。

それを飲んだら身体が温まった。打ちひしがれた気分から立ち直ろうと、自分をほめる。結局わたしは、勇敢で、頭がよく、強かった。信じがたい離れ業を見事な手並みでやってのけたのだから。しかもそこには美学がある。ネコ科の獰猛《どうもう》な獣の像をつかって、ながめのいい堂々たる渓谷を見おろす場所で殺した。ひとりの目撃者もいなかった。どこにも血痕を残さなかった。

ブルックを殺したのは自己防衛だ。

人は自分を守る必要がある。それは人間の本能であり、ジュールはそれに熟練するために、数年を費やしてトレーニングに励んだ。今日の一連のできごとは、自分は願っていた以上に有能であることを証明している。それどころか、これは驚くべきことだ。ジュールは戦うミュータントであり、超自然の生き物なのだ。ウルヴァリンは、鋭い爪で刺し貫いた相手を思って嘆き悲しむことなどしなかった。いつでも自己防衛のために、あるいは価値ある目的のために、人を殺す。ジェイソン・ボーンもそうで、アクションヒーローはみんな同じだ。ヒーローは、ジンジャーブレッドもプレゼントもはっか入りキャンディも望まない。ジュールも同じ。いずれにしろ、これまでそういうものにはとんと縁がなかった。ふさぎこむことなど、まったくない。

　　神が歓びをくださるように、ご紳士がた
　　何にもうろたえなさるな……

酔っぱらいの歌がまた始まった。

「だまりなさいよ！　あたしがそっちへ行って、力ずくでだまらせる前に！」ジュールは酔っぱらいに向かって怒鳴った。

歌がやんだ。

ジュールはマーブルチョコの袋をかたむけて口に全部入れた。道を誤ってさまようなんてことは、もう考えない。罪悪感も持たない。アクションヒーローの道を歩み続け、見事にやってのけるのだ。

ジュール・ウエスト・ウィリアムズは十二月二十四日、十九時間バスに乗り、クリスマスの早朝にオレゴン州ポートランドの空港に近いホテルで眠った。午前十一時、シャトルバスで空港に向かい、ロンドンに向かう夜行便のビジネスクラスに荷物を預けた。フードコートでハンバーガーを食べる。本を数冊買い、免税店で慣れない香水を身体に吹きつけた。

12

MID-DECEMBER, 2016
SAN FRANCISCO

2016年 12月中旬 カリフォルニア州 サンフランシスコ

ハイキングに出かける前日、ブルックから電話がかかってきた。「いまどこ?」あいさつもなしに、いきなり大声でいう。「イモジェンに会ってる?」

「会ってない」ジュールはトレーニングを終えたばかりだった。ヘイト・アッシュベリーのフィットネスクラブの前にあるベンチにすわっている。

「山ほどメールを送ったけど、返事がないの」とブルック。「スナップチャットもインスタも反応なし。なんだかもう憎らしくなって、あんたに電話したら、状況がわかると思ったんだけど」

「あんただけじゃなく、誰も連絡が取れないのよ」とジュール。

「いまどこ?」

うそをつく理由もなかった。「サンフランシスコ」

「ここにいるの?」

「えっ、あんたもここに?」ブルックがいるはずのラ・ホーヤは、ここから車で優に八時間はかかるはずだった。

「ハイスクール時代の友だちがサンフランシスコの大学に行ってるんで、ホテルを予約してやってきたの。ところが蓋をあけてみれば、みんなバイトやら試験やらで、一日じゅう身体があかない。でもって今朝はチップ・ラプトンと会う予定だったんだけど、すっぽかされてさ。こっちはもう死んだヘビの玄関の間に着いてるってのに、ドタキャンのメールが来たってわけ」

12

MID-DECEMBER, 2016 _ SAN FRANCISCO

「死んだヘビ？」

「そう」ブルックがいやそうな声を出した。「いま、科学アカデミーにいる。ラプトンのやつが、爬虫・両生類展を見たいっていうから来たっていうのに。もし彼とヤリたいんじゃなかったら、誰がそんな所へいくかって。イモジェンはあんたといっしょにサンフランシスコにいるの？」

「いいえ」

「ユダヤ教徒の祭り、ハヌカーっていつだっけ？　彼女、家に帰るつもりなのかな？」

「いまがその時期よ。でも家には帰らない。ムンバイに行ったんじゃないかな、たぶんだけど。たしかなことはわたしにもわからない」

「そっか。じゃあ、こっちへ来なよ。せっかく街にいるんだから」

「ヘビを見に？」

「そう。もうタイクツで死にそー。遠いの？」

「わたしは――」

「わたしも忙しいなんていわないでよね。ふたりでじゃんじゃんメッセージを送り続けて、イミーを取りもどそうじゃないの。ムンバイでは電話が通じる？　電話がだめなら、メールを送る。ヘビの展示室にいるから、そこで見つけて声をかけて」ブルックがいう。「入館するには予約が必要だから、あとで番号を送る」

*

ジュールはあらゆるものを見てみたかった。科学アカデミーにはまだ行っていなかった。それにマーサズ・ヴィニヤードのあとのイモジェンの人生について、ブルックが何を知っているのか、それもたしかめたい。

アカデミーは恐竜の骨や剝製でいっぱいの自然史博物館だ。「二時から予約をしてあるんですが」ジュールは爬虫類展の受付にいる男にいった。

「身分証明書をお願いします」

ジュールはヴァッサー大学の学生証を見せて入場した。

「当館では、世界六十六か国から集められた、三十万点以上の標本を所蔵しています。どうぞゆっくりお楽しみください」男がいった。

コレクションは一連の部屋に収められている。雰囲気的には、図書館と保管倉庫を合わせたような感じだ。棚にぎっしり並んでいるガラスびんのなかには、ヘビ、トカゲ、亀、そのほかジュールにはなんだかわからないものも含めて、さまざまな生き物が保存されている。すべて几帳面にラベルが貼られていた。

ブルックが待っているのはわかっていたが、到着したというメッセージは送らないでおく。代わりに足音をたてないよう注意しながら、ゆっくり通路を歩いていく。

目に入る生物の名前をできるだけたくさん頭に入れる。*Xenopus laevis* はアフリカツメガエル。

12

MID-DECEMBER, 2016 _ SAN FRANCISCO

Crotalus cerastes はサイドワインダー。*Crotalus ruber* はレッドダイヤモンドガラガラヘビ。クサリヘビ、サンショウウオ、めずらしいカエル、遠い島々にしかいない小さなへビなどについて名前を書きとっていく。

黒ずんだ液体のなかに浮いてとぐろを巻いているクサリヘビ。その毒を分泌する口のあたりに手をふれたところ、皮膚がぞくぞくした。

角を曲がったら、通路の床にブルックがすわっていた。低い棚に置いてある、たくましそうな黄色いカエルをじっとにらんでいる。

「どんだけ待たせんのよ」とブルック。

「へビに魅入られちゃって」とジュール。「すごい強そう」

「強くなんかない。死んでるんだから」ブルックがいう。「びんのなかで孤独にぐるぐるとぐろを巻いて、誰にも愛されない。自分が死んだあと、親戚連中にホルマリン漬けにされてとっておかれる。それってぞっとしない？」

「体内に毒を持ってて」ジュールはまだへビにこだわっている。「自分の三十倍も大きな生き物を殺すことができるへビもいるって。体のなかにそういう武器を持ってるなんて、驚きじゃない？」

「めちゃくちゃ気味悪いだけ」とブルック。「驚くようなもんじゃない。どうでもいいよ。もう爬虫類は飽き飽き。エスプレッソを飲みに行こう」

軽食堂では小さなカップに入れた苦くて濃厚なコーヒーと、イタリアンジェラートを出していた。ブルックはジュールにバニラアイスクリームを注文するようにいい、ふたりとも、皿に盛られたアイスクリームの上からエスプレッソをかけた。

「これにもちゃんと名前があるんだ」とブルック。「だけどイタリアに行ったときには気にも留めていなかった。広場の小さなレストランでこれを食べたの。うちのママは広場の歴史を娘に教えようとやっきになってて、パパは『さあ、イタリア語の練習だ！』って張り切ってた。でも妹もあたしも飽き飽きしてた。家族旅行のあいだじゅう、ずっとその調子で、もううんざり。料理が出てくるたびに、これは何で、あれは何で……。あんた、イタリアへ行ったことはある？　パスタの量がハンパないの。もう違法じゃないかって思うぐらい大量に出てくるんだから」アイスクリームの器を持ちあげて、残りのエスプレッソを飲んでしまう。「夕食は、あんたの部屋でごちそうになるわ」

まだイモジェンのことを話していなかったから、ジュールはそれで構わなかった。

＊

ソーセージ、パスタ、トマトソースを買った。ブルックは乗ってきた車のトランクにワインを一本入れていた。部屋に入ると、ジュールは引き出しのひとつに郵便物を逆さにして全部つっこみ、自分の財布を隠した。そのあいだブルックはぶらぶらして部屋のなかを見ている。

「しゃれた部屋じゃん」ハリネズミのクッションや、きれいなビー玉やラインストーンの入っ

12

MID-DECEMBER, 2016 _ SAN FRANCISCO

たびんをいじりながらブルックがいう。柄物のテーブルクロス、キッチンの赤い戸棚、飾りの置物、本にも目を走らせる。すべて前の住人が残したものだ。それから食器棚をあけ、パスタをゆでる湯をわかすため鍋に水を入れた。「クリスマスツリーを置かないと」ブルックがいう。

「あれ、あんたユダヤだっけ？　いや、ちがうな」

「わたしはなんでもない」

「なんでもない人間はいない」

「いる」

「おかしなこといわないでよ、ジュール。たとえばあたしの場合、母方はペンシルベニアに暮らすオランダ系で、父にはアイルランド系のカトリックとキューバ人の血が流れている。だからわたしは、キリスト教徒でもないのにクリスマスイブに実家に車で帰って、深夜のミサに真面目に参加しているふりをしなくちゃいけないわけ。あんたはどう？」

「お祝いはしない」これ以上つっこんでこないでほしかった。こちらには答えがない。自分でつくったスーパーヒーローの生い立ち以外に、人を感銘させられるような神秘的な過去はなかった。

「それはまたお気の毒」ブルックがいってワインのボトルをあける。「イミーがどこにいるのか、教えてよ」

「ふたりでここに来たの」とジュール。「だけどいっしょにいたのは一週間だけ。それからイミーはパリに行くっていいだして、出ていった。あとからメールが来て、パリはニューヨークと変わらない、だからムンバイに行くっていってきた。もしかしてカイロかもしれない」「実家に帰らないっていうのは知ってる。イミーのママがまたメールしてきたから」とブルック。「そうだ、彼女フォレストと切れたんだよ。哀れなトラ猫みたいにふさぎこんでたって、イミーがメッセージを送ってきた。厄介払いができてよかったっていうんだけど、全体像が見えない。教えてくれないからね。イミー、掃除屋のことは、あんたに話した?」

それこそジュールがききたかったことだが、ここは慎重に出ないといけない。「ちょっとだけね。ブルックにはなんていってた?」

「あたしがヴィニヤードを発った翌日に電話があって、何もかも自分が悪い、あんたといっしょにプエルトリコに逃げるって。保養休暇とかなんとかいって」ブルックがいう。

「プエルトリコには行かなかった」とジュール。「代わりにこっちに来たの」

「なんでも秘密にするってのが、すっごくむかつく」とブルック。「イミーのことは大好きだけど、勝手気ままにどこへでも消えて、まわりにはなんにも話さない。それがすっごく頭にくんのよね」

ジュールはイモジェンをかばいたくなった。「彼女は自分の気持ちに素直であろうとしているの。つねにまわりを喜ばせようと気をつかうんじゃなくてね」

「あたしは気をつかってもらってぜんぜんオッケー」とブルック。「それどころか、もっと真剣に努力しろよって感じ」

それでイモジェンの問題は片づいたとばかりに、ブルックはテレビのほうへ歩いていった。

12

MID-DECEMBER, 2016 _ SAN FRANCISCO

しばらくチャンネルをあちこち変えていたが、やがてベティ・デイヴィスの古い映画を見つけ、ちょうど始まったばかりだったので、それに落ち着いた。「これにしよう」ブルックがいう。自分のグラスに二杯目のワインを注いで、パスタを皿によそった。

ふたりで映画を観る。画面はモノクロ。登場人物はみな美しいドレスに身を包んでいながら、互いにひどいことをしあう。それから一時間ほどたったころ、ドアをノックする音が響いた。

マディ。この家のオーナーだ。「あなたの部屋のバスルームに入っていいかしら。シンクの蛇口を一度あけて、それからまた閉めてみたいんだけど」マディがいう。「下に水道修理の人が来てるの。なんでずっと調子が悪いのか、原因に心当たりはないかっていわれてね」

「あとじゃ、まずいかしら?」ジュールはいった。

「いま来ちゃってるから」とマディ。「すぐ終わるわ。あっというまよ」

ジュールはブルックにちらっと目を向けた。コーヒーテーブルの上に足をのせている。「じゃあ、どうぞ」

「そう、助かるわ」ジュールがあとについてバスルームに入ると、マディは蛇口をいじりだした。「これでよしと」そういうとバスルームから出た。「これから下にいって、シンクが詰まっていないか見てくるわ。もうもどってこなくてすみそうよ」

「すみません」とジュール。

「あら、謝るのはわたしのほうよ、イモジェン。せっかくの夜を、邪魔してごめんなさいね」

うわっ。

大失態。

マディが出ていき、ドアがしまった。

ブルックはテレビの音を消した。手にスマートフォンを持っている。「彼女、なんだって?」

「あんたはもう家に帰る時間よ」とジュール。「こんなに飲んじゃって。いまタクシーを呼ぶから」

*

タクシーに乗せるまで、際限なく続くブルックのおしゃべりにつきあった。ようやくタクシーを送りだしたところで、ポケットに入っているイモジェンの電話がチーンと鳴った。

BL(ブルック・ラノン):イモジェン! いまどこ?

BL:ジュールからムンバイだってきいたけど。それかカイロ?

BL:マジ?

BL:それと、あのヴィヴィアン。アイザックとのこと信じらんない。いや信じられるか。あの女ならやりかねない。

BL:昨日の夜、チップ・ラプトンは人の胸をさわったくせに、今朝はスッポカシ。勝手にしやがれ。イモジェンがここにいてくれたらいい。でも実際にいたら、頭にくることばっかかも。
BL：あと、ジュールが自分はイモジェンだって大家に名乗ってる。？？？？！！！！

ジュールはとうとう返事を打った。

IS（イモジェン・ソコロフ）：ハイ、いるわよ。
BL：ハイ！！！！！
IS：チップに胸さわられたって？
BL：おっぱいの話なら、反応するってか？
BL：ま、たしかにおっぱいは超重要。

ジュールは一分待ってから、返事を打った。

IS：ジュールのことでカリカリしないの。わたしの一番古い友だちなんだから。
IS：自活できるまで、部屋代を面倒みてるのよ。賃貸契約書にわたしがサインしたから、きっと大家さんはわたしが借りたと思ってる。彼女一文無しなの。
BL：納得できない。彼女、なんかヤバイ。マジな話、ジュールは大家に「イモジェン」って呼ばせてた。

IS：べつにいいじゃない。
BL：よくない。彼女のせいでイミーのクレカの信用ガタ落ちになるかも。イミーはそういうの超気にするじゃん。だいたいブキミ。ほら、身元詐欺ってあるでしょ？　本当にあるんだよ、都市伝説なんかじゃないんだって。
BL：で、いまどこ？　ムンバイ？

ジュールは反応しなかった。もう何をいおうと無駄だ。ブルックが面倒を起こそうと、心を決めているのなら。

11

LAST WEEK OF SEPTEMBER, 2016
SAN FRANCISCO

2016年 9月の最終週 サンフランシスコ

ブルックが夕食を食べに来る十二週間前、ジュールはプエルトリコからサンフランシスコに飛んで、ノブ・ヒルにあるサー・フランシス・ドレイク・ホテルにチェックインした。内装は赤いベルベットとシャンデリアが基調のロココ様式で統一され、天井には彫刻が施されている。ジュールはイモジェンのクレジットカードと写真入りの身分証明書を提示した。ホテルの受付係は何もきかず、彼女をミズ・ソコロフと呼んだ。

最上階のスイートルームを予約していた。室内には鋲《びょう》を打った革張りの椅子と、金色で縁を飾った鏡台があった。それを見るなり気分がぐっと上がった。

時間をかけてシャワーを浴びて旅の汗とプエルトリコの記憶を洗い流す。浴用タオルをつかってゴシゴシ身体を洗い、シャンプーは二回した。これまで一度だって着たことのないパジャマを身につけて眠ると、首すじに走る痛みがようやく消えた。

ジュールはそのホテルで一週間を過ごした。卵のなかにいるようだった。ホテルのきらきら輝く堅い殻が、必要なときジュールを守ってくれる。

週末にはリストを見て、何通かメールを出し、サンフランシスコで借りる部屋を見に行った。マディ・チャンが案内をしてくれたのは家具付きの部屋だったが、よく賃貸マンションに備え付けになっているようなシンプルな家具ではなかった。風変わりな置物がいくつもあり、ボタン、ビー玉、ラインストーンなど、かわいらしいもののさまざまなコレクションがガラスびんに入って棚に飾ってあり、光を受けてきらきら輝いていた。キッチンには赤い戸棚があって、床は板張りだった。ガラスの皿やずっしりした鋳鉄製の鍋がそろっている。

鍵を渡されるときに、マディが説明してくれた。前の住人は独り者の紳士で、この部屋を十年以上つかっていたが、親戚縁者がひとりもいないままに亡くなったという。「亡くなったからといって、それを知らせる相手もいない。荷物を取りにくる人もいなかったの」マディがいう。「でも彼はかなり趣味がよくて、何もかも手入れが行きとどいている。それで思ったの――このまま人に貸そうって。休暇を過ごす人なんかにね。借りるほうだってそのほうが助かるじゃない」そういってビー玉の入ったびんに手をふれる。「こういうのって、チャリティーショップでも欲しがらないから」

「どうして身よりがなかったんでしょう?」ジュールはきいた。

「さあどうしてかしら。亡くなったとき、まだわたしと同じ年齢だったの。咽頭癌《いんとうがん》でね。近親者をさがしたけど、見つからなかった。お金も残していなかった。きっと名前を変えたか、家族と不和にでもなったんでしょうね。あるのよ、そういうことが」マディは肩をすくめた。「ふたりはドアの前に来ていた。「引っ越しは業者さんに頼むのかしら?」マディがきく。「なぜきくかというと、終日玄関のドアをあけたままにするなら、わたしは在宅していたほうがいいと思ってね。それでぜんぜんかまわないのよ」

ジュールは首を横にふった。「荷物はスーツケースだけですから」

マディはジュールに優しげなまなざしを向け、にっこり笑った。「くつろいでちょうだいね、イモジェン。ここで幸せな毎日が送れますように」

＊

ママとパパへ

一週間ほど前にマーサズ・ヴィニヤードを出て、いまは旅行中です。目的地はまだはっきりしてないの！　たぶんムンバイか、パリか、カイロ。

島の生活は平和だけれど、ほかの世界から隔絶されている気分でした。何もかもがスローペース。ずっと連絡せずに本当にごめんなさい。学校や家族をはじめ、これまでわたしという人間を定義していた枠組みを全部はずして、いったい自分は何者なのか、とことん考えないといけないと思っています。何がいいたいのか、わかってもらえるでしょうか？

マーサズ・ヴィニヤードにはボーイフレンドがいました。名前はフォレスト。でももう別れました。わたしは世界を見てまわりたい。

どうか、わたしのことは心配しないで。自分を大切にして安全な旅をするつもりです。

ふたりとも、ずっとすばらしい両親でした。毎日ママとパパのことを考えています。

たくさんの愛をこめて。

イモジェン

サンフランシスコの部屋でＷｉ－Ｆｉを設定するとすぐ、ジュールはイモジェンのアカウントから、このメールを送った。

さらにフォレストにもメールを出した。イモジェンのお気に入りのフレーズやスラング、結びの言葉、造語なんかをつかって。

フォレストへ

このメールを書くのはつらいけれど、どうしても書かなくちゃいけない。わたしはもうもどらない。部屋の賃料は九月末まで支払ってあるから、十月一日より前に出ていってくれればだいじょうぶ。

もうあなたには会わない。わたしは消える。というより、あなたがこれを読むころには、もうすでに消えてしまっているんだけど。

わたしには人を見下すような恋人はいらない。認めなさい、あなたはそうだったでしょ。なぜって、あなたは男で、わたしは女だから。あなたは大きくて、わたしは小さい。わたしは養子で、そういうといやがるけど、あなたは人の出自に重きをおく人だから。あなたはわたしより上だと思ってる。わたしは大学をドロップアウトしたけれど、あなたはそうじゃないから。それに、わたしがやりたいどんなことよりも、わたしが人生で成し遂げたい何事よりも、あなたは小説を書くことのほうが重要だと思っているから。

本当はね、フォレスト、わたしのほうが上なのよ。わたしは家を持っている。車も持っている。請求書の支払いをしている。わたしは大人よ、フォレスト。あなたは単に親のすねをかじっているだけのお坊ちゃま。

いずれにしても、わたしは消える。その理由をあなたは知っておくべきだと思ったの。

イモジェン

フォレストが返事を送ってきた。悲しみと後悔。怒りと懇願。

ジュールは返事を出さなかった。代わりにブルックに、ネコの動画ふたつに簡単なメッセージを添えて送った。

IS：フォレストと別れた。きっといまの彼、この悲しげなトラネコと同じ気持ちだと思う。
IS：わたしのほうは、ふわふわしたオレンジ色のネコと同じ気持ち。（心からほっとしてる）

ブルックが返事を送ってきた。

BL：ヴィヴィアンからきいた？
BL：それとも、誰かヴァッサーの友だちからきいた？

BL：ねえ、イモジェン？
BL：ケイトリンからきいたんだよ。（ケイトリン・クラークじゃなくて、ムーン・ケイトリンね）
BL：ヴィヴィアンはいまアイザックとつきあってるんだって。
BL：でもあたし、ケイトリン・ムーンから何をきいても信じないことにしてる。
BL：だからたぶん本当じゃないと思う。
BL：まったくヘドが出る。
BL：イミーが動揺してないといいんだけど。
BL：イミーの代わりにあたしが動揺してるって。
BL：でも、バイバイ、フォレスト！　彼と別れたのは正解。
BL：ああもう、ラ・ホーヤときたら退屈でたまんない、サイアク。イミー、どうして返事をくれないの？　いじわるはやめて、返事をちょうだい。

同じ日遅くに、ヴィヴィアン本人からメールが来た。自分はいま、アイザック・タッパーマンと愛し合っている。人の心はどうにもコントロールできないことをわかってほしいと書いてあった。

それからの数日、ジュールはイモジェンならこういうときどうするかと想像して、彼女にほぼなりきって生活を始めた。

ある朝には、マディ・チャンのドアをノックして、街で買ってきたラテをとどけた。「コーヒー、お飲みになるんじゃないかと思って」

マディは顔を輝かせた。ジュールは室内に招かれ、彼女のパートナーに引き合わされた。銀髪で、服装も洗練された女性で、思い切りよく「会社経営に飛びこんだ」とマディがいった。ふたりの書店を見せてもらえないかとジュールが頼むと、ボルボを運転して店まで送ってくれた。

マディの書店は小さくてちらかっていたが、居心地はいい。古本と新刊本を交ぜて売っていた。ジュールは、ヴィクトリア朝時代の作家、ギャスケルとハーディが書いた本を二冊買った。イモジェンが読んだことがあるかどうかはわからない。マディは『闇の奥』と『ジキル博士とハイド氏』、それにゴッフマンという男が書いた『行為と演技――日常生活における自己呈示』という本も薦めてくれた。ジュールはそれも全部買った。

また別の日には、マディが薦めてくれた展覧会を観にいった。イモジェンにならって、がつがつせずに肩の力を抜いてゆっくり観て歩く。

イモジェンはどんな博物館や美術館に行っても、夢中になることはなかったと思う。美術史や歴史の年代を暗記することもしないはずだった。

そう、イモジェンなら、ただぶらぶらとして、場の空気が自分になじんでくるのに任せる。美しいものの前で足をとめても、そこから何かを学び取ろうとあくせくすることなく、ただその場に立っている。

いまでは自分のなかにたくさんのイモジェンがいる。それがなぐさめだった。

10

THIRD WEEK OF SEPTEMBER, 2016
THE ISLAND OF CULEBRA, PUERTO RICO

2016年 9月の第3週 プエルトリコ クレブラ島

サンフランシスコに移る一週間前、ジュールはクレブラ島で酔っぱらった。酒を飲むのは初めてだった。

クレブラはプエルトリコ沖につきだした半島で、本島では野生の馬が道路を歩いている。豪華なホテルが海岸沿いに並んでいるものの、市の中心部は旅行者にとってあまり使い勝手が良くない。この島はシュノーケリングと、国籍を捨てたアメリカ人の小さなコミュニティがあることで知られていた。

夜十時。そのバーに行くのは初めてではなかった。片側は屋外に向かってひらかれていて、夜気にあたれた。四隅で汚い白い扇風機がまわっている。アメリカ人の客が大勢いるものの旅行者は数えるほどで、ほとんどが国籍を捨てた常連客だ。バーテンダーはジュールに身分証明書の提示を求めなかった。この島でIDを見せろといわれることはまずない。

今夜、ジュールはカルーアミルクを頼んでいる。以前に会ったことのある男がつかつか歩いてきて、ふたつほど離れたカウンター席に腰をおろした。あごひげを生やした白人男性で、歳は五十五といったところ。アロハシャツを着て、額が日に焼けて赤くなり、ウエストコーストなまり——ポートランド出身だと前にいっていた——がある。名前は知らない。今日は同じ年頃の女性といっしょだった。白髪まじりのもつれた巻き髪。胸の谷間が見えるピンクのTシャツが、プリント地のスカートにサンダルという下半身のスタイルとケンカしている。女性はカウンターに置かれた器から、ミックス・プレッツェルを食べはじめた。

ジュールの酒が運ばれてきた。一気に飲み干し、お代わりを注文する。カップルは口論を始めた。

「善良な娼婦っていうキャラクターが許せない」女が南部なまりでいう。おそらくテネシー、あるいはアラバマ。家庭的な雰囲気が漂う。

「たかが映画じゃないか」と男。

「完璧なガールフレンドっていうのが、ただでヤラせてくれる娼婦だなんて。冗談じゃないわ」

「そういう映画だとは知らなかったんだ」と男。「きみがそれほど頭に来てるなんて、ここに来るまで思いもしなかったよ。マニュエルがいい映画だって薦めた。だから観てみたってだけだ。かっかしなさんな」

「ケニー、世界の人口の半分をバカにしてるのよ」

「きみに観せるんじゃなかった。娼婦に偏見を持つなっていう映画かもしれないぞ」ケニーはいって、くっくと笑う。「そういう仕事をしていることで、彼女を軽んじちゃいけない」

「最近は〝性労働者〟っていうらしいですよ」バーテンダーがいって、ふたりに向かってウィンクする。「娼婦じゃなくって」

ジュールは酒を飲み終わり、三杯目を注文した。

「低俗な男の火遊び。まあ、それだけの映画だ」ケニーがいう。「きみはさあ、あのブックク

10

THIRD WEEK OF SEPTEMBER, 2016 —
THE ISLAND OF CULEBRA, PUERTO RICO

ラブの連中とつるみすぎじゃないか。連中と過ごしたあとは、たいてい神経過敏になる」

「バカいってんじゃないわよ」女性の口から乱暴な言葉が飛びだしたが、下品にはきこえない。「わたしのブッククラブの友だちに嫉妬してるだけでしょ」

ジュールがふたりに注目しているのに、ケニーが気づいた。「やあ、また会ったね」そういって、ビールのグラスをかかげる。

三杯のカルーアが粘っこい波のように身体のなかを洗う。ジュールは女性ににっこり笑いかけた。「奥様ですね」しゃがれ声でいった。

「ガールフレンド」女性がいう。

ジュールはうなずいた。バー全体がかしいできた。ふたりはジュールを話の輪に入れた。ジュールはゲラゲラ笑っている。何か食べたほうがいいと、ふたりがいう。口の感覚が麻痺している。フライドポテトの塩気が強すぎるのだ。

ケニーとガールフレンドはまだ映画の話をしている。ガールフレンドのほうは、赤いスーツの男がいやでたまらない。

その男って誰だっけ？　アライグマを飼っていた？　一本の木と仲良し。ちがう、ユニコーンだ。岩でできた男はいつでも寂しい。ずっと岩のなかに閉じこめられているから、誰にも愛されない。それから自分の正体を明かさない男が現れる。年寄りだけれど、いい身体をしていて、骨格は金属でできている。あっ、そうだ。青い男もいた。それに裸の女も。青い人はふたり。気がついたらジュールは床にいた。

どうして床にいるんだろう。手がひりひりする。両手が何かおかしい。口のなかが妙な感じで甘ったるい。カルーアを飲み過ぎた。

「デル・マールに泊まってるのよね。この先にあるリゾートに?」ケニーのガールフレンドがジュールにきく。

ジュールはうなずいた。

「ケニー、彼女、送りとどけたほうがいいわ」ガールフレンドはジュールの横の床にしゃがんでいた。「道路は暗いから。ふらっと車の前に飛びだすかも」

それから外に出た。ケニーは近くに見当たらない。女性がジュールの腕をつかんでいる。デル・マールの輝くあかりを目ざして歩いていく。

「ひとつ、話をしておいたほうがいいと思う」ジュールは大声でいう。ケニーのガールフレンドにいってやることがあった。

「いまじゃなくちゃ、だめ?」女性がいう。「足もとに気をつけて。ほらそこ。暗いから」

「ある女の子の話」とジュール。「ちがった、ある男の子の話。ずっと昔。この男子が、知り合いの女子を壁に押しつけた。知り合いの話だから、わたしじゃなくて」

「ええ、そうね」

いわなくてもいいことをいっていると、自分でもわかっていた。それでも話しはじめてしまった。ここでやめるわけにはいかない。「その男子は、夜に、スーパーマーケットの裏路地でその子にむりやりひどいことをした。わたしのいう意味がわかる?」

10

THIRD WEEK OF SEPTEMBER, 2016 —
THE ISLAND OF CULEBRA, PUERTO RICO

「ええ、わかるわ」

「この女子は、その男子を町で見かけたことがあって、彼に声をかけられるままについていった。なぜって彼がイケメンだったから。その女子がまたバカでね。どういって断ればいいかわからなかった。こぶしがつかえるってことを知らなかった。まあでも、何かいえたところで関係ない。なぜって男のほうは、きく耳を持たないから。問題は、この女子に力がなかったこと。技術もない。持っていたのは、ビニール袋に入った牛乳とドーナツ」

「あなた、南部の人?」ケニーのガールフレンドがいう。「いま気づいたわ。わたしはテネシー。あなたは?」

「彼女は、起きたことを大人には話さなかった。でも女子トイレで友だち数人に話した。それでわたしもそのことを知ったってわけ」

「なるほど」

「この男子が、この同じ男が、ある夜、映画館から家に向かって歩いてた。二年後の話。わたしは十七歳、でもって身体を鍛えてた。わかるでしょ? ホント強いんだから。それである夜、映画に行って、彼に会った。家に帰る途中に見つけたの。ひとりで夜道を歩くなんて危ないって、人にいえばみんなそういったと思う。でも歩いてた。その男子もひとりで歩くのは危なかった」

自分で話していて、ふいに愉快になった。その場にとどまって存分に笑いたい気がした。足をふんばって、笑い声が出てくるのを待つ。出てこない。

「こっちは手に青いかき氷を持ってた」話を続ける。「映画に出てくるみたいな、大きいやつ。ストラップのついたハイヒールを履いて。夏だった。美しい靴は好き?」

「わたしは外反母趾《ぼし》だから」女性がいう。「さあ、歩きましょう」

ジュールは歩いた。「靴を脱いだの。それで男子の名を呼んだ。タクシーを呼ばなきゃならないっていうそをついた。暗い街角でね。ケータイのバッテリーが切れちゃったから、助けてくれない? 向こうはわたしを無害だと思った。こっちは片手に靴、もう一方の手にかき氷の入ったカップを持っている。もう一方の靴は地面に転がってる。こっちへやってきたところへ、左手に持ったかき氷を顔に投げつけ、靴のかかとをたたきつけてやった。それがちょうどこめかみに命中した」

ジュールは女性が何かいうのを待った。しかし相手はだまっている。ずっとジュールの腕をつかんでいる。

「相手はウエストに飛びかかってきたけど、こっちは彼のあごをひざ蹴りした。それからまた靴を相手の頭のてっぺんにふりおろした。そこが急所」靴をどこにあてたのか、それを正確にいっておくのが重要な気がした。「靴で、何度も何度もそこを殴った」

ジュールは歩くのをやめ、女性をむりやり自分のほうに向かせた。あたりは真っ暗だった。見えるのは女性の目のまわりに寄った優しそうなしわだけで、目そのものは見えなかった。

「その男子は口をあんぐりあけて地面に伸びた」ジュールはいう。「鼻から血が出てた。死んでいるように見えた。起きあがらなかった。それでこっちは通りに目を走らせた。もう遅い時間

10

THIRD WEEK OF SEPTEMBER, 2016 _
THE ISLAND OF CULEBRA, PUERTO RICO

だった。どの家も玄関ポーチのあかりさえつけてない。結局死んでいるのかどうか、わからずじまい。それからかき氷のカップと靴を拾って、歩いて帰った。

家に着くと身につけていたものを全部、ビニールの買い物袋に詰めた。で、翌朝、何もなかったように学校へ行った」

ジュールは両手をわきにすとんと落とした。ふいに疲れを覚え、めまいと空腹感に襲われた。

「彼は死んだの？」ケニーのガールフレンドがきく。

「死ななかった」ジュールはゆっくりといった。「ネットで彼の名前を検索したの。毎日やってみたけど、事件については何もひっかからない。ひっかかったのは、地方紙の記事に掲載された写真つきの記事。彼が詩のコンテストで賞を取ったっていう」

「本当に？」

「結局、彼は警察に連絡しなかった。で、その晩、わたしはわかったの。自分が何者で、何ができるか。どういうことか、わかる？」

「彼が死んでなくてよかったわ。あなた、お酒に慣れてないのよ」

「飲んだのは今夜が初めて」

「きいて。わたしも昔同じことを経験したの。あなたが話している女の子と同じような目に遭った。話したくはないけど、本当のことだから。もう乗り越えて、いまではだいじょうぶなの。きいてる？」

「ええ、だいじょうぶ」

「あなたが知りたいんじゃないかと思って」

ジュールはあらためて相手の姿をながめた。美しい女性。ケニーは幸運な男だ。「ケニーの本名を知ってる?」ジュールはきいた。「ケニーの本当の名前は何?」

「ホテルの部屋まで送らせてちょうだい。無事に帰り着いたとわかるまで心配よ」

「そのときだったの。自分のなかにヒーローがいるって感じたのは」

ホテルの部屋にもどったとたん、世界が闇に変わった。

*

翌朝目覚めると、手に水ぶくれができていた。両手に四つずつ、膿《うみ》のたまった水疱が手のひらの指の付け根に盛りあがっている。

ベッドに寝っ転がって指を見る。ベッドわきのテーブルに置いてある翡翠の指輪に手をのばしたものの、入らないとわかっていた。指が腫れあがっている。

水疱をひとつずつつぶして、にじみ出てくる液を白くてやわらかなホテルのシーツにしみこませる。こうしておくと、皮膚の表面が早く硬くなる。

これは、自分を見下す男と別れる女の映画じゃない、とジュールは自分にいいきかせる。支配的な母親から逃げだす女の映画でもない。どこかの強い男性ヒーローが、救いだすべき女性を愛してしまったり、ぴちぴちのボディスーツを着た、自分より弱い女と組んで戦ったりする

10

THIRD WEEK OF SEPTEMBER, 2016 —
THE ISLAND OF CULEBRA, PUERTO RICO

映画でもない。

ストーリーの中心にいるのはわたし。細い身体を露出度の高い服で包む必要も、歯を矯正する必要もない。

主人公はわたし。

起きあがったとたん、吐き気をもよおした。バスルームに飛んでいき、冷たい床に腫れた手のひらを押しつけて、便器のなかに吐く。何も出てこない。

何度やっても、何も出てこない。喉が収縮するままに、もう数時間もそうやっている気がする。タオルを顔に押し当て、はずしたらぬれていた。そのまま丸くなってふるえ、肩をひくひくさせている。

ようやく呼吸が整ってきた。

立ちあがってコーヒーをつくり、それを飲んでからイモジェンのリュックをあける。

財布が入っていた。財布には山ほどの小さなポケットと銀色の留め金がついている。なかに入っているのは、クレジットカード、レシート、マーサズ・ヴィニヤードの図書館カード、ヴァッサー大学の学生証、ヴァッサー大学の学食カード、〈スターバックス〉のカード、健康保険証、そしてホテルの部屋のカードキー。現金は六百十二ドル入っていた。

昨日イモジェン宛てにとどいた小包をあける。フェデックスで送られてきたオンライン通販の服。ワンピースが四枚、シャツが二枚、ジーンズ一本、シルクのセーター一枚。どれも高額な商品で、値札を見て思わず手を口にあてた。

イモジェンの部屋は隣だ。いまはジュールがカードキーを持っている。室内は清潔に保たれていて、バスルームに入ると薄汚れた化粧ポーチがカウンターの上に置いてあった。ポーチにはパスポートと、驚くほどたくさんのチューブやコンパクトが乱雑に詰まっていた。タオルラックには、ダサいベージュのブラがひっかけてある。毛が数本からみついたカミソリもあった。

イモジェンのパスポートを手に取って、自分の顔と並べて鏡に映す。背丈のちがいはほんの数センチ。瞳の色はグリーンと記載されている。イモジェンの髪の色はジュールより明るい。体重はジュールのほうがかなり重いが、そのほとんどは筋肉で、服を着ればわからない。

ヴァッサー大学関連の身分証をイモジェンの財布から全部取りだし、しげしげと見る。学食のカードにはイモジェンの長い首と、耳に三つ連なるピアスの穴がはっきり写っていた。学生証の写真はもっと小さくぼやけていて、耳は見えない。こっちなら問題なく使えそうだ。

学食のカードを爪用のハサミで細かく切り刻んでから、トイレの水に流した。

眉毛を抜いていく――イモジェンの眉のように細くする。同じく爪用のハサミをつかって前髪を短くする。それからイモジェンのヴィンテージリングのコレクションを見つけた。キツネの輪郭を浮きあがらせたアメジストのリング、アヒルを彫刻した木のリング、サファイアのマルハナバチ、シルバーのゾウ、シルバーの飛び跳ねるウサギ、翡翠でできた緑のカエル。どれも腫れあがった指にははまらない。

そのあと数日かけて、イモジェンのパソコンに保存されていたファイルを調べていった。ホテルの部屋はふたつともつかった。どちらも空調が効いている。ときどきテラスのドアをあけて、むっとする熱気を浴びた。チョコレートチップのパンケーキとマンゴージュースをルームサービスで頼む。

*

10

THIRD WEEK OF SEPTEMBER, 2016 _
THE ISLAND OF CULEBRA, PUERTO RICO

イモジェンの銀行口座と投資信託にあるお金を合わせると全部で八百万ドルになった。口座番号とパスワードを暗記し、電話番号とメールのアドレスも覚える。

独特の癖があるイモジェンのサインを練習する。パスポートと、イモジェンの本の見返しにある署名がお手本だ。イモジェンのノートにある手書きの文字も練習する。こちらにはたくさんの落書きや買い物リストがあった。電子署名をつくってから、イモジェンの家の専任弁護士の名前を見つける。自分は（イモジェンは）来年たくさん旅行をし、世界中をめぐる予定なので、遺書をつくっておきたいと連絡する。資産は恵まれない友だちに残すこととする。すなわち、孤児で、大学の奨学金受給資格を失った、ジュリエッタ・ウエスト・ウィリアムズに。さらにノースショア動物愛護団体と国立腎臓基金に寄付をする。

実際の手続きに入るまでには数日かかるが、弁護士は万事手はずを整えると約束してくれた。問題のあるはずもない。イモジェン・ソコロフは成年に達しているのだから。

イモジェンのメールとインスタグラムで、特有の文体を調べる。締めの言葉、段落の区切り方、よくつかう表現など。SNSのイモジェンのアカウントはすべて凍結する。いずれにしろ、どれも放っておかれて機能していなかった。イモジェンが写っている写真から、できる限りタグも削除した。あらゆるクレジットカードの請求がイモジェンの銀行口座から自動的に支払われるようにした。イモジェンのメールアドレスをつかって各種パスワードもリセットする。

クレブラの地元紙を読んでニュースになっていないか調べたが、何も載っていなかった。

雑貨屋でヘアダイを買い、歯ブラシをつかっててていねいに髪を染めた。歯を見せずに笑う練習もする。首の片側に残るいやな痛みは一向に消えない。

やがて弁護士からEメールで遺書のひな形が送られてきた。ジュールはそれをホテルの事務室でプリントアウトした。スーツケースに書類をしまったところで、もう十分待っただろうと思う。イモジェンの名前でサンフランシスコ行きの航空券を買う。そうしてホテルをふたり分チェックアウトした。

9

SECOND WEEK OF SEPTEMBER, 2016
CULEBRA, PUERTO RICO

2016年 9月の第2週 プエルトリコ クレブラ島

サンフランシスコへ発つ二週間半前、ジュールはタクシーの後部座席にイモジェンと並んですわっていた。タクシーはジープで、クレブラ空港から出発して、でこぼこした道を走っていく。イモジェンはリゾートホテルを予約してあった。

「友だちのビッツィ・コーエンの家族といっしょに、ここに来たことがあるんだ。十二のときに」イモジェンは外に見える島の広がりを手で示す。「ビッツィはオートバイの事故であごを針金で縛られてたの。一日じゅう、ノンアルコールのダイキリばかり飲んでた。何も食べないで。それで、ある朝、ボートに乗ってクレブリータっていうちっちゃな島へ出かけたの。これまで見たこともない黒い火山岩があった。シュノーケルをしたんだけど、ビッツィはあごがあかないから、シュノーケルが上手くつかえない。それで思いっきりすねちゃって」

「わたしも一度あごを針金で縛られたことがある」ジュールはいった。本当のことだったが、いわなければよかったと後悔した。面白い話ではなかった。

「何があったの？　オートバイから落ちたの？　スタンフォードのボーイフレンドのひとりが運転してたオートバイとか？　それとも陸上チームのゲスなコーチに殴られた？」

「更衣室で起きたケンカ」うそをついた。

「また？」イモジェンがちょっとがっかりしたような目でこっちを見る。

「そう、だけどそのときは全員裸」話を面白くした。

「冗談でしょ」

「陸上の練習のあと、ハイスクールの二年のときよ。真っ裸のバトル。シャワールームで三対二」

「刑務所を舞台にしたポルノ映画みたい」

「ぜんぜんエロチックじゃないの。わたしはあごを血だらけにされた」

「ほら、馬」運転手が指をさす。たしかにいた。野生の馬が三頭、道路の真ん中に固まっている。ぼさぼさ生えた毛がかわいらしい。運転手が警笛を鳴らす。

「鳴らさないで！」イモジェンがいう。

「怖がりゃしませんよ」と運転手。「ほら」また警笛を鳴らしたところ、馬たちはゆっくりとわきにどいた。ちょっと迷惑そうな顔をしているだけ。

「イモジェンは人間より動物が好きなんだよね」

「人間はばかだから。たったいまジュールが話してくれたことがそれを完璧に証明してる」バッグからティッシュを取りだし、額の汗をふいた。「むかつく馬なんて見たことある？　あるいはむかつく牛とか？　動物はばかなことはしない」

前の席から運転手が話に加わる。「ヘビはむかつくでしょ」

「そんなことない」とイモジェン。「ヘビは普通に生きているだけ。ほかのみんなと同じよ」

9

SECOND WEEK OF SEPTEMBER, 2016 _
CULEBRA, PUERTO RICO

「かみつくやつは別でしょ」と運転手。「ありゃ、性悪だ」

「へビがかみつくのは怖いから」イモジェンが後部座席から身を乗りだしていう。「身を守る必要に迫られて、かむの」

「あるいは食うためにだ」と運転手。「連中は日に一度は何か食ってる。おれはヘビは嫌いだな」

「ガラガラへビにかまれて死ぬネズミはずっと幸せよ。ネコなんかにつかまるよりね。ネコは獲物で遊ぶから」イモジェンがいう。「好きなように遊ばせて、わざと逃がす。それからまたつかまえる」

「じゃあ、ネコも性悪だ」と運転手。

ジュールは声をあげて笑った。

ホテルの前でタクシーがとまった。イモジェンが米ドルで運転手に支払いをした。「わたしはヘビの味方よ」とイモジェン。「へビが好き。乗せてくれてありがとう」

運転手はトランクからふたりのスーツケースを出すと、車を走らせて去った。

「実際にヘビを目の前にしたら、好きだなんて思わないから」ジュールはいった。

「そんなことない。かわいがってペットにするわ。宝石のように首に巻きつけて」

「毒へビを?」

「そう。わたしはジュールをここに連れてきてあげたでしょ?」イモジェンはジュールの首に腕をまわす。「あなたにはおいしいネズミを食べさせてあげるし、それ以外にもへビが好むおやつをあげて、肩の上で休ませてあげる。そうして、あるとき本当に必要に迫られたら、わたしの敵をあなたに絞め殺してもらう。たとえ裸のときでも、わかった？」

「ヘビはいつだって裸でしょ」とジュール。

「あなたは特別なヘビ。ふだんは服を着ているの」

イモジェンが先に立ってホテルのロビーへ入っていく。自分のスーツケースをふたつ引きずって。

＊

ホテルは観光客向けの豪華なしつらえで、全体が明るい青緑色で統一されていた。観葉植物や鮮やかな花がそこらじゅうに飾られている。ジュールとイモジェンの部屋は隣り合わせ。ホテルには異なる仕様のプールふたつと、長い弧を描く白いビーチがひとつあり、ビーチの向こう端には波止場があった。レストランのメニューには魚料理と熱帯の果物がずらりと並んでいる。

それぞれ荷ほどきが終わったところで、レストランで落ち合ってディナーを食べた。豪華な料理を食べてイミーは生き返ったようで、満足至極といった顔をしている。悲しみも罪の意識もまったくないようで、けろりとしていた。

そのあと、道路を歩いていって、インターネットで紹介されていた場所へ向かった。国籍を捨てたアメリカ人が集まるバーらしい。カウンターがぐるりと円形になっていて、その中心に

9

SECOND WEEK OF SEPTEMBER, 2016 —
CULEBRA, PUERTO RICO

バーテンダーが立っている。ふたりは柳編みのスツールに腰をおろした。イモジェンはカルーアミルクを、ジュールはダイエットコークにバニラシロップを垂らしたものを注文した。客はみんな話し好きだ。イモジェンはアロハシャツを着た年配の白人男性と親しくなって話しこんでいる。男はクレブラで暮らして二十二年になるという。

「マリファナでささやかな商売をしてたんだ。ウォークインクローゼットのなかで栽培してた。ライトをつけてね。場所はポーランド。そんなところで、誰が気にかけるものかと思うだろう？　ところが警察に逮捕された。保釈金を払って出所すると、おれはマイアミに飛んだ。そこから船でプエルトリコまで行き、そこからフェリーでここにやってきた」男はバーテンダーにグラスをかかげて、ビールのお代わりを頼む。

「じゃあ、逃走中なの？」イモジェンがきいた。

男はフンと鼻を鳴らした。「こう考えてくれ。おれは自分のやっていることが犯罪だとは思っていなかった。それだから罪をつぐなう必要もない。逃走したんじゃなくて、引っ越した。ここじゃ誰もがおれのことを知っている。パスポートに載ってる名前を知らないってだけでね」

「じゃあ、パスポートに載ってる名前は？」

「教えない」男は声をあげて笑った。「みんな平等にね。ここじゃ、誰もそんなことは気にしない」

「どうやって食べてるの？」ジュールはきいた。

「アメリカ人やリッチなプエルトリコ人が大勢、ここに休暇用の別荘を持っている。その世話をおれが引き受けてる。支払いは現金。警備や、修理屋の手配といったことをやっている」

「家族は？」イモジェンがきいた。

「そうたくさんはいない。こっちにガールフレンドがひとり。おれの居所はアニキが知ってる。これまでに一度か二度、様子を見に来てるよ」

イモジェンが額にしわを寄せる。「帰りたいと思ったことはないの？」

男は首を横にふった。「一度もないね。長いこと帰らないでいると、わざわざ帰るほどのものが、あっちに残っているとは思えなくなるんだ」

＊

それから三日間、ふたりは曲線を描く巨大なプールで、パラソルやターコイズ色の安楽椅子に囲まれて過ごした。ジュールはヘビになってイモジェンの首に巻きついてみせた。ふたりで本を読む。イモジェンはＹｏｕＴｕｂｅで料理のテクニックを教える動画を見る。ジュールはジムでトレーニングに励む。イモジェンはスパでエステをしてもらう。ふたりで泳ぎ、ふたりで海岸を歩いた。

イモジェンはよく飲んだ。ウェイターに頼んでプールサイドにマルガリータを運ばせる。かといって悲しげではない。マーサズ・ヴィニヤードをふたりで飛びだしたときの夢のような興

9

SECOND WEEK OF SEPTEMBER, 2016 _
CULEBRA, PUERTO RICO

奮が、それから何日も続いていた。ジュールが見る限り、ふたりは勝利したといっていい。これこそがイモジェンのいう理想の生活。野心もなければ、期待もない。自分に喜ぶ人間も、失望する人間もいない。ふたりはただ自然体でいて、日々はゆっくり流れ、ココナッツの匂いがした。

四日目の夜遅く、ジュールとイモジェンはジェットバスに足をひたしてすわっていた。ヴィニヤードのイモジェンの家で毎晩繰り返したように。「やっぱりニューヨークに帰ったほうがいいな」イモジェンが考えこむようにいった。「両親と向き合わないと」夕食は少し前に食べ終えていた。イモジェンはプラスチックのカップにマルガリータを入れて蓋をし、ストローを刺したものを持っている。

「だめ」とジュール。「ここにわたしといっしょにいるの」

「あの夜、バーであった男の話、覚えてる？　長くいればいるほど、帰る理由が見つからなくなるって」イモジェンは立ちあがり、シャツとショーツを脱いだ。暗灰色《ガンメタル》のワンピース水着。ゴールドのフープが胸についていて、胸元は深く切れこんでいる。バスタブのなかにゆっくりと身を沈めていく。「もう何も残っていないなんて、いやだもの。ママとパパだけそこに残して。だけど、家に帰るのもいやなんだよね。ふたりといると——ただもう悲しくなる。最後に家に帰ったときのこと、話したっけ？　冬休みのこと？」

「きいてない」

「学校に行かないですむのが、たまらなくうれしかった。政治学の試験は不合格。ブルックとヴィヴィアンはしょっちゅうケンカしてる。アイザックには捨てられた。それで逃げるように家に帰ったところが、思っていた以上にパパの具合がずっと悪かった。ママは泣いてばかり。妊娠してるかもって、ばかみたいに怯えたこととか、友だち関係のごたごたとか、ボーイフレンドにふられたとか、悪い成績とか、そんな自分の問題が、どれもこれも口にするのもばかられるほど、くだらないことに思えた。パパはすっかりしなびちゃって、酸素ボンベで呼吸してる。キッチンのテーブルは薬のびんでおおわれてた。ある日パパがわたしの腕をつかんでささやいたの。『パパにバブカを買ってきておくれ』ってね」

「バブカって?」

「きいたことない? シナモンロールを四十倍ぐらい大きくした菓子パン」

「で、買ってきたの?」

「外に買いに行って、六個買ってきたバブカを毎日ひとつずつパパにあげた。冬休みが終わるまでね。わたしにできるのはせいぜいそのくらい。どうにも手の尽くしようがなかったから……。それで家を出る日の朝、ママにヴァッサー大学まで車で送ってもらっているときに、ふいに嫌気がさした。ヴィヴィアンに会いたくない。ブルックにも。アイザックにも。大学に通うこと自体、意味がないように思えてきた。まるで花嫁学校みたい。そこで学べばママが理想とする娘やアイザックが理想とする女になれる。でもそれは断じて、わたしがなりたい人間じゃない。それでママが帰るとすぐ、タクシーを呼んでヴィニヤードに向かった」

「どうして、あそこに?」

9

SECOND WEEK OF SEPTEMBER, 2016 _
CULEBRA, PUERTO RICO

「逃避行。小さいときに休暇で出かけたことがあったの。数週間過ぎたところで、電話を不通にした。誰からの電話にも出たくなかった。自分勝手と思われるかもしれないけど、根本から大きく変えたかった。パパが病気で、自分の悩みについてまだ誰にも話していなかった。そんななか、本当の自分を見つけるためには、いまいるところから離れて暮らすしかなかった。わたしに何かを求める人たちや、わたしに失望する人たちから離れる。それを実行に移したわけ。ホテルで一か月ほど過ごしたところで、わたしはもうもどらないってわかった。両親にメールで無事を報告して、それから家を借りたの」

「ご両親はどう反応したの?」

「千億通のメールとメッセージ。『頼むから帰ってきてちょうだい、ほんの数日でいいから。飛行機代はこっちで出すから』とか、『どうして電話をくれないんだって、パパが知りたがっているの』とか。そういうのばっか。パパは透析があるから、ヴィニヤードに来るのは無理だとわかってるんだけど、それにしても本当にしつこかった」そこでため息をつく。「それで、ふたりからのメールをブロックした。両親のことを考えるのをやめたの。まるで魔法のようだった。スイッチを切ったみたいに何も考えなくなった。どうしてだかわからないけど、考えないことで救われた。ひどい人間のように思われるかもしれないけど、すごく気分がよかった。もう後ろめたい気持ちにもならなかった」

「ひどい人間だなんて思わない」ジュールはいった。「イミーは人生を変えたかった。自分のなりたい人間になるために、何か極端なことをしなくちゃいけなかった」

「そのとおり」イモジェンはジュールのひざに、ぬれた手でそっとふれた。「で、ジュールはどうなの?」イモジェンのいつものパターン。とりとめのない話をえんえんとしながら問題を整理していき、結論がひとつ出てすっきりすると、そこで飽きて、今度は質問に切り替える。

「わたしは帰らない」ジュールはいった。「もう二度と」

「家に帰るって、そんなに悪いこと?」イモジェンがジュールの顔をうかがいながらきく。

その瞬間、ジュールの頭にすばらしい考えがひらめいた。ひょっとしたら自分は人から愛される人間なのかもしれない。それなら自分も自分を愛せる、わたしだって愛されていいんだ。いまなら、イモジェンは理解してくれる。何をいっても。

「わたしたちは同じ」思い切って、いってみた。「過去の自分は嫌い。そこから抜けでたい。わたしは、いまここにいる自分が好き。イミーとふたりでいるときの自分がね」これは本心で、その言葉にうそいつわりはなかった。

イモジェンが身を寄せてきて、ジュールの頬にキスをする。「家族は消え、世界は終わったってことか」

「いまでは、わたしたちが家族。わたしがイミーの家族になって、イミーがわたしの家族になればいい」ジュールの口から息せき切って言葉がほとばしる。

ジュールは待つ。イモジェンの顔を見つめて。

自分たちは姉妹みたいなものだと、イミーはそういってくれるはずだった。一生の友だちであり、ふたりは家族なのだと。

9

SECOND WEEK OF SEPTEMBER, 2016 ―
CULEBRA, PUERTO RICO

ずっと親密に話をしてきたのだから、その流れで当然イミーは約束してくれるはずだった。ジュールを見捨てはしない。フォレストを捨て、ママとパパからも逃げたけれど、ジュールとはずっといっしょにいると。

ところがそうはいわず、イモジェンは穏やかな笑みを浮かべているだけだった。やがてジェットバスから出て、ガンメタルの水着のままプールのほうへ歩いていく。プールの端の浅いほうでバカ騒ぎをしているティーンエイジャーの男の子たちに微笑んでみせる。アメリカ人の男の子だ。

「ねえ、みんな。誰かなかのバーで、ポテトチップか、プレッツェルを買ってきてくれない？」イモジェンがいう。「わたし、足がぬれちゃって。ぬれた足跡をつけたくないの」

男の子たちのほうがイモジェンよりぬれていたが、うちひとりがプールから飛びだして、タオルで身体をふいた。痩せていて、ニキビがあるが、歯並びはきれいで、イモジェン好みの背の高いスレンダーな男子だ。「仰せのとおりに」といって、ばかげたお辞儀までしてみせた。

「まあ、王子様が交じっていたのね」

「きいたか？」男子はプールの仲間たちに大声でいう。「おれ、王子様だって」

なぜイモジェンはみんなをとりこにしないといけないの？　なんの得にもならない、くだらない男子の集団を相手に。でもイモジェンはこういうことをする。話し相手に気詰まりを感じたとき、相手にくるりと背を向けて、新たな対象に自分の光を照射する。光を当てられたほうは、彼女に気づいてもらえて幸運だと感じる。グリーンブライアー時代の友だちを捨てて、ドルトン・プランに参加する新しい友だちに乗り換えたときもそう。病気の父とドルトンの友だちを捨ててヴァッサー大学に行き、ヴァッサー大学を飛びだしてマーサズ・ヴィニヤードで暮らすことにしたときも。ジュールのために、フォレストとマーサズ・ヴィニヤードを捨てたけれど、ジュールだけでは明らかに物足りないようだった。イモジェンには新たな信奉者が必要なのだ。

買い物に行ってきた男の子はポテトチップを数袋取りだした。イモジェンは安楽椅子にすわってポテトチップを食べ、彼にあれこれ質問をしている。

どこから来たの？「メイン州」

みんな歳はいくつ？「もう大人だって！　ハハッ！」

そうじゃなくて、年齢は？「十六」

イモジェンの笑い声がプールじゅうに響きわたる。「みんな子どもじゃない！」

ジュールは立ちあがって脱いであったビーチシューズに足をすべりこませた。あの男子たちを見ていると虫唾《むしず》が走る。仲間と競って、ひたすらイモジェンを楽しませようとしているのがいやだった。プールで水をはねあげ、筋肉を見せびらかしている。じゃれつくハイスクールの男子を相手に話などしたくない。自尊心を満たす必要があるのなら、イモジェンひとりですればいい。

＊

9

SECOND WEEK OF SEPTEMBER, 2016 —
CULEBRA, PUERTO RICO

翌朝、ジュールはボートを借りてクレブリータに行きたくなった。黒い火山岩の散らばる小さな島で、鳥獣保護区になっていてビーチもあると、イモジェンが初日にそう話していた。水上タクシーで行くことができたが、そうなると拾ってもらうのを待たないといけない。自分でボートを操縦したほうが、好きなときに帰れる。ジュールはホテルのコンシェルジュから貸しボート屋の電話番号をきいた。

連れていってくれる人間がいるというのに、どうして自分たちでボートを借りる必要があるのか、イモジェンには理解できない。そもそもイモジェンは、クレブリータへ行く必要もなかった。すでに見ているのだから。わざわざそんなところまで行かなくても、ここにも光り輝く海がある。レストランだって。それに温水プールもふたつ。話し相手にも困らない。

けれどもジュールは、あのハイスクールの男子連中といっしょにプールで過ごすのは、もう一日たりとも我慢できなかった。目立ちたがり屋のまぬけ軍団はごめんこうむりたい。クレブリータへ行って、有名な岩を見て、灯台まで歩いてみたかった。

貸しボート屋の男は向こう端に波止場があるから、そこで待っててくれといった。ずいぶんとアバウトだ。ジュールとイモジェンが歩いていくと、若いプエルトリコ人の男ふたりが小さなボートふたつに乗って近づいてきた。イモジェンが現金で代金を支払う。男の片方がジュールにモーターの動かし方と、ボートのへりにオールを掛ける方法を教えてくれる。オールが必要になることもあるからと。つかい終わったあとは連絡してくれと、電話番号を教えてくれた。

イモジェンは不機嫌だ。救命胴衣がひび割れている、ボートはペンキを塗り直すべきだと、文句たらたら。それでもとにかく乗った。

湾を突っ切って島に到着するまで三十分。日ざしがどんどん強くなる。水は圧倒されるほどに青い。

クレブリータに着くと、ふたりでボートを岸に押しあげた。ジュールが道を選び、いっしょに歩きだす。イモジェンはだまっている。

「どっちへ行こうか?」道が二股に分かれる手前でジュールがきいた。

「どっちでも」

ふたりは左の道へ進んだ。急な坂道。十五分ほど歩いたところで、イモジェンが足の内側を岩ですりむいた。足を持ちあげて木にのせ、傷の具合を見る。

「だいじょうぶ?」ジュールはきいた。

血が流れていたが、ほんの少しだ。「ええ、だいじょうぶ」

「絆創膏《ばんそうこう》があればいいんだけど」とジュール。「持ってくるべきだったな」

「でも持ってこなかった。だからいいの」

「ごめん」

「べつにジュールのせいじゃない」

「痛いよね」

「もういいから」イモジェンはいって、また坂道を上がっていく。上がりきったところに黒い岩が散らばっていた。

9

SECOND WEEK OF SEPTEMBER, 2016 _
CULEBRA, PUERTO RICO

ジュールが思っていた光景とはちがった。想像以上に美しい。怖いぐらいだ。岩は黒くてつるつるしていて、流れてきた水が岩をめぐってあいだに入りこみ、潮だまりがいくつもできている。日ざしに照らされて水は温かそうだ。やわらかな緑の海草におおわれている岩もある。

あたりには誰もいない。

イモジェンは服を脱いで水着になり、一番大きな潮だまりに無言で入っていった。日に焼けた肌に、首で紐を結んだ黒いビキニ。

ジュールはふいに自分を意識した。女らしさに欠けるごつい身体。あれだけ苦労して鍛えた筋肉がぶざまに感じられ、この夏ずっと着ている薄青い水着が貧相に思えた。

「あったかい?」浅いほうの潮だまりに入っているイモジェンにきいた。

「かなり」とイモジェン。かがみこんで、腕と背中と首にバチャバチャ水をかけている。ジュールは不機嫌なイモジェンにむかついてきた。結局のところ、イモジェンが足をすりむいたのはこっちのせいじゃない。もしこちらに非があるとしたら、ボートを借りてクレブリータに来たがったというだけだ。

イモジェンは甘やかされた子どもと同じだ。自分の思いどおりにならなければすぐふくれる。それが彼女の弱点のひとつ。イモジェン・ソコロフには、これまで誰もノーとはいわなかった。

「灯台まで行ってみない?」ジュールはきいた。島の最高地点にある。

「いいけど」

もっと熱意を見せてほしいのに、イモジェンはそうではなかった。

「足はだいじょうぶ?」

「たぶん」

「本当に灯台まで、歩いていきたい?」

「行ける」

「でも行きたくはない?」

「ジュール、わたしになんていってほしいの? やったぁ、灯台を見るのは、わたしの夢だったのよ、とでもいえばいいの? ヴィニヤードでは灯台なんか毎日見えるの。それなのに、このクソ熱いなか、血だらけの足で、えんえんと坂道をのぼっていって、あのちっぽけな建物を、これまで何百万回も見た、ちっぽけな建物を、見に行きたくてたまらないと、そういわせたいわけ? ねえ、ジュール、それがあなたの望み?」

「ちがう」

「じゃあ、何?」

「ただきいてみただけ」

「ホテルに帰りたい」

「でも、まだ着いたばかり」

イモジェンは潮だまりから出ると、服を着てサンダルに足をつっこんだ。「お願いだから、もどらない? フォレストに電話したい。ここじゃあ、電話がつながらない」

ジュールは足をふいて靴を履いた。「どうしてフォレストに電話をしたいの?」

「彼はわたしのボーイフレンドで、声がききたいから。何？　わたしが彼と別れたとでも思ってるの？」

「何も思ってない」

「彼とは別れてない。クレブラに来たのは冷却期間を置くため。ただそれだけよ」

ジュールはふたりの持ち物が入ったショルダーバッグを肩にかけた。「イミーがもどりたいなら、そうしよう」

*

ここ数日来ずっと胸を占めていたワクワク感がいきなり消えた。ただもう暑いばかりで、何もかも色あせて見える。

ボートは陸地の奥まであげてあったので、海岸に出ると、ふたりで砂の上を押していって海に出した。それから飛び乗って、オール掛けにかかっているオールをはずし、それをつかって海の深いところまでボートを移動させる。ボートが浮かべられるほど十分な深さがあるところまできて初めて、モーターをつかうことができる。

イモジェンはあまりしゃべらない。

ジュールはエンジンをふかし、遠くに見えるクレブラを目指して出発した。

イモジェンはボートの先端に腰をおろし、映画のワンシーンのように海をバックに横顔を見せている。その姿を見ていると、愛しさに胸がいっぱいになった。イモジェンは美しい。美しさのなかに優しさが透けて見える。動物に優しいイモジェン。友だちの好みを知っていて、それにぴったりのコーヒーを持ってきてくれる。花を買ってくれ、本をくれ、マフィンを焼いてくれる。イモジェンのように人生の楽しみ方を知っている人間はほかにいない。人を引きよせる力があり、誰からも愛される。金、情熱、独立心といったパワーが、彼女のまわりで輝きを放っている。そしてジュールはいま、海に出て、このあきれるほど青い海の上で、世界中さがしても見つからない、かけがえのない人とともにいる。

口げんかくらい、なんでもない。疲れたせいだ。どんなに仲のいい親友どうしだって、疲れているときはケンカになる。本音でつきあうってそういうことだ。

エンジンをとめる。海は恐ろしいほど静かだ。水平線上にほかのボートはひとつも見当たらない。

「無事帰れるわね?」イモジェンがきく。

「このボート、やっぱり頼りないよね、ごめん」

「いいのよ。でも、お願いだからきいて。わたし、明日の朝ヴィニヤードに帰って、またフォレストといっしょに暮らすから」

めまいがした。「どういうこと?」

「いったじゃない。彼が恋しくなったって。あんなふうに飛びだしてきて悪かったと思って。あのときは動揺してて……」そこでちょっと口ごもり、言葉にするのをためらう。「あの掃除屋の事件があったでしょ。そこにフォレストが妙にからんできて。でも逃げだすべきじゃなかった。わたしっていつも逃げだしてばかり」

「フォレストに責任を感じてヴィニヤードにもどるなんて、おかしい。誰にも責任なんて感じる必要ないのに」ジュールはいった。

「フォレストを愛してるの」

「だったらどうして、彼にずっとうそをついてたの？」かみつくようにいった。「なぜわたしとここにいるの？　どうしてまだ、アイザック・タッパーマンのことを考えてるの？　愛する人がいるなら、そんなことはしないはずでしょ。真夜中に置き去りにしておいて、また帰ってくれば相手は喜ぶと思うなんておかしい。そんな仕打ちを我慢できる人間がどこにいるのよ」

「ジュールはフォレストに嫉妬してるの。わかってるんだから。でもわたしは、独り占めして遊べる人形じゃないから」イモジェンが容赦なくいう。「ジュールは、ありのままのわたしを好きでいてくれるんだと思っていた。お金なんかなくても。何も持っていなくても。わたしたちは似ていて、だから理解してくれると思った。ジュールにはなんでもいいやすかった。だけどだんだんわかってきた。あなたが好きなのは、イモジェン・ソコロフという偶像なんだって」まるで特別な用語のように、自分の名前を発音した。「だけど、それはわたしじゃない。ジュールが勝手にわたしだと思いこんでいるだけ。わたしじゃないの。わたしの服を借りて、わたしの本を読んで、わたしのお金も自分のお金であるようにつかっている。それって本物の友だちじゃないでしょ。わたしが何もかも支払って、あなたはなんでもかんでもわたしから借りて、それでも満足できない。わたしの秘密を全部知りたがって、知った秘密を盾にわたしをひとり占めしようとする。あなたはかわいそうだと思う。本当よ。嫌いじゃないのよ。だけど、これじゃあなたは、わたしのイミテーションと同じ。こんなこと、本当はいいたくないんだけど、でも――」

「でも？」

「ジュールの話は、つじつまが合わない。話していることの細部がしょっちゅう変わるし、自分でも何を話しているかわかってないみたい。ヴィニヤードの家でいっしょに過ごそうなんて、誘うべきじゃなかった。最初のうちはよかったの。でもなんだか利用されている気がしてきて、なんとなくうそをつかれているような気もした。わたしはあなたから離れる必要がある。それがわたしの本心」

めまいが一層強くなった。

イモジェンの口からそんな言葉が出るはずがない。

イモジェンが何を望もうと、それをかなえようとがんばってきた。何週間も何週間も。ひとりにしておいてほしいときにはそばによらず、買い物に行きたいといえばいっしょに行った。ブルックにも耐え、フォレストにも耐えた。話をきいてほしいといえば、良いきき手になり、きかせてほしいといえば、上手に語った。置かれた環境に少しずつ慣れていき、イモジェンの世界で求められる行動の基準をひとつひとつ覚えていった。秘密は漏らさなかった。ディケンズの小説を何百ページも読んだ。

9

SECOND WEEK OF SEPTEMBER, 2016 _
CULEBRA, PUERTO RICO

「わたしは洋服じゃない」イモジェンがいう。「お金でもない。あなたが仕立てようとしたわたしは――」

「仕立てようとなんかしてない」ジュールは口をはさんだ。「ちがう」

「事実はそうよ」とイモジェン。「こっちの気分にはおかまいなしに、あなたはわたしの注意を自分にとどめておきたい。わたしには、つねに優雅で、苦労知らずでいてほしい。でもこっちにだって、腹の立つときがあるし、つらくてどうしようもないときがあるの。それなのにあなたは、玉座の上にわたしをすわらせて、いつもおいしい料理をつくり、難しい小説を読み、誰からもあがめられる存在であってほしいと願う。だけどそれはわたしじゃないし、そんなことしてたら疲れるの。あなたのつくりあげた理想の人間に扮して、演技をするなんていやなのよ」

「それはちがう」

「大変な重荷なのよ、ジュール。息が詰まりそう。あなたはわたしを無理強いして、自分にとって理想的な人間に仕立てようとしてる。でもわたしはそうはなりたくない」

「イミーはわたしの一番の親友よ」本当だった。心の底から出てきた本音は、声こそ大きいものの悲しげな響きがあった。ジュールはいつでも人づきあいは淡泊だった。他人はあくまで他人であって、感化されることもなく、恋しく思うこともなかった。それなのにイモジェンに愛してもらうために、山ほどのうそをついた。だから、その代償に愛してもらって当然だった。

イモジェンは首を横にふった。「この夏、わたしの家で数週間過ごしただけで？　一番の親友? ありえない。最初の週末を過ごしたあとで、出ていってというべきだった」

ジュールは立ちあがった。イモジェンはボートの前方のへりに腰をおろしている。

「あなたに憎まれるような、何をわたしがしたっていうの?」ジュールはきいた。「いくら考えてもわからない」

「何もしてない!　憎んでなんかない」

「わたしがどんなまちがいを犯したのか、教えてよ」

「じゃあきいて。いっしょにここに来てっていったのは、あなたをだまらせたかったから。あなたの口をふさぐために、ここに来てもらった。ただそれだけよ」

どちらもだまりこんだ。ふたりのあいだに、消すことのできない発言が立ちはだかっている
――あなたの口をふさぐために、ここに来てもらった。

イモジェンが先を続ける。「もうこの旅は続けられない。あなたがわたしの服を借りて着るのはいやなの。そういう目で見られるのもいや。もっと努力しなさいっていう目で見られるのがね。あなたに脅されて、あなたの面倒をどこまでも見させられるのは、もううんざり」

ジュールは考えなかったし、考えられなかった。

船底からオールを取りあげる。力一杯ふりおろした。

オールの端がイモジェンの頭にあたった。鋭いへりが直撃した。

イモジェンがくずおれる。ボートが大きく揺れる。ジュールが前へ踏みだすと、イモジェンが顔を上げた。驚いた顔。一瞬ジュールは勝利感に酔いしれた。敵はこちらを甘く見ていた。

9

SECOND WEEK OF SEPTEMBER, 2016 ― CULEBRA, PUERTO RICO

オールをもう一度、天使の顔をねらってふりおろす。鼻がくだけ、頬骨がくだける。片方の目が膨れあがり、血が噴きだす。三度目は、すさまじいほど大きな音がして、これで終わったとわかった。イモジェンのあごと美貌と、養父母から与えられた特典と、わがままな自尊心が、すべてジュールの右腕一本で打ち砕かれた。ジュールは勝者となり、つかのま優越感にひたった。

イモジェンが船べりから海にすべり落ちた。おもりを失ったボートがかしぐ。ジュールはうしろによろめいて船の側面に腰をぶつけた。

イモジェンはもがきながら二度水をはねあげた。息をあえがせ、両の目から血があふれている。血がターコイズ色の水に溶けていく。白いシャツが浮かびあがってイモジェンを取り巻いた。

勝利の興奮が徐々に冷めていく。ジュールは海に飛びこみ、イモジェンの肩をつかんだ。答えが欲しい。

イミーは答えなくてはならない。

まだ終わりじゃない、だめだ。逃がしはしない。「話は終わってない、これからだから!」ジュールは叫び、立ち泳ぎしながら、精一杯イモジェンの身体を持ちあげた。イモジェンの顔から流れる血がジュールの腕を伝う。「だって、わたしはもう、あなたのいやったらしいペットでも、卑屈な友だちでもないんだから。きいてる?」ジュールは怒鳴った。「わたしを見下してるようだけど、強いのはこっち。わたしがいちばん強いの。わかる、イモジェン? わかる？」

ジュールはイモジェンの身体をひっくりかえして宙に顔を向けておこうとした。ちゃんと息をして、話をきかせないといけない。しかし損傷があまりにひどかった。顔はつぶれた肉塊と化し、耳から、鼻から、くだけた頬から、血があふれてくる。イモジェンが身体をびくんと動かし、それからふるえだした。皮膚がすべる、つるつるすべる。イモジェンは四肢をめちゃくちゃに揺らし、ばたつく手の甲がジュールの顔を打った。

「話してよ！」ジュールはまた叫ぶ。懇願するように。「お願いだから、話して」

イモジェン・ソコロフの身体がもう一度ビクンと動き、それから静かになった。

ふたりを中心に血が広がっていく。

＊

ボートにはいあがった瞬間、ジュールの時がとまった。

一時間は経過しているはずだった。あるいは二時間。ひょっとしたらほんの数分かもしれない。

こんな戦いは経験したことがない。事件が起き、悪を正そうと立ちあがり、身を守りつつ敵と張り合う。ときに復讐する。それがこれまでの戦いだった。これはちがう。海には死体が浮かんでいる。小さな耳のへりが見える。ピアスの穴が三つ連なる耳。シャツのそでのボタンは、

9

SECOND WEEK OF SEPTEMBER, 2016 _
CULEBRA, PUERTO RICO

白麻に映える冷たいブルー。

ジュールはイモジェン・ソコロフを愛していたし、愛し方も知っていた。心から愛していた。

しかしイミーはそれを望まなかった。

かわいそうなイミー。美しくて、特別なイミー。

ジュールの胃がせりあがってきた。ボートのへりから海に向かって吐こうとする。船べりをつかんで、いまに吐く、いまに吐く、と思いながら肩をひくひくふるわせている。いくら吐こうとしても、肩が上下するばかりで何も出てこない。一、二分ほど経過して、泣いているのだと気づいた。

頬が涙でつるつるしていた。

イモジェンを傷つけるつもりはなかった。

いや、あった。

いや、なかった。

故意にやったのではないと思いたかった。

時をもとにもどせたら、どんなにいいか。自分がちがう人間で、ちがう身体で、ちがう人生を送っていたら、どんなによかったか。イミーが自分を愛してくれていたらよかったのにと思い、もう二度とその願いはかなわないとわかって泣く。

腕を伸ばして、イモジェンのびしょぬれの手をつかんだ。ぐにゃりとした手をしっかり握り、船べりから身を乗りだす。

頭上でヘリコプターの音が響いた。

とっさにイモジェンの手を放し、涙を飲みこむ。自己防衛の本能にスイッチが入った。かなり遠くの海まで出ていた。クレブラから二十分、クレブリータから十分。水面にふれてみる。ふたつの島に挟まれた、船が頻繁に行き来する海峡から、外海に向かって潮が流れている。イモジェンの手をつかんで引きよせ、腕の下からロープを通し、跡がつかないよう、ゆるく縛る。ロープがざらざらしているせいで、なかなか結べない。手のひらがすれて痛み、皮がむけてくる。何度かやって、ようやくしっかりした結び目ができた。

エンジンを入れてモーターを動かし、潮流に乗ってゆっくりと外海へ出ていく。海が暗い色になった。十分な深さがあり、クレブラとクレブリータを結ぶ海路を遠く離れたところで、ロープをほどいてイモジェンを海に放した。

身体はゆっくりと、きわめてゆるやかに海に沈んでいく。

ロープをすすいでから、小さな機材箱のなかに見つけたブラシでごしごしこする。両手の皮がすりむけて血も少しにじんでいたが、それを除けば無傷だ。ロープをきちんと巻いて、ボートの所定の位置にもどす。オールをこすって水ですすぐ。

それからモーターを作動させて帰った。


「ミス・ソコロフ?」ロビーでフロント係が手をふっている。

ジュールは足をとめ、相手の顔をじっと見た。

9

SECOND WEEK OF SEPTEMBER, 2016 _
CULEBRA, PUERTO RICO

イモジェンだと思っているらしい。まちがわれたのは初めてだ。

そんなに似ているわけではない。たしかに、ふたりとも若い白人女性で、背が低く、髪はショートカットで、ソバカスがある。しゃべらせれば、同じ東海岸のなまりがある。はために は、同一人物に見えるのかもしれない。

「小包がとどいていますよ、ミス・ソコロフ」フロント係がにっこり笑っていう。「こちらでお預かりしております」

ジュールは微笑みを返した。「ご親切に、ありがとう」

8

SECOND WEEK OF SEPTEMBER, 2016
MENEMSHA, MARTHA'S VINEYARD, MASSACHUSETTS

2016年 9月の第2週
マサチューセッツ州 マーサズ・ヴィニヤード メネムシャ

小包を受けとる六日前。マーサズ・ヴィニヤードで借りているイモジェンの家に掃除屋は現れなかった。彼の名前はスコット。おそらく二十四歳で、イモジェン、ジュール、ブルックより年上で、フォレストでさえ彼から見れば年下だ。それなのにイモジェンは彼を〝掃除屋〟と呼んでいた。

スコットはオーナーの推薦でこの家に雇われて、庭仕事と家事を一手に引き受けている。プールとジェットバスはメンテナンスが必要だった。家は風通しがよく、窓がついていて、リビングとダイニングの天井は吹き抜けになっている。天窓が六つと、寝室が五つ。デッキは正面と裏の両方についている。バラやほかの植物が植わった花壇もある。つねにきれいに保たねばならない場所が山ほどあった。

スコットは平べったい鼻の、大きな顔に、いつも無邪気な表情を浮かべていた。色白で頬はピンク。角張った顔に黒い髪が無造作にかかっている。腰は細く、腕は筋肉隆々。いつも野球帽をかぶっていて、上半身は裸だ。

ジュールが最初に出会ったとき、ここで彼が何をしているのか、よくわからなかった。あたりまえのようにキッチンにいて、モップとバケツをつかって床を磨いていた。フォレストとイモジェンが島でいろいろ親しくなった、一時的なつきあいの友人たちとなんら変わらない。しかし彼はここにいて、上半身裸で家事をしている。「ハイ、わたしはジュール」ドア口に立って、こっちから

8

SECOND WEEK OF SEPTEMBER, 2016 _
MENEMSHA, MARTHA'S VINEYARD, MASSACHUSETTS

声をかけた。

「ぼくはスコット」そういって、まだモップをかけている。

「ビーチに出てこない？」ジュールは誘ってみた。

「いや、ぼくはここでいい。イモジェンの掃除屋なんだ」一般的な米語のアクセント。

「ああ、そうなんだ」ジュールは迷った。イモジェンはこの人に、一般の友だちと同じように話しかけるのだろうか。それとも、そこにはいないものとして扱うのだろうか。まだこの家での行動規範がよくわかっていなかった。「わたしはイモジェンの友だちよ。ハイスクール時代のね」

相手はもう何もいわない。

ジュールは少しのあいだ観察している。「何か飲む？」声をかける。「コークと、ダイエットコークがあるけど」

「働かないと。のらくらしていたら、イモジェンがよく思わない」

「彼女、そんなに厳しいの？」

「要求ははっきりしていて、ぼくはそれを尊重する」とスコット。「それにこっちは彼女から報酬をもらってる」

「でも、コークは飲みたいんじゃない？」

スコットは床にひざをついて、食洗機の下に洗剤をスプレーした。そこに汚れがたまっていた。それから目の粗いスポンジでごしごしこすっていく。背中の筋肉が汗で光っている。「彼女は、自分の家の冷蔵庫から物を失敬させるために、ぼくに金を払っているわけじゃないから」

それから数日もすると、スコットをそこにいないものとして扱うことは不可能だとわかってきた。あまりに見事な身体をしているために、誰も無視することはできないのだ。それでもあいさつは別として、彼に話しかける者はいない。イモジェンも見かけると「ハイ」と声をかけるだけだが、目は彼の身体を追っていた。スコットはトイレの床を磨き、ゴミを出しに行き、誰かが散らかしたリビングを片づける。ジュールはもう彼にコークを勧めなかった。

スコットが現れなかったのは金曜日だった。金曜の朝はたいていキッチンとバスルームを掃除してから、芝生に水をやっていた。いつも午前十一時までには仕事を終えて家から出ていたから、誰も彼がいないことを不思議に思わなかった。

ところがその翌日も彼は現れなかった。毎週土曜日はプールを掃除して、庭のメンテナンスをすることになっていた。イモジェンは一週間分の給料をキッチンのカウンターの上に現金で置いておく。いつものように、そこにお金が置いてあるのだが、彼はこの日、現れなかった。

ジュールはトレーニングウェアに着替えて下におりていった。ブルックがキッチンのカウンター席に腰かけて、鉢に入れたブドウを食べている。フォレストとイモジェンはダイニングテーブルでグラノーラに濃厚なクリームとラズベリーを添えて食べていた。シンクに汚れた食器が山になっている。「掃除屋はどうしたの?」ブルックがダイニングルームに声をはりあげるのをききながら、ジュールはグラスに水を注いだ。

8

SECOND WEEK OF SEPTEMBER, 2016 _
MENEMSHA, MARTHA'S VINEYARD, MASSACHUSETTS

「彼、わたしにむかついてるの」とイモジェン。

「おれはあいつにむかついてる」とフォレスト。

「あたしもむかついてる」ブルックが大声でいった。「あたしのブドウを洗って、服を脱いで、頭から爪先まで、あたしの全身をなめまわしてほしいのに。まだしてくれない。ここに現れもしない。何が気に入らないのか、さっぱりわかんない」

「最高に面白い」とフォレスト。

「彼、あたしが男に求めるものを全部持ってる」とブルック。「いい身体をしていて、口が堅い。それにあんたとちがって」そこでブドウをぽんと口に放りこむ。「皿洗いもする」

「おれだって皿は洗う」とフォレスト。

イモジェンがゲラゲラ笑った。「あなたが洗うのは、自分のつかった一枚だけ」

フォレストは目をぱちくりさせて、もとの話題にもどった。「電話してみた？」

「いいえ。あの人、給料の値上げを要求してきて。それを断ったの」イモジェンはなめらかにいってのけ、目をちらっと上げてジュールと視線を合わせた。「いい人なんだけど、しょっちゅう遅刻する。目が覚めたときに、キッチンが汚れてるのっていやでしょ」

「辞めさせたのか？」

「いいえ」

「昇給を要求して、それを断られても、まだやつはここで働くって？」

「そうだと思う。よくわからないけど」イモジェンは立ちあがって、自分のつかったマグカップとボウルを洗いにいく。

「どうしてよくわからない?」

「わたしは続けるだろうって思ってた。でも彼のほうはちがったんじゃないかしら」イモジェンがキッチンからいった。

「おれが電話してみるよ」とフォレスト。

「しなくていい」イモジェンがダイニングにもどってきた。

「なんで?」フォレストはイモジェンの電話を手に取った。「おれたちには掃除屋が必要で、やつは仕事ができる。たぶんちょっとした誤解だよ」

「電話はしなくていいっていいってるの」イモジェンがかみつくようにいった。「あなたが持っているそれ、わたしの電話でしょ。それにここはあなたの家じゃない」

フォレストは電話を置いた。また目をぱちくりさせる。「力になろうと思っただけだよ」

「いいえ、そうじゃない」

「そうだって」

「あなたはここで、何から何まで全部わたし任せ」イモジェンがいう。「キッチンのことも、食べ物のことも、掃除のことも、買い物も、Wi-Fiも。それなのに、この件については、あなたの望みどおりにわたしが事を運ばないからって、どうしてむかつくわけ?」

「イモジェン」

「フォレスト、わたしはあなたの奥さんじゃない。その真逆よ」

8

SECOND WEEK OF SEPTEMBER, 2016 —
MENEMSHA, MARTHA'S VINEYARD, MASSACHUSETTS

フォレストはノートパソコンに向き直った。「スコットのラストネームは？　ネットで名前を検索すれば、誰かが苦情をアップしたりなんかして、彼のことが何かわかるかもしれない。きっとYelpか何かにリストアップされてるんじゃないかな」

「カートライト」イモジェンがいった。口論をさっさとやめたいようだ。「でも、彼は見つからないわよ。ヴィニヤードの地元民で、便利屋みたいなことをやって現金を稼いでるだけ。ウェブサイトなんてないから」

「まあ、待てよ——わっ、うそだろ」

「何？」

「スコット・カートライト、オーク・ブラッフスに住んでる？」

「そう」

「死んでる」

＊

イモジェンがフォレストに駆けよる。ブルックはカウンターを離れ、ジュールはストレッチをしていた玄関ホールから室内へもどった。みんなしてノートパソコンに群がった。

『マーサズ・ヴィニヤード・タイムズ』のウェブサイトに、スコット・カートライトの自殺を報じた記事が載っていた。隣家の納屋の高い梁からロープをつるして首をつったという。

二十四段の脚立を蹴り倒していた。

「わたしのせいだ」とイモジェン。

「ちがうって」フォレストはいって、まだ画面を見ている。「昇給を願い出ながら、頻繁に遅刻する。それできみは要求を呑まなかった。それと自殺とはなんの関係もない」

「きっと鬱だったんだよ」とブルック。

「遺書は残さなかったと書いてある」フォレストがいう。「だが、自殺の線はまちがいないって」

「自殺じゃないと思う」イモジェンがいう。

「おいおい。納屋にある二十四段の脚立にむりやりのぼらせて自殺に追いこむやつがどこにいる」

「いるわ」とイモジェン。「連中にやられたのよ」

「きみは過剰反応をしてるよ」とフォレスト。「スコットはいいやつだったし、死んだのは悲しい。だが、誰も彼を殺しちゃいない。もっと理性的になれ」

「わたしに向かって、理性的になれなんていわないで」イモジェンがぴしゃりといった。

「誰も掃除屋を殺そうとは考えないし、自殺に見せかけて殺すこともしない」フォレストはパソコンから目を離して立ちあがった。手首にはめていた輪ゴムで長い髪をねじってポニーテールにまとめる。

「子どもにいってきかせるような話し方はやめて」

「イモジェン、きみはスコットのことで動揺してる。気持ちはわかるが――」

「スコットは関係ない！」イモジェンが怒鳴った。「問題は、あなたがわたしに向かって、理性的になれといったこと。あなたはわたしより上だと思ってる。なぜなら大学を卒業して学位を持っているから。それにあなたは男だから。あなたはいい家に生まれたうえに、さらに――」

「イモジェン」

「最後までいわせて」イモジェンが吠えた。「あなたはわたしの家に住んでいる。わたしの食品を食べて、わたしの車を運転している。あなたが汚した食器は、わたしがお金を払って雇った、あの哀れな青年が洗ってた。そのことであなたは、心のどこかでわたしを憎んでいる。そうでしょ、フォレスト。わたしにこういう暮らしができて、自分の判断でなんでもやっていくのを憎らしく思っている。それなのに、わたしが何か判断を下そうとすると、上から目線で意見をいい、そうじゃない、それはちがうとはねつける」

「なあ、頼むから、そういうことはふたりで話さないか？」フォレストがいう。

「行って。しばらくひとりにしておいて」イモジェンの声は疲れていた。

フォレストはフンと鼻を鳴らして二階へ上がっていった。ブルックもあとに続く。

みんなが消えたとたん、イモジェンが顔をゆがめ、泣きだした。ジュールに歩みよってハグをする。コーヒーとジャスミンの香り。ふたりはしばらくそうやって立っていた。

＊

二十分後、イモジェンとフォレストは車で出かけた。話をする必要があるといって。ブルックは自分の部屋にいる。

ジュールはトレーニングをして、午前中をひとりで過ごした。ランチにはトースト二枚にチョコレート＆ヘーゼルナッツのスプレッドを塗って食べ、プロテインパウダーをオレンジジュースに溶かして飲んだ。洗い物をしているところへ、ブルックがドタンバタンと階段をおり、ダッフルバッグを抱えてリビングに入ってきた。

「あたし、帰るわ」とブルック。

「いますぐ？」

「痴話ゲンカにつきあっちゃいられない。ラ・ホーヤの家に帰る。両親がうるさくてさ。ブルック、職業研修を受けなさい！　ボランティア活動をしなさい！　学校へもどりなさい！　うざったいの極致ではあるんだけど、じつのところ、家が懐かしくなっちゃってさ」そこでブルックはいきなりくるっとジュールに背を向けて、キッチンに歩いていった。食品倉庫のドアをあけて、箱入りクッキーをふたつと、トルティーヤチップを一袋取りだして、ショルダーバッグにつっこんだ。「フェリーの食べ物は最悪だから。じゃあね」

日が落ちて、イモジェンが帰ってきた。ジュールのいるデッキへ出てくる。

8

SECOND WEEK OF SEPTEMBER, 2016 — MENEMSHA, MARTHA'S VINEYARD, MASSACHUSETTS

「フォレストは？」ジュールはきいた。

「二階の書斎に上がった」イモジェンは腰をおろし、サンダルを脱いだ。「スコットの葬儀、来週だって」

「ブルックが出てったよ」

「知ってる。メッセージを寄こしたから」

「クッキーを全部持っていった」

「ブルックらしい」

「イミーは気にしないだろうって」

「べつに貯めこんでるわけじゃないから」イモジェンは立ちあがって歩いていき、プールのライトにスイッチを入れた。光り輝く水が現れる。「わたしたち、出ていくべきだと思うの。フォレストを置いて」

そのとおり。

こんなに簡単にいくの？　イモジェンが自分だけのものになる？

「明日の朝には出たほうがいい」イモジェンが続ける。

「わかった」ジュールはさりげない口調でいった。

「飛行機のチケットを取るわ。わかってくれるわね。ここを出なきゃいけない。わたしには女どうしの時間が必要なの」

「わたしも別にここにいる必要はないし」いいながら、顔が熱くなるのがわかる。「どこにもいる必要はないんだけど」

「いいこと考えたの」イモジェンがいたずらの相談をするような顔でいった。安楽椅子の上で大きく伸びをする。「クレブラっていう島。プエルトリコ沖に浮かぶ島なんだけど」イモジェンは手を伸ばしてジュールの腕にふれる。「お金のことは心配しないで。チケットも、ホテルも、スパのエステも、全部わたし持ちだから」

「どこまでもついていく」とジュール。

7

FIRST WEEK OF SEPTEMBER, 2016
MENEMSHA, MARTHA'S VINEYARD, MASSACHUSETTS

2016年 9月の第1週
マサチューセッツ州 マーサズ・ヴィニヤード メネムシャ

亡くなる二日前、ジュールが朝のランニングからもどってきたとき、スコットはプールの掃除をしていた。上半身裸で、ジーンズを低い位置で腰ばきし、水際に浮かんだ木の葉を専用の器具をつかってすくっていた。

通りかかったジュールに、まぶしい笑顔で朝のあいさつをする。イモジェンとフォレストはまだ眠っている。ブルックのレンタルカーは私道にない。ジュールはあらかじめ用意しておいた着替えをつかむと、屋外シャワーの隣にあるフックにひっかけた。それからシャワー室に入った。

身体を洗い、脚の毛をそりながら、スコットのことを考える。ほれぼれするようないい男。背中の筋肉はいったいどうやって鍛えてるんだろう。なぜ給料は現金払いなの？　そもそも、他人の家のトイレを漂白し、庭の芝を刈るような仕事を進んでやるようになったのはなぜ？　ルックスもしゃべり方も、映画に出てくるアクションヒーローそのものだ。その気になれば、欲しいものはなんでも手に入る。それもさほど苦労することなく。何も押さえつけるものなどないはずなのに、彼はいまここにいて掃除をしている。

きっとそういう生き方が好きなのだろう。いや、そんなはずはない。

シャワーをとめたら、スコットとイモジェンの話し声がデッキからきこえてきた。

「大変なことになるんだよ、助けてもらわないと」声をひそめるようにスコットがいう。

「だめよ、そんなの」

「頼む」

「わたしを巻きこまないで」

「巻きこまれなくていいんだ、イモジェン。こうして頼んでいるのは、きみを信頼しているからだ」

イモジェンがため息をついた。「わたしの銀行口座にお金が入っているからでしょ」

「そうじゃない。ぼくときみの仲じゃないか」

「はあ？」

「ぼくの家で毎日のように午後を過ごした。ぼくは何も無理強いしなかった。きみは自分の意思でぼくの家に来た」

「もう一週間も行ってないけど」イモジェンがスコットにいう。

「きみが恋しかった」

「あなたの借金を肩代わりすることはしない」イモジェンがきっぱりいう。

「貸してほしいだけだ。これを乗り越えるために。連中がぼくから手を引くまで」

「おかしいって。銀行で借りればいいじゃない。それかクレジットカードでキャッシングするとか」

「クレジットカードは持ってない。やつらは時間を無駄にしない。ぼくの車にメモが置いてあ

7

FIRST WEEK OF SEPTEMBER, 2016 —
MENEMSHA, MARTHA'S VINEYARD, MASSACHUSETTS

った。支払えないなら――」

「ギャンブルなんかに手を出したからいけないのよ」イモジェンがぴしゃりという。「そこまで愚かな人だとは思わなかった」

「給料を前借りできないかな。ぼくは金を返せるだけの額を。そうしてくれたら、きみはもう二度とぼくと会う必要はない。ぼくは金を返して、消えると約束する」

「数分前に、ふたりはいい仲だとかなんとかいっておきながら、今度は、自分は消えるって約束するわけ?」

「本当にすっからかんなんだ」スコットが懇願するようにいう。「財布には五ドルしか入ってない」

「家族がいるでしょ?」

「父親はとうの昔に消えた。母親はぼくが十七のときに癌になった。ぼくには頼れる人間がいない」

イモジェンは一瞬だまった。「それは気の毒に。知らなかった」

「頼む、イモジェン。愛してる」

「やめてよ。フォレストが二階にいるんだから」

「力を貸してくれたら、何もいわずに消える」

「それって、脅し?」

「借金を返すのに力を貸してくれと友だちに頼んでる、それだけだ。きみみたいな人には、一万ドルなんて、どうってことのない金額じゃないか」

「それだけのお金を何につかったの？　なんのギャンブル？」

スコットはつぶやくようにいう。「闘犬」

「うそ」ショックを受けた声。

「いい犬を持ってるんだ」

「闘犬は動物を殺すスポーツよ。重罪じゃない」

「人に捨てられた保護犬だったんだ。雌犬だけどケンカ好き。ぼくの知ってるやつが、ときどき闘犬の場をセッティングするんだ。彼はピットブルを二頭持ってる。正式なやつじゃなくて、内輪でやるだけだけど」

「内輪だろうとなんだろうと、犬を戦わせるわけじゃない。法律で禁じられてるの、知ってるでしょ。残酷よ」

「ぼくの犬は戦うのが好きなんだ」

「バカなことをいわないで。冗談じゃないわ。ちゃんとした人が優しく養育してやれば、きっとその子だって――」

「きみは実際に見てないから、そういうんだ」スコットがいらついていう。「とにかく、ぼくらは戦い、彼女は負けた。わかるかい？　彼女がひどく傷つく前にぼくがとめたんだ。なぜって、犬の所有者には戦いをとめる権利があるから。今度ばかりは、まったく想定外の展開だった」

7

FIRST WEEK OF SEPTEMBER, 2016 —
MENEMSHA, MARTHA'S VINEYARD, MASSACHUSETTS

ジュールは屋外シャワーの壁に守られてじっとしている。いま出ていく勇気はない。

「その結果、彼女に賭けてた連中は全員金を持っていかれた」スコットが続ける。「死ぬまで戦わせるべきだったと責められたよ。オーナーは戦いをとめられるっていうルールがあるとぼくは食い下がった。『ああ、それは知ってる』とやつらはいった。『だが、おまえの犬に賭けてた連中は大損だ』って」いまでは泣き声になっている。「それで、金を返せといってきた。闘犬の場をセッティングした男も投資した分を返せっていう。『参加者がみんな文句をいって、せっかくのビジネスが台無しになった。おまえみたいに意気地のないやつが参加したせいで……』って。ぼくは……怖いんだ、イモジェン。きみが助けてくれなかったら、どうやって乗り越えたらいいのかわからない」

「わからないようだから、説明してあげる」イモジェンがゆっくりという。「あなたはうちの掃除屋。庭を掃除し、プールを掃除する。あなたは雇われ人。仕事はそつなくこなすし、たまにじゃれあうにはいい男。だからといって、自分ではどうすることもできない哀れな犬をつかって、違法で不道徳なギャンブルをしたあなたを助ける義務は、一切ないわ」

ジュールは冷や汗が出てきた。

イモジェンが、掃除屋、雇われ人といったときの口調があまりに冷たい。イモジェンが誰かと向き合って相手を愚弄する場面に居合わせるのは、ジュールにとって初めての経験だった。

「じゃあ、助けてもらえないんだね？」

「お互いのことをほとんど知らないのよ」

「冗談じゃない。きみはぼくの家に毎日来てた。何週間も」

「犬同士が互いにずたずたに傷つけあって死ぬ。そういうのを見るのが好きな人だとは思わなかった。ギャンブル好きだなんて知らなかった。まさかこんなに愚かで、残酷な人だとは思わなかった。わたしにとって、あなたは家を掃除する人に過ぎなかった。もうここには来ないほうがいいわね」イモジェンはスコットにいう。「床を磨く人はほかにもいるから」

*

イモジェンはフォレストにずっとうそをついていた。そしてわたしにも。午後に出かける口実をちゃんとつくって。ぬれた髪で帰ってくるのはなぜか、どうして疲れているのか、食料品をどこで買ってきたのか、すべてうそをついていた。ブルックとテニスにはまっているというのもうそだった。

ブルック。ブルックもスコットの件については知っていた。イモジェンといっしょに、よくラケットと水のボトルを抱えて、テニスの試合について語り合いながら帰ってきた。おそらくふたりとも、テニスなど一度もしていない。

スコットはそれ以上何もいわずに去った。それからすぐイモジェンがシャワー室のドアをたたいた。「足が見えてるわよ、ジュール」

ジュールは息を呑んだ。

7

FIRST WEEK OF SEPTEMBER, 2016 _
MENEMSHA, MARTHA'S VINEYARD, MASSACHUSETTS

「どうしてこんなふうに、人の話を盗みぎきするのよ?」イモジェンが怒鳴る。

ジュールはタオルを身体にきつく巻きつけてシャワー室のドアをあけた。「身体をふこうとしていたの。そうしたらふたりが来て。どうしたらいいかわからなかった」

「あなたはいつでも、こそこそ歩きまわってる。スパイみたい。そんなことされて気分がいい人なんていないから」

「わかった。もう服を着ていい?」

イモジェンは歩み去った。

あとについていって、うそつきのきれいな顔にビンタしてやりたかった。

それは正義感からであって、自分の強さを実感するためだとジュールは思いたかった。気まずさや、裏切られた悔しさではなく。

この怒りを何らかの形で燃やさなければならない。

シャワー室のフックにかかっていた水着とゴーグルをつかんだ。プールに飛びこみ、クロールで千六百メートル泳ぐ。

さらにもう千六百。腕がふるえてくるまで泳いだ。

それからとうとう、木のデッキに敷いたタオルの上に身を投げだした。顔を太陽に向けると、もう疲れ以外何も感じなかった。

*

しばらくしてイモジェンが出てきた。ボウルに熱々のチョコレートチップマフィンを入れて持っている。「自分で焼いたの。お詫びのしるしに」

「詫びることなんてない」ジュールは動かずにいう。

「ひどいことばかりいった。それに、ジュールにずっとうそをついていた」

「べつに気にしない」

「気にしてるって」

ジュールは答えなかった。

「怒りはごもっとも。わたしたちのあいだで、うそはよくなかった。ジュールはフォレストよりずっとよく、わたしのことをわかっている。ブルックよりもね」

「まあね」ぽろりといってしまった。いつのまにか笑顔になっている。

「ジュールには怒る権利がある。わたしがまちがっていた。本当よ」

「そうかも」

「たぶんわたし、フォレストを押しのけたい一心だったんだと思う。彼氏に飽きると、よくそういうことをするの。隠れて浮気。だまっていたのは悪かった。ほめられたことじゃないって、自分でもわかってるんだけど」

イモジェンはジュールの肩先にマフィンを置いた。自分もデッキに横になる。ふたりの身体が横並びになった。

「どこかに落ち着きたいって思ってるのに、逃げたくなる」イモジェンが続ける。「人とつな

7

FIRST WEEK OF SEPTEMBER, 2016 ─
MENEMSHA, MARTHA'S VINEYARD, MASSACHUSETTS

がりたいって思ってるのに、押しのける。恋をしたいのに、好きかどうかわからない男をわざわざ選んでしまう。愛していながら、わざと関係を壊すのかもしれない。どっちだか自分でもよくわからない。めちゃくちゃじゃなくて、『めちゃ』ぐらいかな」ジュールはいってクスクス笑う。「そんなにひどくないよ。十段階でいうと、七ぐらい」

ふたりはしばらくだまって横になっている。

「でもレベル七ぐらいは、きっと普通だと思う」ジュールがつけ足す。

「マフィンで、ゆるしてもらえる?」

ジュールはマフィンをひとつ取ってかぶりついた。「スコットはいい男だし」マフィンを飲みこんでいう。「ああいう男が目の前にいたらどうするか。手出しをせずに、プールを掃除しているところをただながめてる? ああいう男にはすぐ飛びつくべしって、法律で義務づけられていてもいいと思う」

イモジェンがうなった。「どうして彼、あんなにセクシーじゃなきゃいけないの?」そこでジュールの手をつかむ。「わたしは本当にばかだった。ゆるしてくれる?」

「いつでも」

「ああ、もう、なんて優しいの! これからいっしょにお店に行こう!」まるで店が、とびっきり楽しい娯楽場のようにいう。

「わたしは疲れちゃった。ブルックと行って」

「ブルックはいや」

ジュールは立ちあがった。

「フォレストには、このことは内緒よ」とイモジェン。

「わかってる」

「もちろん、秘密にしてくれるよね」イモジェンはジュールににっこり笑いかける。「ジュールは信用がおけるもの。よけいなことは一切、彼の耳にいれない。そうよね」

6

END OF JUNE, 2016
MARTHA'S VINEYARD, MASSACHUSETTS

2016年 6月末 マサチューセッツ州 マーサズ・ヴィニヤード

イモジェンがマフィンを焼く十週間前。気がつけばジュールはタオルも水着もなしに、モシャップのビーチにいた。太陽はまぶしく、気温は高い。駐車場から長い距離を歩いてきて、いまは波打ち際を歩いている。粘土質の巨大な断崖が、チョコレート色、真珠色、赤さび色の肌を見せて、ぬっとそびえている。ひびが入っていて、さわるとかすかにやわらかい。

ジュールは靴を脱ぎ、その場にじっと立って爪先を波に洗わせた。五十メートルほど先で、イモジェンが友だちと、海辺で過ごす午後の準備をしている。ビーチチェアはなかったが、ボーイフレンドがあけたバッグのなかに、コットンのビーチブランケット、タオル、雑誌、小さなクーラーボックスが入っていた。

ふたりは砂の上に服を脱ぎ捨てると、日焼けどめを塗り、クーラーボックスから取りだした缶入りの飲み物を飲んだ。イモジェンがブランケットの上に横になって本を読みだす。ボーイフレンドのほうは石を集めてきて積みあげ、砂の上にもろい像をつくっている。

ジュールは歩いてふたりに近づいていく。数メートル手前まで来たところで声をかけた。「イモジェン、あなたなの?」

イモジェンはふりかえらないが、ボーイフレンドのほうが彼女の肩をつっついた。「彼女、きみの名を呼んでるよ」

「イモジェン・ソコロフ、そうよね？」ジュールは近づいていって、ふたりを上からのぞきこむ位置に立った。「わたしよ。ジュール・ウエスト・ウィリアムズ。覚えてない？」

イモジェンは目を細めて起きあがった。自分の持ってきたメッシュのバッグのなかをさぐってサングラスを出し、それをかける。

「同じ学校に通ってたじゃない」ジュールは続ける。「グリーンブライアー」

イモジェンは人目をひくタイプだとジュールは思った。首が長く、頬骨が高い位置にあり、小麦色の肌をしている。しかし上半身は細く、か弱い。「本当に？」イモジェンがきく。

「一年生のとき。半年だけだけど。わたしは転校したから」ジュールはいう。「だけどあなたのことは忘れない」

「ごめんなさい。名前、もう一度教えてくれる？」

「ジュール・ウエスト・ウィリアムズ」ジュールはまたいった。イモジェンが額にしわを寄せるのを見てつけくわえる。「あなたよりひとつ下の学年だった」

イモジェンがにっこり笑った。「そうだったのね、また会えてうれしいわ、ジュール。彼はわたしのボーイフレンドでフォレスト」

ジュールはぶざまに突っ立ったままでいる。フォレストはやわらかなストレートの髪をお団子にまとめ直している。横には、文芸誌『ニューヨーカー』が置いてある。「何か飲む？」驚くほど気さくに彼がいった。

「ありがとう」ジュールはブランケットのへりにひざをつき、缶に入ったダイエットコークを

6

END OF JUNE, 2016 ─
MARTHA'S VINEYARD, MASSACHUSETTS

受けとった。

「どこかへ出かけるみたいね」とイモジェン。「かばんを持って、靴を手にさげて」

「あ、それは――」

「ビーチで遊ぶしたくはしてきてないの?」

この場の答えとして、最適のものをジュールは思いついた。つまり事実をそのまま伝えればいいのだ。「衝動的に来ちゃった。よくやるのよね。今日は海に入るつもりはなかったの」

「わたし、バッグのなかに余分の水着を持ってきてるの」イモジェンが急に親しげにいう。

「いっしょに泳がない? もう暑くて死にそう。いますぐ水に入らないと熱中症になって、フォレストがわたしをおぶって、うんざりするほど長い道のりを歩かないといけなくなる」そこでフォレストの細い身体にちらっと目をやる。「それだけの体力があるかどうか疑問だけど。どう、泳がない?」

ジュールは眉を持ちあげた。「じゃあ、いざというときには、わたしがおぶっていく」

イモジェンはバッグのなかから白いビキニをひっぱりだしてジュールに渡した。隠れる部分は最小限の小さな布。「スカートだから、腰をくねらせれば、ここで着替えられるでしょ。先に海に入ってるわね」

イモジェンとフォレストは笑い声をあげながら海に入っていった。

ジュールはここでイモジェンの衣類を初めて身につけた。

イモジェンの水着を着て、ザブンと頭まで水に沈む。波間から浮きあがると、信じられないほど幸せな気分になった。まぶしく輝く海に立って水平線をながめる。まわりでは波がくだけている。これ以上ごきげんなシチュエーションはない。フォレストとイモジェンはこれといって話もせず、ただ波乗りをしてキャーキャー笑い声をあげていた。疲れてくると、海のなかで爪先立ちになり、寄せてくる波に身体を預ける。波に持ちあげられ、またふわりとおりる。「大きなのが来るぞ」「ちがう、そのあとの波のほうがもっと大きいわ。ほら、見える?」「ひゃあ、死ぬかと思った。でも最高に気持ちいい」

三人ともに指が真っ青になってふるえだしたところで、イモジェンのブランケットにもどる。気がつくとジュールはふたりにはさまれる形で横になっていた。フォレストが片側で船の絵がプリントされたタオルにくるまり、イモジェンは反対側で太陽に顔を向けて横になる。身体はまだ水滴におおわれていた。

「グリーンブライアーのあとはどこへ?」イモジェンがきいた。

「あそこを追いだされたあと」ジュールがいう。「叔母といっしょにニューヨークを出たの」

「追いだしはしないでしょ」イモジェンが面白がっていう。フォレストは雑誌を置いた。

「あら、本当よ」ふたりとも話に興味を持ったのがわかる。「売春したから」

イモジェンの顔がかげった。

「うそ。冗談よ」

一拍おいてイモジェンが小声で笑いだし、口元を手で押さえる。

「ティナなんとかって子が、わたしにパンツを食いこませるいたずらをしょっちゅうしてきて、

6

END OF JUNE, 2016 ―
MARTHA'S VINEYARD, MASSACHUSETTS

更衣室で脅すようなことをいったの」とジュール。「それでとうとう、煉瓦の壁に頭を打ちつけちゃった。結果、彼女は針で縫う大怪我を負ったの」

「あのカーリーヘアの女の子？　背の高い？」イモジェンがきく。

「じゃなくて、背の高い子にくっついてまわってた、小さいほう」

「思いだせないな」

「そのほうが幸せよ」

「それで、その子の頭を壁にぶつけたの？」

ジュールはうなずいた。「わたしはスクラッパーなの。そうなるべくして生まれてきたといってもいい」

「スクラッパーって？」フォレストがきく。

「戦士」とジュール。「面白がって戦うんじゃないのよ。つまり自己防衛。悪と戦う。ゴッサムシティを守る」

「あなたが同級生の女の子を病院送りにしたなんて、そんなすごい事件、なんでわたし、知らなかったんだろう」とイモジェン。

「事件は秘密にされたから。先に手を出して原因をつくったのはティナのほうだから、彼女としても騒ぎ立てるわけにはいかなくて。学校としても体裁が悪いし。女子が血みどろのケンカをするなんてね。冬のコンサートの直前でもあったし」ジュールはいう。「親たちがみんな来るでしょ。学校側は、わたしを追いだす前に、みんなといっしょに歌わせた。覚えてる？　あのキャラウェイ家の娘がソロを歌った」

「ああ、あれね。ペイトン・キャラウェイ」

「わたしたちはガーシュウィンを歌った」

「それに、『赤鼻のトナカイ』」とイモジェン。「あんな歌を歌う年はもうとっくに過ぎてたっていうのに。ばかみたいだった」

「あなたは胸の下にダーツが入った青いベルベットのワンピースを着ていた」

イモジェンは両手を目の上にかざした。「信じられない、あなたがあの服を覚えていたなんて！　うちのママときたら、ああいうものを祝日によく着せるの。うちじゃあクリスマスを祝わないのに。まるでアメリカンドールを相手に、着せ替えごっこをするみたいにね」

フォレストはジュールの肩をつっついた。「秋には大学が始まるんじゃないか？」

「じつは、ハイスクールは早くに卒業してるの。だからすでに大学一年生」

「どこの？」

「スタンフォード」

「エリー・ソーンベリーは知ってる？」イモジェンがきく。「彼女もスタンフォードに行ってる」

「さあ、わからない」

「ウォーカー・ダンジェロは？」とフォレスト。「彼は美術史を専攻して卒業した」

「フォレストも大学を卒業してるのよ」イモジェンがいう。「だけどわたしにいわせれば、あ

6

END OF JUNE, 2016 _
MARTHA'S VINEYARD, MASSACHUSETTS

そこは地獄の大広間。もう通うつもりはないわ」

「きみは本気を出していない」とフォレスト。

「うちのパパみたいなことといわないで」

「おっ、ふくれたふくれた」

イモジェンはサングラスをかけた。「フォレストは小説を書いてるの」

「どんな小説？」ジュールはきいた。

「我が敬愛するサミュエル・ベケットがハンター・S・トンプソンと手を組んで書いたような小説」とフォレスト。「それにおれはピンチョンの大ファンだから、その影響も多分に受けていると思う」

「傑作が仕あがるといいわね」とジュール。

「ねえ、スクラッパー」フォレストがいう。「きみはおれの好みだ。そうだよね、イモジェン？」

「彼、手強い女が好みなの。この人の数少ない美点のひとつ」

「彼は、わたしたちの好みかしら？」ジュールがきく。

「まあルックスがいいから、耐えられるってところかな」とイモジェン。

＊

みんなお腹がすいたところで、アクィナの商店街へ歩いて向かう。そのあたりには軽食を売るスタンドが集まっていた。フォレストが紙パックに入ったポテトを三つ注文し、みんなでそれを食べた。

イモジェンは満面に笑みをたたえて、カウンターのうしろに立つ大柄の男性に声をかけた。「笑うかもしれないけど、スナップルにレモンのスライスを四切れ欲しいの。レモンが大好きなの。お願いできる？」

「レモン？」相手がいう。

「四切れ」とイモジェン。テイクアウト用のカウンターの上に両腕両肘をついて身をのりだし、相手の顔を見あげる。

「お安いご用」と男。

「わたしのレモン、笑ってるでしょ」イモジェンがいう。

「いや、笑わない」

「心のなかでは笑ってる」

「いや」男はもうレモンをスライスし終わって、赤と白の紙コップに入れてカウンターの向こうへ押しだした。

「じゃあ、お礼をいわなくちゃ。わたしのレモン好きを真面目に受けとってくれてありがとう」イモジェンは一切れつまんで口のなかに入れ、かんで果汁を味わう。レモンの皮を口に入れたまましゃべる。「魅力のない女をさしてレモンっていうことがあるでしょ。だからこそ、

6
END OF JUNE, 2016 _
MARTHA'S VINEYARD, MASSACHUSETTS

レモンには敬意を持って対することがとっても大事なの。自分には価値があると思わせることがね」

三人はピクニックテーブルに席を取った。片側には駐車場が、反対側には海が見える。駐車場の向こうで凧《たこ》を揚げている人たちがいる。風が強かった。ピクニックテーブルは風雨にさらされて傷み、でこぼこしていた。イモジェンはフライドポテトを一、二本食べただけで、あとは自分のバッグからバナナを出してきて、スプーンをつかって食べている。

「ここにはひとりで来たの？」イモジェンがきく。「ヴィニヤードに泊まっているの？」

フォレストは『ニューヨーカー』誌をひらき、ふたりからわずかに身体を離している。

ジュールはうなずいた。「そう。スタンフォードはやめちゃった」変態コーチと、奨学金の交付を打ち切られた話をする。「家には帰りたくないの。叔母とはそりが合わなくて」

イモジェンが身を乗りだしてきた。「いまは、叔母さんといっしょに暮らしているの？」

「いいえ、もう家族とは関わらない」

フォレストがくっくと笑う。「イモジェンとおんなじだ」

「そんなことない」とイモジェン。

「いいや、そうだ」とフォレスト。

ジュールはイモジェンの目をまっすぐ見た。「じゃあ、似た者どうしってわけね」

「まあ、そうかも」イモジェンはバナナの皮をゴミ箱に投げた。「ねえ、わたしたちといっしょに、うちに来たらいいわ。プールで泳げるし、夕食を食べていってもらってもいい。一時的なつきあいだけど、島に数週間逗留している人たちと仲良くなって、彼らもやってくるの。今夜はステーキを焼こうと思って。場所はメネムシャ。家を見たらきっとびっくりする。信じられないほど大きいんだから」

答えはイエスだったが、ジュールはためらってみせた。

イモジェンが自分の椅子をジュールの椅子に近づけ、ふたりの足が横一列に並んだ。「いいでしょ。楽しいから。もうずっと女どうしで話をしてないの」

*

メネムシャの家は見あげるほどに天井が高く、どの窓も大きくつくられていた。これなら日々何をするにも、明るいなかでのびのびとできる。飲み物はこれまで飲んだどんなものよりも爽《さわ》やかで、冷たく感じられる。

ジュール、フォレスト、イモジェンの三人はプールで泳ぎ、それから屋外のシャワーをつかった。つかのまの友人たちがディナーを食べにやってきたが、自分はそのうちのひとりではないことに、ジュールはすでに気づいていた。イモジェンがステーキの焼き具合を見せるためにグリルのそばにジュールを呼びよせる口調からも、デッキの上に腰をおろすとき、ジュールの足もとにくるりと身を丸める様子からもそれがわかる。イモジェンはジュールにゲストルームの一室で泊まっていくようにいった。ほかのみんなは自分たちの車に乗りこんでいる。彼らに、もう道も暗いから、ホテルまで乗せていってあげるといわれた。

ジュールはそれを断った。

イモジェンはジュールを二階の一室に案内した。大きなベッドに優美な白いカーテン。そして不思議なことに、小さなアンティークの揺り木馬と古い風見鶏のコレクションが大きな木の机の上に並んでいた。太陽の下で毎日長時間過ごしたせいか、その晩ジュールは死んだように眠った。

6

END OF JUNE, 2016 –
MARTHA'S VINEYARD, MASSACHUSETTS

翌朝、フォレストがしぶしぶジュールをホテルまで送っていき、荷物を取ってきた。ジュールがスーツケースを手にふたたび二階の部屋に入ると、イモジェンが置いてくれたらしい、花を生けた花びんが目に入った。花びんは四つもあった。さらにベッドわきのテーブルには本も数冊置いてある。サッカレーの『虚栄の市』とディケンズの『大いなる遺産』に加えて、地元民しか知らない情報が満載のマーサズ・ヴィニヤードの旅行ガイドもあった。

このようにして、以降何日にもわたって切れ目なく続く毎日が始まった。ビーチやのみの市でイモジェンが親しくなった文学好きの友人たちが、週替わりで家のなかをめぐる。プールで泳ぎ、野外料理を手伝い、みんな腹の皮がよじれるほど笑って、大声を響かせた。みな一様に若く、男たちはスレンダーで見栄えがし、女たちも美しく人目をひく。みな気取っていて、体育会系とは対極にあり、よくしゃべり、よく酒を飲む。大学生や、美術学校の学生が多かった。生い立ちもさまざまなら性的指向もさまざま。イモジェンはいかにもニューヨーク育ちだった。

ジュールがテレビでしか見たことのないような、心の広い人間で、友としても、客を迎える女主人としても、好もしい存在であることを十二分に自覚しているようだった。

ジュールは慣れるまでに一、二日かかったが、気がつけばすっかりくつろいでいた。入れ替わり立ち替わりやってくる客たちに、グリーンブライアーやスタンフォードについて面白おかしく語ってきかせ、シカゴの暮らしについても少しばかり披露した。相手が議論好きと見れば、威勢良くつっかかっていくし、異性といちゃつきもする。名前を忘れることもあり、その忘れたという事実を相手に知らせることによって、こちらへの敬意を呼び起こし、名前を覚えてほしいと思わせた。最初のうちはパッティ・ソコロフにメールで写真を送ったり、くだけた調子で希望を持たせるようなメールを書き送ったりもしたが、まもなくイモジェンと同じように、パッティの存在を無視するようになった。

イモジェンといると、ジュールは自分が求められていると感じることができた。これまでに感じたことのない喜びがジュールの毎日を満たしていった。

*

そこで暮らして二週間ほどが過ぎたある日、ジュールは初めてひとりの時間を過ごすことになった。フォレストとイモジェンはランチデートに出かけている。新しいレストランに食べに行きたいとイモジェンが提案したのだ。

6

END OF JUNE, 2016 ─
MARTHA'S VINEYARD, MASSACHUSETTS

ジュールはテレビの前で残り物を食べ、それから二階に上がった。イモジェンの寝室の入り口に立って、ちょっとのあいだ、なかに目をやる。

ベッドは整えられていた。テーブルの上に本が数冊と、ハンドクリームのびんと、フォレストの眼鏡と、からっぽの充電器。なかに入り、香水のびんをあけてちょっとだけ手首につけて、手首どうしをこすりあわせた。

クローゼットにはイモジェンがよく着る服がかかっていた。ダークグリーンのマキシドレスはコットン製で、ブラジャーをつけられないほど胸元がV字に深くえぐれている。けれどイモジェンの胸はぺちゃんこなので問題はない。

なんの気なしにランニング用の短パンを脱ぎ、色あせてぼろぼろになったスタンフォードのTシャツも脱ぐ。それからブラをはずした。

イモジェンのドレスを頭からかぶって着る。サンダルも一足見つけた。イモジェンがコレクションしている動物をかたどった八つのリングが鏡台の上に置いてある。

壁の一面に、銀色の幅広い縁取りがある姿見が立てかけてあった。それと向き合い、鏡に映った自分の姿をじっと見つめる。髪はポニーテールだが、それを除けば、薄暗い室内ではイモジェンと変わらない。ほぼ同じ。

そうか、こういう感じなんだ、とジュールは思う。こういうベッドに腰かけ、こういう香水をつけ、こういうリングをはめる。これがイモジェンの日常。

夜にはこのベッドに横になる。隣にはフォレストがいるけれど、彼はいつでも交換可能だ。

このハンドクリームを手に塗り、読みさしの本にこのしおりをはさみ、毎朝目をあけると、この青緑のシーツと海の絵が目に飛びこんでくる。そのとき、自分はこの巨大な家を自由につかっていることを実感するのだろう。お金の心配などさらさらなく、生きのびられるかどうか気をもむこともなく、ギルとパッティに愛されている安心感に包まれている。

なんの苦労もなく、いつも美しく装っていられる。


「ちょっと、いいかしら?」

イモジェンがドア口に立っていた。デニムの短パンに、フォレストのパーカーという格好。ふだんはつけない赤いグロスで唇がぬれたように光っている。ジュールが心に抱いているイモジェンのイメージにそぐわない。

恥ずかしさに全身がこわばるなか、ジュールはなんとか笑みを浮かべた。「借りてもいいかなと思って。急にドレスが必要になったの。彼氏が土壇場で連絡してきたもんだから」

「どの彼氏?」

「オーク・ブラッフスで、メリーゴーラウンドに乗っているときに話をしたの」

「それって、いつの話?」

「その彼がいまさっきメールしてきて、三十分後に彫刻の庭で落ち合わないかって」

「なんでもいいけど」とイモジェン。「頼むから、わたしの服を脱いでくれる?」

ジュールは顔が熱くなった。「気にしないと思って」

6

END OF JUNE, 2016 —
MARTHA'S VINEYARD, MASSACHUSETTS

「着替えてくれる？」

ジュールはイモジェンのグリーンのドレスの肩をひっぱって落とし、床から自分のブラを拾いあげた。

「そのリングも、わたしのよね？」とイモジェン。

「ええ」うそをついてもしょうがない。

「どうしてわたしの服を着ていこうと思ったの？」

ジュールはドレスをまたぎ、拾いあげてハンガーにかけた。自分の服を全部着終えると、リングもすべてはずして鏡台の上にもどした。

「彫刻の庭で彼氏が待っているなんて、うそよね」

「どう思ってくれてもいい」

「いったいどういうこと？」

「あなたの服を着たのは悪かった。もう二度としない。これでいい？」

「いいけど」ジュールがサンダルをクローゼットにもどし、ランニングシューズの紐を結ぶのをイモジェンはじっと見ている。ジュールが玄関ホールに出ようとイモジェンの横を通りすぎたとき、「ひとつ質問があるの」と声をかけてきた。

ジュールはまだ顔が燃えるように熱かった。話などしたくない。

「行かないで」とイモジェン。「ひとつだけ答えて」

「何？」

「あなたはお金に困ってるの？」

そう。いやちがう。そう。きかれてうろたえる自分がたまらなくいやだった。

「そう」とうとういった。「どうしようもないくらい」

イモジェンは片手を口にあてた。「知らなかった」

形勢が一変し、ジュールが優勢に立った。「だいじょうぶ」とジュール。「仕事を見つけるから。本当はもっと早くにそうするべきだったんだけど、問題から目をそらしてたってわけ」

「もっと早くに気づくべきだった」イモジェンはベッドに腰をおろした。「スタンフォードにもどらないっていうのは知ってたし、叔母さんとも縁を切ったっていうのは知ってたけど、その結果どんなに大変な状況に陥ったのか、そこまで考えが及ばなかった。いつも同じものばかり着ているのは知ってた。食品もまったく買ってこない。なんでもわたしに支払わせていた」

おっと。食品は自分が買うべきだったのか。これはまだジュールの知らない行動規範だった。しかしイモジェンに対しては「だいじょうぶ」としかいえなかった。

「ジュール、だいじょうぶなんかじゃない。本当にごめんなさい」イモジェンは一瞬口を閉ざした。それからまた続ける。「わたし、勝手に独り合点して、あなたのことをちゃんと知ろうともしなかった。それに、事情を話してほしいともいわなかった。やっぱりまだまだ経験不足ってことね」

ジュールは肩をすくめた。「恵まれてるってだけよ」

「アイザックにしょっちゅういわれてた。わたしは視野がせまいって。とにかく、これからは

6

END OF JUNE, 2016 ―
MARTHA'S VINEYARD, MASSACHUSETTS

なんでも好きなものを借りてっていいから」

「それもおかしな気がする」

「そんなこと思わないで」イモジェンはクローゼットの扉をひっぱってあけた。服がぎっしり並んでいる。「こっちは必要以上にあるんだから」

イモジェンがジュールのところへもどってきた。「髪を整えさせて。ピンからはみだしてる」

ジュールの髪は長い。たいていはうしろにひっつめていた。頭を倒し、首すじに垂れた髪をイモジェンにピンで留め直してもらう。

「短く切ったほうがいいわ。そのほうがきっと似合う。わたしみたいなショートじゃなくて。前髪はもうちょっと長くて、耳にふわっとかかる感じかな」

「いまのままでいいの」

「なんなら、わたしの行きつけの美容室に連れてってあげる」イモジェンは強引だ。「わたしのおごりで」

ジュールは首を横にふった。

「それぐらいさせて」とイモジェン。「遠慮はいらない」

翌日、オーク・ブラッフスに行ったジュールは、髪の重さがなくなって、身軽になった気がした。イモジェンが世話を焼いてくれるのは気分がよかった。髪を切ったあと、リップグロスを貸してくれて、港の見えるレストランでランチもごちそうしてくれた。食事のあと、ふたりはヴィンテージ物のアクセサリーを売っている宝飾店に立ちよった。「この店で一番めずらしい指輪を見せてちょうだい」イモジェンがいった。

店員の男性は張り切って動きまわり、ベルベットのトレーの上に、六つのリングを並べて置いた。イモジェンはうやうやしい手つきで、ひとつひとつ吟味する。クサリヘビをかたどった翡翠の指輪を選ぶと代金を払い、青いベルベットの箱をジュールに手渡す。「これはあなたに」

ジュールはすぐ箱をあけ、ヘビのリングを右手の薬指にはめた。「まだ結婚するには若すぎる」とジュール。「変な気起こさないで」

イモジェンは声をあげて笑った。「愛してるわ」さりげなくいう。

「愛」という言葉をイモジェンが口にしたのはこれが初めてだった。

＊

翌日、ジュールは車を借りて、島の反対側にある金物屋にグリル用のプロパンガスを買いに出かけた。その日は食品も買って帰った。もどってくると、プールのなかでイモジェンとフォレストが裸でからみあっていた。

ジュールは網戸の内側に立ち、目をみはった。

ずいぶんとぎこちない動きで、見るからにぶざまだった。フォレストの長い髪がびしょぬれになって肩まわりに張りついている。眼鏡はプールのへりに置いてあって、眼鏡なしの顔はなんだかのっぺりして間が抜けて見えた。

6

END OF JUNE, 2016 —
MARTHA'S VINEYARD, MASSACHUSETTS

ありえない。イモジェンが本気でフォレストを愛して欲情しているとは思えなかった。とりあえずいまは空席だからと、そこに据えてみただけのボーイフレンド。フォレストは知らないが、その地位は一時的なものだ。ディナーを食べにやってくるものの、それだけでつきあいが終わる大学生や美術学校の学生と同じ。フォレストはイモジェンの秘密を知らない。彼は愛されていない。いま目の前でしているように、イモジェンが彼の顔をつかんでキスをし、欲情を露わにして夢中になるなどという場面を、ジュールはこれまで一度も想像したことがなかった。イモジェンが彼の前で裸になり、まったく無防備な姿をさらしていること自体、信じられなかった。

フォレストがこっちを見た。

ジュールはうしろへさがりかけた。フォレストに怒鳴られるか、ともにばつの悪い思いをすると思ったからだ。ところがフォレストはあっさりイモジェンにこういった。「きみのかわいいお友だちが来てるよ」まるで子どもがよちよちやってきたというように。

イモジェンが顔だけこっちに向けていう。「バイバイ、ジュール。またあとでね」

ジュールはくるりと背を向けて階段を駆けあがった。

数時間後、ジュールは下におりていった。ポッドキャストがキッチンで流れている。イモジェンが料理をするときの習慣で、見ればグリル用のズッキーニを薄く切っていた。

「手伝いはいらない?」ジュールはきいた。思いっきり気まずい。あの場面を目撃してしまっった事実にさいなまれる。あれですべてが台無しだ。

「ポルノショーを見せちゃって、ごめんね」イモジェンが軽い口調でいう。「紫タマネギを切ってもらえる?」

ジュールはボウルからタマネギをひとつ取りあげた。

「ロンドンのマンションを買ったばかりのときにね」イモジェンが話を続ける。「女どうしのカップルと夏の短期留学プログラムで知り合ったの。ふたりはカミングアウトをしたばかりで、家を出ようとしていた。それで八月のあいだ、わたしの部屋で暮らすことになったの。そうしたらある日、ふたりがまさにその最中ってときに踏みこんじゃって。キッチンの床で、素っ裸になって声をあげてた。まさに決定的瞬間。わかるでしょ。ああ、どうしようって思った。こんな場面を見たあとで、またどうやってふたりと顔を合わせたらいい? そのあと三人でパブにくりだして、平気な顔でフィッシュアンドチップスを食べるなんて無理でしょ。ありえないと思った。まずいときに家に帰ってきたことで、すばらしい友だちをふたりとも失うことになったって後悔したの。ところが、片方がこういったの。『おっと、ごめんね。ポルノショーを見せちゃって』って。それをきっかけにみんなでゲラゲラ笑って、何もなかったように元通り。それで思ったの。自分も似たような状況に陥ったら、そういってやろうってね」

「ロンドンに部屋を持ってるの?」ジュールはタマネギの皮をむきながら、顔をあげずにきいた。

「投資のひとつ」とイモジェン。「あとは気まぐれかな。夏の短期留学でイギリスにいたでしょ。お金について相談に乗ってくれてる人から、何か不動産に投資したほうがいいっていわれて。あの街が好きだったし。見てすぐ気に入った物件で、地球の裏側だけど、衝動的に買っちゃった。でも後悔はしてない。すごくすてきな地域でね。セント・ジョンズ・ウッド（聖人ジョンの木）っていう町」イモジェンの発音は、シン・ジャンズ・ウッド（罪人ジャンの木）にきこえた。

「すごく楽しかった。友人たちといっしょに部屋を飾り立ててね。それから街をめぐって観光しまくった。ロンドン塔、衛兵の交代、蠟人形館。あのときはダイジェスティブ・ビスケットだけで生きていた。まだ料理を勉強する前だったから。ジュールも好きなときにつかっていいから。いまはまったくつかってないの」

「行くならいっしょに」とジュール。

「あっ、興味を持ったのね。鍵はここに入ってるから。明日にでも行ける」イモジェンはいって、キッチン・カウンターの上に置いてあるバッグをポンとたたいた。「たしかに、それもいいかも。想像できる？　ロンドンの街で、わたしたちふたりっきりなんて」

*

　イモジェンは感情をはっきり表に出す人間が好きだった。自分の好きな音楽や、プレゼントした花や愛読する本に、自分と同じように目を輝かせてほしい。スパイスの香りや新しい種類の塩の味なんかにも関心を持ってほしい。異論をぶつけられても気にしないが、反応が鈍い人間や、どっちつかずの人間は嫌いだった。

ジュールはイモジェンがベッドわきのテーブルに置いてくれた孤児の物語を二冊読み、イモジェンが自分のために家に持ち帰ってくれるものすべてを貪欲に吸収した。ワインのラベルや、チーズの名前、小説の一節や、レシピも暗記した。フォレストにも優しくした。ケンカ好きでありながら進んで人を楽しませ、男女同権論者でありながら女っぽい面も見せ、怒りを露わにすると同時に好意も惜しみなく示し、はっきり物をいうものの独断的にはならなかった。

イモジェンの喜ぶ人間に自分を仕立てていく。その過程はランニングのトレーニングに似ていると思った。今日より明日、明日よりあさってと、少しずつ距離を伸ばしていく。そのうち耐性ができてきて、長い距離を楽々と走れるようになる。そうしてある日気がつけば、走ることを楽しんでいる自分がいる。

ジュールがヴィニヤードの家に来て五週間が経過したころ、ブルック・ラノンが玄関ポーチに現れた。ドアをあけたのはジュールだった。

ブルックはなかに入ってきてソファに荷物を放り投げた。青いフランネルのシャツは古びてすりきれ、つやのあるブロンドの髪を頭のてっぺんでお団子にまとめている。「イミー、あんた、まだ生きてたんだね」リビングに入ってきたイモジェンに、ブルックがいった。「ヴァッサー大学じゃあ、もうみんな、あんたは死んでるって思ってる。先週メールが来たっていっても、誰も信じなかったんだから」そこでフォレストのほうを向く。「これが、その男？　えっと……？」名前が出てこない。

6

END OF JUNE, 2016 —
MARTHA'S VINEYARD, MASSACHUSETTS

「彼がフォレスト」とイモジェン。

「フォレスト！」ブルックがいって、いきなり彼の手を握って握手をする。「じゃあ、ハグ」

フォレストはぎこちなくブルックを抱きしめた。「会えてうれしい」

「みんなにそういわれる」とブルック。それからジュールを指さした。「こっちは誰？」

「いじわるはやめて」とイモジェン。

「喜んでるつもりだけど」とブルック。「あんた誰？」ジュールに向かっていった。

ジュールは笑顔をつくって自己紹介をした。ブルックが来るとは思っていなかった。ブルックのほうも、ジュールがここにいるというのは明らかに想定外だったらしい。「イモジェンからきいてるわ。ヴァッサー大学時代のお気に入りだって」

「ヴァッサー大学じゃあ、あたしはみんなのお気に入り」とブルック。「だからやめた。全学生合わせても、たった二千人。あたしにはもっと大勢の観客が必要だから」

ブルックは荷物を引きずって二階にあがり、二番目にいい客室でくつろいだ。

5

END OF JUNE, 2016
MARTHA'S VINEYARD, MASSACHUSETTS

2016年 6月末 マサチューセッツ州 マーサズ・ヴィニヤード

ブルックが現れる五週間前。ジュールはマーサズ・ヴィニヤードにやってきて七日目を迎え、観光バスのツアーに大枚をはたいて島めぐりをしていた。バスに乗っている人の多くは、旅行関連のウェブサイトで調べた名所旧跡をかたっぱしから見てまわりたいタイプだった。ほとんどが家族連れやカップルで、大きな声で話をしている。

午後はアキンナーという町にある灯台を観光する予定になっていた。以前はゲイヘッドと呼ばれ、ワンパノアグ族が最初に住み着いた地域だとガイドはいう。その後十七世紀になるとイギリス人の入植者も加わった。灯台を見に出かけるためにバスからみんながぞろぞろおりていくと、ガイドが捕鯨について説明を始めた。展望台からはモシャップのビーチにそびえる色とりどりの粘土質の崖も見ることができたが、海におりていくには、暑いなか一キロ近くも歩かないといけない。

ジュールは灯台から離れて、商店街のほうへぶらぶら歩いていった。そのあたりには小さな土産物屋が固まっていて、ワンパノアグ族の工芸品や、軽食を売っていた。低い軒《のき》の建物を出たり入ったりしながら、買う気もないのに、ネックレスや絵はがきを手に取ってみる。

マーサズ・ヴィニヤードでずっと暮らすというのも、ありかもしれない、とジュールは思う。商店やジムで仕事を見つけ、日中は海で日がな一日過ごし、

5

END OF JUNE, 2016 —
MARTHA'S VINEYARD, MASSACHUSETTS

住むところを見つける。もう自分に期待してあがくのはやめて、野心も捨てる。目の前にさしだされている人生をそのままありがたく受けとればいい。もう誰も自分にちょっかいはかけてこない。イモジェン・ソコロフだって、さがしたいと思わないのだったらさがす必要もない。

ある店を出たところで、向かい側の店から若い男が出てきた。キャンバス地でできた大きなトートバッグを持っている。ジュールと同じぐらいの年格好だ。いや、少し上だろう。細身で、とりわけ腰まわりが細く、筋肉はほとんどついていない。それでもしなやかに動き、鼻は少し曲がっているがきれいな顔立ちだ。ブラウンの髪は結んでお団子にしている。黒のコットンパンツは長過ぎてすそがすり切れ、足もとはビーチサンダル。Tシャツには〝ラーセンのフィッシュマーケット〟の文字がある。

「そんな店になんの用があるんだよ」連れに声をかけている。相手はおそらくまだ店内にいるのだろう。「なんの役にも立たないものを買うなんて、どうかしてる」

答えはない。

「イモジェン!　もういいだろう。早くビーチに行こうぜ」男が大声でいった。

そうして彼女が現れた。

イモジェン・ソコロフ。髪は短くなって、妖精風。写真よりはっきりしたブロンドだが、本人であることにまちがいはない。まさに本物。

じつにあっさりと、店から歩いて出てきた。ジュールが血眼《ちまなこ》になって何日もさがしまわったことがうそのように。きれいだが、それ以上に印象的なのが、自然なのびやかさだ。きれいでいるのに、なんの努力も不要という感じ。

イモジェンがこちらに気づくことをなかば期待したが、それはなかった。

「今日はずいぶんと口うるさい」イモジェンが男にいう。「うるさい男はうんざり」

「どうせ何も買わなかったんだろ」と男。「おれはビーチに行きたいんだ」

「ビーチは逃げない」とイモジェン。バッグのなかを手さぐりする。「それにちゃんと買ったし」

男がため息をつく。「何?」

「あなたに」そういって小さな紙の包みをひっぱりだして相手に渡す。男はテープをはがし、なかからとりだした紐状のブレスレットをかかげる。

きっとボーイフレンドはいらついた顔を見せるだろうとジュールは思ったが、そうではなく、歯を見せてにっと笑った。ブレスレットを手首につけると、イモジェンの首に顔を埋めた。

「すてきだよ。最高」

「くだらないものだけど」とイモジェン。「あなたが大嫌いな」

「でもプレゼントは好きだ」

「知ってる」

「さあ行こう。きっと海はあったかいぞ」ふたりは駐車場を抜けてビーチに通じる小道へ歩いていった。

ジュールはうしろをふりかえる。ツアーの案内人が観光客の一団に手をふって、バスにもど

5

END OF JUNE, 2016 —
MARTHA'S VINEYARD, MASSACHUSETTS

るようにいっている。バスは五分後に出る予定になっていた。

ホテルまでもどる手段は何もない。スマホのバッテリーは切れかかっているし、島のこのあたりでタクシーを呼べるかどうかもわからない。

どうでもいい。イモジェン・ソコロフを見つけたんだから。

バスはジュールを乗せずに出発した。

4

THIRD WEEK OF JUNE, 2016
MARTHA'S VINEYARD

2016年 6月第3週 マーサズ・ヴィニヤード

その一週間前、空港のセキュリティチェックで、ジュールは係官に呼びとめられた。「お客さん、この荷物を機内に持ちこみたいなら、液体類はファスナー付きのビニール袋に入れてもらわないと」男がいう。締まりのない首がたるんでいて、青い制服を着ている。「表示が見えませんか？　持ちこめるのはトータルで百ミリリットル以下」

係官はラテックスの手袋をはめた手でジュールのスーツケースをさぐる。シャンプー、コンディショナー、日焼けどめ、ボディローションを取りだした。全部まとめてゴミ箱に投げ入れる。

「もう一回通しますよ」そういって、スーツケースのファスナーを閉める。「今度はだいじょうぶでしょう。ここで待ってて」

ジュールは待った。飛行機旅行で液体をどうやって機内に持ちこむか、ちゃんとわかっているのに今回はど忘れしていたという顔をしているが、耳がかっと熱くなっている。持ち物を捨てられたことに頭にきていた。自分がちっぽけで不慣れな人間に思える。

機内はせまくるしく、長年つかわれた安っぽいシートはすりきれていたが、ジュールは空の旅を楽しんだ。窓から見える景色にワクワクする。雲ひとつない快晴。海岸がゆるやかな曲線を描きながら、茶色や緑の色を見せている。

予約していたホテルはオーク・ブラッフスの波止場の向かいにあった。ヴィクトリア朝時代の建物で、窓枠や戸が白い。スーツケースを部屋に置き、数ブロック歩いてサーキット・アヴェニューへ出た。街はバカンスを楽しむ人々でいっぱいだった。センスのいい服を売っている店が二軒ある。衣類は到着してからそろえるつもりだった。VISAのギフトカードがある。どんなものが自分に似合うかもわかっていたが、それでも迷う。

まずは道を歩いている女性の格好を観察する。ジーンズか、コットンの短いスカートに、爪先のあいたサンダルというスタイルが主流だった。デニムは色落ちしているかネイビー。バッグは革ではなく、布製。リップはヌードカラーかピンクで、赤は皆無。白いパンツにエスパドリーユを合わせている女性もいる。見せブラはしていない。アクセサリーはごく小さなイヤリングだけ。

ジュールはフープ形のイヤリングをはずしてバッグのなかにしまった。軒を並べる店にもどり、ボーイフレンドジーンズを一本と、コットンのタンクトップを三枚、エレガントなロングカーディガンを一枚、白いサンドレスとエスパドリーユを一足買った。灰色の花がプリントされたキャンバス地のショルダーバッグも買う。支払いはカードですませ、ATMで現金をおろした。

街角に立って、身分証明書や現金、化粧品やスマートフォンを新しいバッグに詰め替える。それから電話代の請求元に連絡してVISAの番号を教え、そこから代金が支払えるようにしてもらった。ルームメイトのリタにも連絡し、留守電にごめんなさいとメッセージを残しておく。

ホテルにもどると、トレーニングをすませてからシャワーを浴び、白いサンドレスを着た。髪をブローしてゆるいウェーブにする。イモジェンをさがさないといけないが、それは明日からでいい。

*

波止場を見おろすオイスターバーまで歩いていき、ロブスターロールを注文する。出てきたものは想像していたのとはちがった。ロブスターの細切れをマヨネーズと和えて、焼いたドッグパンにはさんだだけ。もっと優雅な料理かと思っていたのに。

フライドポテトを一皿注文して、代わりにそっちを食べた。

何もすることがないままに街を歩きまわるのは妙な感じだった。最後はメリーゴーラウンドに行き着いた。屋内に設置されたもので、なかは古くて暗く、ポップコーンの匂いがした。この馬は〝アメリカ最古の回転木馬〟だと看板に書いてある。

ジュールはチケットを買った。混んではおらず、小さな子どもが数人と、年上の兄弟がいるだけだ。親たちは待合場でスマートフォンに目を落としている。昔ながらの音楽が流れるなか、ジュールは外側の馬に乗った。

みんながめいめい馬に乗ったところで、隣のポニーに男がまたがっているのに気がついた。痩せ形だが三角筋と広背筋が発達している。ロッククライミングか何かをやっているのだろう。ウェイトルームでバーベルをあげて鍛えるタイプには見えない。白人とアジア系の血が混じっている感じ。豊かな黒髪はちょっと長めで、長時間日ざしにさらされたような肌をしている。

「ぼくはまさにいま、負け犬のような気がしてる」メリーゴーラウンドが回転しだすと、男がジュールに話しかけてきた。「なんだって、こんなものに乗ろうと考えたのか、自分にあきれてる」一般的な米語のアクセント。

ジュールもアクセントをそれに合わせた。「どうしたの？」

「吐き気。動きだしたと思ったら、いきなりだ。うーっぷ。それに見れば、十歳以上でこれに乗っているのは自分だけ」

「わたしを除いて」

「きみを除いて。子どものときにこれに一度乗ったことがあるんだ。家族と休暇に来てね。今日はフェリーを待っていたんだけど、出発まで一時間ほど時間つぶしをしないといけなかった。それで思ったんだ。昔を懐かしんで、ひとつ乗ってみるかってね」いったそばから、片手で額をこする。「きみはどうしてここに？　小さな弟や妹がどこかにいるの？」

ジュールは首を横にふった。「わたしはこれが好きなの」

ふたりのあいだの空間を越えるように、相手が手を伸ばしてきた。「ぼくはパオロ・サントス。きみは？」

ジュールはぎこちない握手をした。何しろ両方とも馬に乗って動いている。

この人はまもなく島を去る。ほんの一、二分話をして、そのあとは二度と会うこともない。だからといって、どうしてそんなことをいったのか、自分でもよくわからない。とにかく突発的に、うそをついてしまった。「イモジェン・ソコロフ」

口に出していうと、いい響きの名前だった。結局のところ、イモジェンに扮するのは気分がよかった。

「ええっ、きみはイモジェン・ソコロフ？」パオロは頭をのけぞらせて笑い、やわらかな眉を持ちあげた。「どうしてわからなかったんだろう。ヴィニヤードにいるってきいてたのに」

「わたしがここにいるのを知ってたの？」

「きみに謝らなきゃいけない。ぼくは偽の名前をいった。悪かったと心底思うし、きっと変なやつだと思ってるよね。偽の名前はラストネームだけ。パオロは本当だ。だけどサントスじゃないんだ」

「まあ」

「ごめん」そういってまた額をこする。「妙なことをすると思われるだろうけど、きみとはほんの数分話してお別れだと思ったから。旅をしている最中、ぼくはときどき別人になるのが好きなんだ」

「べつにかまわないけど」

「ぼくはパオロ・バジャルタ・ベルストーン。父はスチュアートで、きみのお父さんの学友だ。きみも会ったことがあるよね」

ジュールは眉を持ちあげた。スチュアート・ベルストーンの名前はきいたことがあった。金融界の大物で、新聞のウェブサイトに、〝D＆G取引スキャンダル〟と書かれている事件で最近収監された。二か月前に裁判の判決が出てから、彼の写真があちこちのニュースで取りあげられていた。

「きみのお父さんとうちの父と三人で何度もゴルフをした」パオロが続ける。「ギルが病気になる前にね。お父さん、いつもきみのことを話してたよ。グリーンブライアーに行って、それから――ヴァッサー大学だっけ？　そこに通いはじめたって」

「そう、でも秋の学期だけ終えて、中途退学したの」

「どうして？」

「話せば長い、退屈な話」

「きかせてくれないかな。そうすれば気が紛れて、きみにゲロを吐きかけることもない。どっちにとってもいいことだ」

「わたしはパーティー好きの人たちと親しくなって、最初の学期で本気を出さなかったというのが父の意見」ジュールはいう。

パオロは声をあげて笑った。「いかにもそんなことをいいそうだ。で、きみはなんて返したの？」

「わたしは……あらかじめ敷かれたレールの上を進むんじゃなくて、別の人生を歩みたい」ジュールはゆっくりといった。「ここに来たのもそのため」

メリーゴーラウンドのスピードがゆっくりになって、まもなくとまった。ふたりは馬からおりて歩きだした。パオロは隅のほうに押しこんでおいた大きなバックパックを回収する。「アイスクリームを食べに行かないか？　島で一番うまいアイスクリームを売ってる店を知ってるんだ」

　そこからふたりで歩いていって、小さな店に入った。ホットファッジにするか、それともバタースコッチにするか、トッピングの種類でいいあらそい、両方頼めばすべて解決だという結論に落ち着いた。パオロがいう。「なんだかすごくおかしい。きみがいまここにいるってことが。もう何百万回も会ってるような気がする」

「わたしがマーサズ・ヴィニヤードにいるって、どうしてわかったの？」

　パオロはスプーンにアイスクリームを山盛りにして食べている。「イモジェン、きみはちょっとした有名人なんだよ。学校を飛びだして、行方をくらまし——それからここに現れた。じつをいうと、きみのお父さんから、島に行ったらきみに連絡をするよう頼まれたんだ」

「うそでしょ」

「いや本当。メールをもらったんだ。知らない？　六日前にきみの番号に電話をしたんだけど」

「ちょっとぞっとする」

「いや、そういうことじゃないんだ」とパオロ。「ギルは、きみがどうしているか、それを知りたいだけだよ。電話をかけてもきみは出ないし、学校はやめちゃうし、いつのまにかヴィニヤードに行っちゃってるし。きみを見かけたら、無事をたしかめて連絡することになっていた。近々手術をするってことをきみに伝えてほしいと頼まれた」

4

THIRD WEEK OF JUNE, 2016 _ MARTHA'S VINEYARD

「手術のことなら知ってる。ちょうど父に会いにもどったばかりだから」
「じゃあ、ぼくの苦労は無駄だったわけか」パオロはいって肩をすくめる。「いまに始まったことじゃないけどさ」

ふたりは波止場まで歩いてもどり、さまざまなボートをながめた。父親の地に墜ちた評判と家族のいざこざから逃げるために旅をしているんだと、パオロは自分のことを話した。五月に大学を卒業して、医学部に入ろうと思っているが、その前に世界を見てまわりたいという。今夜はボストンで夜を過ごし、それから飛行機に乗ってマドリッドへ飛ぶ。そんなふうに友人とふたりでバックパッカーになって旅をして、そろそろ一年以上になるそうだ。最初にヨーロッパをまわって、次にアジアをまわり、ゴールはフィリピンだという。

彼が乗るフェリーの搭乗が始まった。パオロは別れる前にジュールの唇にすばやくキスをした。優しくて、自信に満ちていて、それでいて押しつけがましくない。彼の唇はバタースコッチのソースで少しべたついていた。

それはジュールにとって驚きだった。ふれられるのは嫌いで、相手が誰であろうといやだった。それなのに、パオロのたっぷりとした、やわらかな唇にふれられるのは、少しもいやじゃなかった。

彼の首に手を伸ばして自分に引きよせ、もう一度キスをする。美しい男。支配的でもなければ汗臭くもない。貪欲さもなく暴力的なところもない。女を見下さない。お世辞はいわず、金の鎖もぶらさげていない。ほんのわずかにふれるだけの優しいキス。それを十二分に味わうために、ジュールは身を乗りださないといけなかった。

本当の名前を教えていればよかったと、いまになって思う。

「電話をしてもいいかな?」とパオロ。「もう一度って意味だけど。きみのお父さんに頼まれてじゃなくって」

だめに決まってる。

パオロがイモジェンにまた電話をかけたら大変だ。もしつながれば、今日ここで会ったのはイモジェンでないと気づく。「かけないで」ジュールはいった。

「どうして? ぼくはまもなくマドリッドに着いて、そのあとはどこへ行くかわからないけど、でも、ときどき電話で話すぐらいはできる。ホットファッジとバタースコッチについて語り合ってもいい。あるいはきみの新しい人生について」

「つきあってる人がいるの」相手をだまらせるためにそういった。

パオロが浮かない顔になる。「あ、そうか。まあ当然だよね。いずれにしろぼくの番号はわかっているわけだ。しばらく前にメッセージを残しておいたから。幸運のメッセージだよ。だからもしきみがその彼と別れて、自由になったら、いつでも連絡してほしい。いいね?」

「電話はしないと思う」とジュール。「でもアイスクリームをありがとう」

つかのま彼は傷ついたような表情を浮かべた。しかしすぐに笑顔になった。「またいつでもごちそうするよ、イモジェン」

パオロはバックパックを背負って行ってしまった。

4

THIRD WEEK OF JUNE, 2016 _ MARTHA'S VINEYARD

ジュールはフェリーが波止場から離れていくのをじっと見ている。それからエスパドリーユを脱いで、砂の上を歩いていく。水に足をひたして立つ。イモジェン・ソコロフなら、こんなふうにして、わずかな悲しみを胸に、波止場の美しい景色を味わったことだろう。美しい白いドレスのすそをひざの上まで持ちあげて。

3

SECOND WEEK OF JUNE, 2016
NEW YORK CITY

2016年 6月第2週 ニューヨーク

マーサズ・ヴィニヤードに発つ一週間前、ジュールはパッティ・ソコロフといっしょにセントラルパークを見おろすテラスに立っていた。太陽はもう沈んでいる。公園は長方形にのびていて、周囲を街のあかりに縁どられている。

「スパイダーマンになったような気分」ジュールは思わずつぶやいた。「スパイダーマンは夜に高いところから街をながめるんです」

パッティがうなずく。両肩にやわらかく落ちるエレガントな巻き髪。長いカーディガンをクリーム色のワンピースの上からはおって、美しいフラットサンダルを履いている。素足にはさすがに年齢が出ていて、かかとと爪先に絆創膏がはってあった。「一度イモジェンのボーイフレンドが、ここで開いたパーティーにやってきたの」パッティがジュールにいう。「その彼がこの景色を見て同じことをいったわ。あのときはバットマンだった。でも同じことよね」

「スパイダーマンとバットマンは別人です」

「そうね、でもどちらも孤児でしょ」とパッティ。「バットマンはずいぶん幼いころに両親を失っている。それにスパイダーマンも。彼は叔母といっしょに暮らしていた」

「漫画もお読みになるんですか？」

「いいえ。でもイモジェンが大学で書いたエッセイの校正刷りを六回ぐらい読んだわ。それによると、スパイダーマンとバットマンは、もとをたどれば、あの子が愛好するヴィクトリア朝時代の小説に登場する孤児と同じだっていうのよね。あの子は本当にああいう小説に夢中で。知ってたかしら？　そこに自分のアイデンティティを見いだしていたの。アスリートとか、悪を正す戦士とか、演劇人とか、みんなそれぞれ自分は何者なのか、よりどころが欲しいわけで、イモジェンの場合はそれが、ヴィクトリア朝小説の愛好家だった」

「学業優秀ってわけじゃなかったけど」パッティが続ける。「文学にはのめりこんでいた。大学のエッセイでもね、こういったストーリーにおいて孤児であることはヒーローの必須条件だって書いていたの。漫画に出てくるヒーローたちも決して単純じゃなくて、ヴィクトリア朝小説の孤児に見られる伝統を継承しているっていうの。つまり正義を貫くために、道徳に反することも辞さないっていう複雑な心境がある——そう、まさにそういう言葉であの子は論じていたわ」

「わたしはハイスクール時代によく漫画を読みました。でもスタンフォードに入ってからは時間がなくて」

「ギルは漫画を読んで育ったんだけど、じつはわたしもイモジェンも、そうじゃないの。スーパーヒーローに関する説は、古い物語が現代の読者にとっていかに重要かを訴えるための序文に過ぎない。バットマンに関する知識のほとんどは、さっきいったボーイフレンドの受け売りよ」

ふたりは室内に入った。ソコロフ家のペントハウスは驚くほど立派で、流行の最先端をいっていたが、本や雑誌や、記念の品々などでずいぶん散らかっていた。床は隅から隅まで白木。料理人がキッチンで働いていて、そこに置かれた朝食用のテーブルには宣伝のチラシや、薬びん、ティッシュの箱なんかが山になっている。リビングルームの主役は、ふたつ置かれた革張りの巨大なソファ。片方のソファの隣には、人工呼吸器が置かれている。

ギル・ソコロフは、パッティが部屋に客を案内しても立ちあがらなかった。まだ五十代と若いのに、苦痛で顔をしかめるせいか、口の両わきにくっきりしわが刻まれていて、首まわりは肉がたるんでいた。顔は東欧系で、豊かな白髪が縮れている。スウェットパンツにグレーのTシャツという格好で、頬と鼻は血管が破れてまだらになっていた。動くと身体が痛むのか、極力ゆっくりと身を乗りだしてジュールと握手をし、ころころ太った二匹の白い犬を紹介する。スノーボールとスノーマン。さらにイモジェンが飼っていた三匹のネコも見せてくれる。

それから三人でディナーを食べるため、格式張ったダイニングルームに入っていく。足をひきずるギルの隣をパッティがゆっくりと歩いていく。ボウルと皿を運んできた料理人がさがってしまうと、また三人だけになった。料理は、ほんの小さなラムチョップとマッシュルームのリゾット。なかばまで食べたところで、ギルが酸素ボンベをつけたいといいだした。

チーズが出てきたところで、犬の話が始まった。先ほどとは趣の異なる話だった。「彼らに生活を破壊されてるのよ」とパッティ。「四六時中、うんちをする。ギルはテラスでさせるの。信じられる？　朝起きて出ていくと、臭い犬の糞が落ちてるのよ」

「きみが起きるまえに、哀れっぽい声で鳴いてテラスに出ていくんだ」ギルが強い調子でいう。

話しやすいよう酸素マスクをわきにずらした。「わたしにはどうすることもできない」

「それで、漂白剤をスプレーしなくちゃいけなくなる。木の床のあちこちに色が抜けた部分ができちゃって」とパッティ。「不衛生よね。でも、動物に愛情を注ぐってことはそれを我慢することなのね。テラスでうんちをさせて、平然としている」

「あの子は捨て猫をしょっちゅう拾ってきてね」ギルがいう。「ハイスクール時代には、数か月ごとに新入りが加わった」

「長くはもたなかった子もいたわ。道で拾ってくるんだけど、すでに気管支炎や、ほかの病気に冒されている子もいてね。まだ小さいうちに死んでしまうのがなんとも哀れで、毎回あの子は大泣きした。イモジェンがヴァッサー大学の寮に入ってしまうと、あとはわたしたちが全部面倒を見ることになったの」パッティはダイニングテーブルの下をうろついていた一匹の猫をなでる。「大変ではあるんだけど、娘を誇らしく思う気持ちもあってね」

グリーンブライアーの〝元女学生〟がみなそうであるように、パッティにも語るべき思い出話があった。「季節に関係なく、制服の下にはストッキングかニーソックスを着用というのが規則。だから夏になると暑くてたまらない。それでハイスクール時代には――七〇年代末の話よ――少しでも涼しくしたいからって、下着をつけない子もいたの。ニーソックスをはくだけで、スカートのなかはすっぽんぽん！」パッティがジュールの肩をたたく。「制服が変わって、あなたとイモジェンはラッキーだったわ。グリーンブライアーでは何か音楽をやっていたの？このあいだガーシュウィンが大好きだっていってなかったかしら」

「音楽はほんの少し」

「冬のコンサートのこと、覚えてる？」

「はい」

「あなたとイモジェンがいっしょに立っている場面が目に浮かぶわ。あなたたちは九年生で一番背が低かった。みんなでクリスマスソングを歌って、あのキャラウェイ家の娘さんがソロを歌った。覚えてる？」

「もちろんです」

「祝日のあいだ、舞踏場にあかりをともして、片隅にツリーも置かれた。もちろん九本枝の飾り燭台も、形ばかりだけど置いてあった」とパッティ。「いやだ、わたしったら、泣きそうだわ。あの青いベルベットのドレスを着ていたイモジェンを思いだしちゃって。祝日用の晴れ着を買ったのよ。あのコンサートで着られるようにって。胸から下にダーツが入ったロイヤルブルーのワンピース」

「グリーンブライアーでの最初の日、わたし、イモジェンに助けてもらったんです」ジュールはいう。「カフェテリアの列に並んでいるときに、誰かがぶつかってきてスパゲティのソースがシャツに飛び散って。そのまま呆然と突っ立って、しみひとつない服を着ているきれいな同級生たちをながめていた。みんな下から上がってきたから、すでにお互いのことを知っているんです」話がすらすらと口から出てくる。パッティもギルも、よいきき手だった。「血が飛び散ったみたいに、ソースで汚れたシャツを着て、誰かのテーブルにいっしょにすわるなんて、どうしてできます?」

「まあ、かわいそうに」

「するとイモジェンがつかつかとやってきて、わたしからトレイを奪った。そうして友人たちにわたしを紹介したんです。シャツについたひどい汚れなんて見えないふりをして。そうすると、みんなも同じように見えないふりをするしかなかった。イモジェンはわたしの大好きな友だちのひとりでした。それでも引っ越してからは連絡が途絶えてしまって」

そのあとリビングルームで、ギルは酸素ボンベにつながったチューブを鼻に入れて、ソファの上に落ち着いた。パッティが、小口に金箔を貼った分厚いアルバムを持ってくる。「昔の写真をいっしょに、どうかしら?」

三人で古い写真を見ていった。イモジェンは、はっとするほど愛らしかった。背が小さくて、いたずらっ子のよう。明るい色の髪で、ふっくらした頬にえくぼがあって、それが成長するにつれて高い頬骨に変化する。写真のほとんどは、魅力的な場所を背景にして撮影されていた。「パリに行ったときの写真よ」とパッティはいう。「ある農場を訪ねたの」とか、「アメリカで一番古いメリーゴーラウンドなの」とか。イモジェンは、くるくるまわると広がるスカートと、しましまのレギンスをはいている。ほとんどの写真で髪は長くしていて、ちょっとぼさぼさした感じだ。もう少し大きくなってからの写真では、歯に矯正具をつけていた。

「グリーンブライアーを卒業したあとは、養子の友だちはひとりもいなかった」パッティがいう。「その点で、わたしたちは失敗したと思ったわ」そこでパッティが前に身を乗りだす。「あなたにはいた？　自分と同じような境遇の家族とのつきあいはあった？」

ジュールは深く息を吸った。「ありませんでした」

「親は頼りにならないと思ったことがある？」

「はい」とジュール。「まったく頼りにならない」

「もっとちがう育て方をすればよかったたって、わたしはしょっちゅう思うの。もっとしてやれることがあったはずだって。難しい問題についても、いっしょに話し合えばよかったってね」

パッティはそれからも、ぐだぐだとしゃべり続けたが、ジュールはもうきいていなかった。

ジュリエッタの両親は彼女が八歳のときに死んだ。母親は恐ろしい病気にかかって、長いこと苦しんだ末に亡くなった。それからまもなく父親は浴槽で手首を切り、裸のまま失血して死んだ。

ジュリエッタは別の人間の手で育てられた。つまりは叔母だったが、その家は家庭とはとても呼べなかった。

だめだ。もうそのことは考えないつもりだったのに。過去はどんどん消去していかないと。

ジュリエッタは自分の生い立ちについて新たなストーリーを書きあげた。いかにしてヒーローになったのか。その物語では、リビングルームは荒らされている。時間は真っ暗な深夜。物語は現在も進行中だが、ここに至るまでのストーリーは何度も語って、いまではすらすらと口をついて出てきた。街灯のあかりが芝生の上に落とす丸い光。そのなかに死んだ両親がいる。黒い血だまりの上に横たわっている。

3

SECOND WEEK OF JUNE, 2016 _ NEW YORK CITY

「そろそろ結論を」ギルが息をあえがせながらいう。「夜通しつきあってもらうわけにはいかない」

パッティがうなずいた。「あなたに、まだいってないことがあるの。なぜここに来てもらったか。じつはイモジェンがヴァッサー大学を最初の一学期でやめてしまったの」

「パーティー好きの連中と親しくなったせいだと、わたしは思っている」とギル。「あの子は授業でも本気を出さなかった」

「まあ、学校ってところがもともとそんなに好きじゃなかったわけだけど」とパッティ。「あなたが明らかにスタンフォードを愛しているのとはちがうのよ、ジュール。とにかく、あの子は親にひとこともいわずにヴァッサー大学をやめて、それから一か月してようやく連絡してきた。こっちはもう心配で心配で」

「心配しているのはきみだけだ。わたしはただ怒っている。イモジェンは無責任に過ぎる。電話をなくしたか、それとも電源を入れ忘れているのか。まったく連絡してこない。電話もメールも苦手らしい」

「で、蓋をあけてみたら、マーサズ・ヴィニヤードにいたの」とパッティ。「昔よく出かけたの。いつも家族そろってね。そこにあの子は逃げたの。家を借りたっていってたけど、住所を教えない。町の名前さえもね」

「どうして会いに行かないんですか?」

「わたしはどこへも行けない」とギル。

「彼は腎臓の透析を一日おきに受けなきゃいけないの。大変なことよ。それに外科手術も受けるの」とパッティ。

「内臓を全部取りだされて、袋に入れて運ぶことになる」

パッティが身をかがめて夫の頬にキスをした。「それで考えたの。ジュール、あなたなら喜んで行ってくれるんじゃないかってね。ヴィニヤードへ。探偵を雇うことも考えたんだけど――」

「それはきみの考えだ」とギル。「いくらなんでもばかげている」

「あの子の大学の友だちにも頼んでみたんだけど、みんな関わり合いになりたくないって」

「わたしに、どうしてほしいんでしょう?」ジュールはきいた。

「あの子が無事かどうかたしかめてほしいの。わたしたちに頼まれてやってきたとはいわないで、ただどんな状況なのか、メールで知らせてくれればいいわ。家に帰ってくるように説き伏せてほしいの」

「きみはこの夏、仕事の予定は入ってないんだろう」ギルがいう。「職業訓練みたいなものも、受ける予定はない?」

「はい。仕事はありません」

「ヴィニヤードまでの旅費は当然ながらこっちで持たせてもらうよ。ギフトカードを二千ドル分渡せるし、ホテル代もこちらで支払う」

ソコロフ夫妻は人を疑うことを知らない。とことん優しく、とことん愚か。ネコの世話をし、

3

SECOND WEEK OF JUNE, 2016 _ NEW YORK CITY

犬たちにテラスで糞をさせる。ギルは酸素ボンベにつながれ、アルバムには写真がぎっしりで、イモジェンを心配し、何かしら手をさし伸べようとしている。散らかった部屋さえも、ほんの小さなラムチョップも、気さくな話し方も、すべてがおめでたい。

「少しでもおふたりの力になれればうれしいです」ジュールはいった。

ジュールは地下鉄に乗って自分の部屋にもどった。パソコンを立ちあげてインターネットで検索をし、スタンフォード大学の赤いTシャツを注文する。

数日後にそれがとどくと、首まわりをひっぱって伸ばし、漂白剤をつかってすそをぼろぼろにしてシミをつけた。

それから洗濯機に入れ、くったりと着古したように見えるまで繰り返し洗った。

2

SECOND WEEK OF JUNE, 2016
NEW YORK CITY

2016年 6月第2週 ニューヨーク

パッティの家でディナーを食べるより前のある日、ジュールはアッパー・マンハッタンの通りに、住所を書いた紙切れを持って立っていた。午前十時。胸元がスクエアにあいた黒のワンピースを着て、ふだんより女っぷりがあがっている。靴も黒で、バックベルトがついて爪先がとがっている。サイズが小さすぎるが、バッグにはランニングシューズも一足入っている。メイクは女子大生風に仕あげて、髪はお団子にまとめた。

グリーンブライアーの建物は、五番街のアヴェニューと八十二番街のストリートが交差する位置にあり、修復された何軒もの豪邸から成っている。ジュールが今日働く、上級学校の石づくりの正面は五階まであった。曲線を描く階段をのぼったところに彫像が立っていて、そこに玄関口がある。大きな両開きのドア。ほかのどこでも受けられない高度な教育を授ける場所という風格に満ちている。

「イベントは舞踏場です」ジュールが入っていくと守衛がいった。「右手の階段をのぼって二階へお上がりください」

玄関ホールの床は大理石。左手にかかった看板に〝主事務所〟と書かれていて、その横にあるコルクボードに、卒業生の進学先が列挙されている——イェール大学、ペンシルベニア大学、ハーバード大学、ブラウン大学、ウィリアムズ大学、プリンストン大学、スワスモア・カレッジ、ダートマス大学、スタン

2

SECOND WEEK OF JUNE, 2016 _ NEW YORK CITY

フォード大学。ジュールにはどれもフィクションの世界に出てくる場所にしか思えない。まるで綴《つづ》られた一編の詩のようで奇妙だ。ひとつの大学が詩の一行を占め、それぞれに広大な沃野を謳《うた》っているかのようだった。

階段を上がりきると、廊下の先に舞踏場のドアがひらいていた。赤い上着を着た威圧的な女が片手をさしだして進みでてくる。「ケータリングの方ね？　ようこそグリーンブライアーへ」女がいう。「今日はお世話になります。わたしはメアリー・アリス・マッキントッシュ。基金集めの会の進行役をしています」

「初めまして、リタ・クルシャラです」

「グリーンブライアーは一九二六年創設の女子教育のパイオニアです」マッキントッシュがいう。「もともとは個人のお屋敷だった古典的装飾様式の邸宅三軒から成っています。建物自体が街のランドマークでもあって、今日寄付をしてくださるのは、慈善家や、女子教育を支えてくださる支援者の方々です」

「女子だけの学校ですか？」

マッキントッシュはジュールに、ひだ飾りのある黒いエプロンを渡してきた。「研究によると、男女別の学校に入った女子学生は従来の枠に縛られない先進科学のような学問を専攻する傾向が強いそうです。外見に気を取られることなく、学業で互いを切磋《せっ さ》琢磨し、高い自尊心を持つようになる」すでに千回も繰り返したスピーチのように、よどみなくしゃべる。「今日いらっしゃるお客様は百名ほどで、ここで音楽をきき、オードブルを楽しまれます。そのあと三階の応接間に上がって、着席して昼食を召しあがっていただきます」マッキントッシュがジュールを舞踏場のなかに案内する。ずらりと並ぶ背の高いテーブルのひとつひとつに白いクロスをかけている最中だった。「学生は、毎週月曜日と金曜日にここで集会をします。週の半分はヨガや講演会の場としてつかわれます」

たくさんの油絵が舞踏場の壁を飾り、家具磨き剤の強い臭いが漂っている。シャンデリアが三つ、天井からつりさがり、グランドピアノが一台、隅に置かれている。ここが学校であるということが信じられない。

マッキントッシュはケータリングの監督者にジュールを紹介し、ジュールはリタの名前を名乗った。ワンピースの上からエプロンをつける。監督はジュールにナプキンをたたませる仕事を与えたが、彼が背を向けたとたん、ジュールは舞踏場を突っ切っていって、教室のひとつをのぞいた。

本がずらりと並んでいる。一面の壁には電子黒板があり、反対側の壁にはパソコンが一列に並んでいるが、部屋の中央は古めかしい。床に敷かれている贅沢な赤いラグ。ずっしりとした椅子が、大きな古いテーブルをぐるりと囲んでいる。黒板には教師が書いたらしいチョークの文字があった。

自由作文、制限時間十分。

「最も重要なことは、いつの瞬間にも、将来の自分のために、いまの自分を犠牲にできること

2
SECOND WEEK OF JUNE, 2016 _ NEW YORK CITY

だ」

——シャルル・デュボス

ジュールはテーブルのへりにふれてみる。自分ならこの席にすわるだろう。毎回ここにすわって窓からさしこむ光を背に受け、目をドアに向ける。そうしてデュボスの警句について同級生たちと議論する。目の前にぬっと立つ黒ずくめの先生は、生徒を威圧するのではなく鼓舞し、彼女たちの能力を磨きあげることに熱意をかたむける。この学校の教師は、自分たちの教える女生徒たちが未来をつくると信じている。

ゴホンと、誰かが咳払いをした。見ればジュールといっしょにケータリングの監督者が室内に立っていた。彼はドアを指さす。ジュールは監督者のあとについて、ナプキンが山になっているところへもどり、まただたみはじめた。

ピアニストがあわただしく舞踏場に到着した。痩せた白人の男で、ソバカスがあって髪は赤毛。つんつるてんのジャケットのそでから手首が見えている。楽譜を広げてから、携帯電話をしばらくチェックし、それから弾きはじめた。音楽は迫力があって、どことなく高級感もあった。たちまち室内が華やぎ、まるでもうパーティーが始まったかのようだ。ジュールはナプキンをたたみ終えると、ピアニストに歩みよっていった。「その曲はなんですか?」

「ガーシュウィン」口調に侮蔑の響きがある。「ガーシュウィンの昼食会だから。金のある人間は、みなガーシュウィンが好きなんだ」

「あなたはちがうの?」

ピアノを弾きながら相手は肩をすくめる。「家賃の足しにはなる」

「グランドピアノを弾くような人はすでにお金持ちだと思ってたけど」

「たいていは借金まみれだ」

「ガーシュウィンって?」ピアニストはいま弾いている曲をやめて、新たな曲を弾きだした。鍵盤の上を動く手をじっと観察していたジュールは、その曲がなんだかわかった。『サマータイム』だ。

「それなら知ってる」とジュール。「彼はもう亡くなったの?」

「ずっと昔にね。二〇年代か、三〇年代に活躍した。移民の第一世代。父親は靴職人だった。イディッシュ・シアターに登場して、手っ取り早く金を稼ぐためにメロディアスなジャズの曲を書いていた。それから映画音楽にも手を出した。そのあとはクラシックやオペラ。最終的には上流階級に落ち着いたわけだけど、まったくゼロからのスタートだった」

楽器が弾けるというのは、なんとすごいことだろうとジュールは思う。その身に何が起きようと、人生がどう転ぼうと、両手に目を落とせば、ピアノが弾けるとわかる。いつでも自分の強みとして自覚できるのだ。

それは戦う能力といっしょだ、とジュールは気づいた。アクセントを自在に変えられるのと同じ。どれもこれも、自分のなかで生き続ける力。決して自分を置いてきぼりにしないし、人からどう見られようと、愛されようが愛されまいが、関係ない。

2

SECOND WEEK OF JUNE, 2016 _ NEW YORK CITY

＊

一時間後、ケータリングの監督者がジュールの肩をトントンとたたいた。「リタ、服にカクテルソースがついてる。それにサワークリームも。化粧室できれいにしておいで。もどってきたら新しいエプロンを渡すよ」

ジュールは服に目を落とした。エプロンをはずして男に渡す。

一番近くにある化粧室は誰かがつかっていたので、石の階段をのぼって三階へ上がった。エレガントな応接間ふたつにちらりと目を向ける。テーブルにはピンク色の花が咲きこぼれるように生けられていた。客どうしが握手をし、自己紹介を余儀なくされている。

化粧室にはラウンジがついていた。緑と金の壁紙が張られて、小ぶりの美しいソファが置いてある。ジュールはそこを突っ切っていって、個室のドアをあけてなかに入った。リタの靴を脱ぐ。指が腫れあがっていて、かかとは血が出ていた。ぬらしたペーパータオルで押さえるようにしてふく。服についた汚れもきれいにふきとった。

裸足でラウンジにもどったところ、五十代ぐらいの女性がソファに腰をおろしていた。アッパー・マンハッタン風の美女。焼けた肌に、ていねいに頰紅をつけ、髪を茶色に染めている。着ているシルクのドレスは緑で、緑のベルベット張りのソファと、緑と金の壁紙にすんなり溶けこんでいる。靴を脱いで、むきだしになった足。水ぶくれのできた指に絆創膏をはっているところだった。ストラップつきのハイヒールが一足、床に置かれている。

「暑くて足がむくんじゃって」女がいう。「それなのに、次から次へ人がやってきて。大変よね?」

ジュールは相手と同じ一般的な米語のアクセントで話すことにする。「絆創膏、一枚余分に持っていませんか?」

「箱ごと持ってきたわ」女がいう。大きなハンドバッグのなかをさぐって取りだした。「用意がいいでしょ」手も足も爪を薄いピンク色に塗っていた。

「助かります」ジュールは女の横に腰をおろし、自分の足を手当てする。

「わたしのこと、覚えてない?」と女。

「えっ——」

「いいのよ。わたしが覚えているから。あなたとうちの娘は、制服を着ると、まるでひとつのさやに入った豆みたいによく似ていた。どっちも背が小さくて、鼻のあたりに愛らしいソバカスが散っていて」

ジュールは目をぱちくりさせた。

女がにっこり笑う。「わたしはイモジェン・ソコロフの母親。パッティって呼んでちょうだい。あなたは一年生のときに、イモジェンの誕生パーティーに来てくれたのよ、覚えてる?お泊まりをして、みんなでケーキポップをつくった。あなたとイモジェンはよくいっしょに、ソーホーに買い物に出かけたっけ。ほら、アメリカン・バレエ・シアターにふたりを連れていって、『コッペリア』を観せたでしょ?」

2

SECOND WEEK OF JUNE, 2016 — NEW YORK CITY

「そうでしたね」とジュール。「すぐに気がつかなくてすみません」

「いいのよ」とパッティ。「本当をいうと、わたしも名前は忘れてしまったの。でも顔はぜったい忘れない。髪を青く染めていたでしょ」

「ジュールです」

「そうそう、ジュール。ハイスクールの最初の一年、あなたとイモジェンは本当にいいコンビだった。あなたが転校したあと、あの子はドルトン・プランの友だちとつるむようになって。彼女たちをわたしは半分も好きになれなかった。今日の会には、最近の卒業生はほんの少しか来ていないんじゃないかしら。きっと知らない人ばかりじゃない？　わたしみたいな大昔の女学生ばかりで」

「招待状をいただいて、ガーシュウィンがききたくて来たんです」とジュール。「それにあれからどうなったのか、見てみたい気持ちもあって」

「まあ、ガーシュウィンが好きだなんて、すばらしいわ」パッティがいう。「わたしがあなたぐらいのころはパンクロック一辺倒で、二十代にはマドンナみたいな音楽に夢中になっていた。大学はどちら？」

ここが勝負どころ。さてどれにしよう。ジュールは絆創膏の包みをゴミ箱に放り投げた。

「スタンフォードです。でも秋にまた学校にもどるかどうかはわかりません」そういって、ひょうきんに目をぐるりとさせた。「奨学金の件で、学校側ともめてて」パッティに話す言葉のひとつひとつが口のなかでおいしく感じられる。溶けていくキャラメルのように。

「それは大変ね。あそこは金銭面での援助は手厚いと思ってたけど」

「普通はそうなんですけど。わたしの場合は事情がちがって」

パッティは真面目な目でジュールをじっと見た。「いずれ解決するんじゃないかしら。あなたの目の前で扉を閉ざそうなんて思う人、いなさそうだもの。それであなた、夏のあいだ、何かお仕事でもしているの？　職業訓練とか？」

「いいえ、まだ」

「じゃあ、わたしに提案があるの。普通じゃ考えられない話なんだけど、あなたならきっと気に入ると思うわ」そういうと、ハンドバッグからクリーム色の名刺を出してジュールに渡した。五十番街の住所が書かれている。「これから家にいる夫の元にもどらないといけないの。具合が悪くてね。でも明日の夜にうちにいらっしゃらない？　ギルはきっと大喜びすると思うわ。イモジェンの昔の友だちに会えるなんて」

「ありがとうございます。喜んでお伺いします」

「七時でどうかしら？」

「はい、その時間にお伺いします。それじゃあ、勇気を出して靴を履きましょうか？」

「観念するしかないわね。ときどき思うわ、女ってすごく面倒だって」

1

FIRST WEEK OF JUNE, 2016
NEW YORK CITY

2016年 6月第1週 ニューヨーク

それより十六時間前の午後八時。ジュールは地下鉄をおりて、ブルックリンの怪しげな街角に出ていた。その日も一日職さがし。一番いい服を四日連続で着て出かけ、収穫はゼロだった。

またダメだった。

ジュールが住んでいるのは、食料雑貨店のひとつ上の階にある部屋だ。店の薄汚い黄色い日よけには、〝ジョイフル・フード・マート〟と店名が書いてある。金曜日の夜で、街角には男たちが固まって大声で騒いでいる。歩道に置いてある金属製のゴミ容器からはゴミがあふれかえっている。

そこで暮らすようになってまだ四週間しかたっていなかった。リタ・クルシヤラという名のルームメイトと部屋を共用している。今日は家賃を支払う日だったが、払うお金はない。

リタとは親しい友だちではなかった。ネットで見つけた彼女のルームメイト募集の広告にジュールがコメントをつけて知り合った。それまではユースホステルで暮らしていて、公立図書館のインターネットでその広告を見つけた。

部屋を見に立ちよると、リタはリビングルームをジュールに寝室として提供するといった。キッチンとカーテン一枚で仕切られている。それまでいっしょに暮らしていた姉が最近ポーランドの実家に帰ったばかりで、自分はまだアメリカにとどまっていたいとリタはいう。彼女は部屋の清掃とケータリングの仕事で生計を立てていて、どちらも現金で報酬をもらっていた。アメリカで働くのは法律違反だからだ。彼女はＹＭＣＡで英語の授業を取っていた。

自分はパーソナルトレーナーをしている、とジュールはリタにいった。それはフロリダでやっていた仕事だったが、リタは信じた。一か月分の賃料を現金で前払いしたところ、相手は身分証明書の提示を求めなかった。ジュールはジュリエッタという名前は一切口にしなかった。

夜にリタの友だちがやってくることがあって、仲間内でポーランド語でしゃべり、タバコを吸った。キッチンで肉を煮こみ、ジャガイモをゆでる。そういう晩にはジュールはヘッドフォンをしてベッドの上で身を丸め、オンラインの学習サイトでアクセントの練習をした。そんなところへリタが入ってきて、ボウルに入った煮こみを何もいわずに置いていくこともあった。

ジュールはニューヨークにバスでやってきた。男子に青いかき氷をぶつけ、ストラップのついたハイヒールで殴り、彼が倒れて歩道が血だらけになって以来、ジュリエッタ・ウエスト・ウィリアムズはアラバマ州から消えた。学校もやめた。十七歳になっていて、教育を終える義務もなかった。法律違反でもなんでもない。

別に逃げる必要もなかった。男は生きていて、何もいってはこなかった。けれども、あのまま町にいたら、男は警察に連絡したかもしれない。復讐に出る可能性もあった。

わずか数百キロしか離れていないものの、ジュールはフロリダ州のペンサコラへ逃げた。ショッピングセンターの通りに面したジムに仕事を得て、現金払いで働くことになった。そういうところのジムのオーナーは、スタッフに正式な資格を求めなかった。男性スタッフはステロ

1

FIRST WEEK OF JUNE, 2016 _ NEW YORK CITY

イドをつかって筋肉肥大させられ、法の道をはずれた行いがまかり通っていた。

ジュリエッタは毎日何人もの男のトレーニングにあたった。酒場の用心棒やボディガードから始まって、警察官も数人いた。そこで六か月間働いて自分も筋肉をつけた。上司が、そこから一キロ半ほど離れたところでマーシャルアーツを教えるスクールを開いていて、ジュリエッタを無料で通わせてくれた。住まいは、週単位で賃料を払う簡易キッチンつきのモーテル。ノートパソコンと携帯電話を購入したが、それ以外には何も買わず、働いて得た金はすべて貯金した。

ランチ休憩には、ちょっと離れたショッピングモールまで歩いていく。噴水があって高級ブランドの店が並ぶ、金持ち客相手のモールだ。そこにある風通しのいい書店で本を読み、千ドルもする衣類をウィンドウショッピングし、デパートの化粧品売り場でサンプルを試し、最高級ブランドの名前を覚えた。パウダー、クリーム、グロスをつかって別人になりかわり、毎日ちがう顔になって楽しみながら、一セントもつかわなかった。

そんなことをしているときにニールと出会った。バター色の革ジャンを着た細身の男で、午後になると、ときどき化粧品売り場をぶらついて、女の子たちに話しかけている。特別注文であつらえたナイキのスニーカーを履き、南部なまりでしゃべった。歳はせいぜい二十五ぐらい。色白の童顔で頬の血色がよく、もみあげを生やして金の十字架を首からぶらさげている。映画館に行けばやたらにうるさく、いつでも大箱のポップコーンを買うタイプだ。

「ニールのあとは、なんていうの？」

「おれは、ラストネームはつかわない」とニール。「実物ほどクールじゃないんでね」

ニールは仕事でそこに来ていた。化粧品売り場で何をしているのかときいたところ、「商売の最中だ」と答えが返ってきた。

そういういいまわしは、どこ出身の人間がよくつかうのか、ジュリエッタは首をひねった。ペンサコラか、それともどこか別の場所？

彼の言葉の意味をジュリエッタはわかっていた。

「おれのもとで働けば、いまよりずっと稼げる。好待遇で迎えるよ」ニールはそういった。話をするようになって三日目のことだった。「きみは何をして食べてるんだい、かわいいベイビー？　一セントも金をつかわないよね」

「かわいいベイビー、なんてやめて」

「え？　だってきみ、すごくかわいいじゃないか」

「そういう言葉で呼びかけて、女の気がひけると、本気で思ってるの？」

ニールはひょいっと肩をすくめると、声をあげて笑った。「実績はある」

「おつむの弱い女の子でもひっかけたんでしょ」

「かわいい子たちばっかだよ。彼女たちがきみに教えてくれる。仕事は大変じゃないんだ」

「でしょうね」

「きれいな仕事だ。きれいな服も手に入る。朝は遅くまで寝ていられる」

その日は一切取り合わないで別れたが、一週間後にまた彼が化粧品売り場にやってきた。今

1
FIRST WEEK OF JUNE, 2016 _ NEW YORK CITY

度は非常にていねいな口調で誘ってきたので、モールのファストフード店でブリトーをごちそうになることにした。ふたりは水たまりのそばに置いてある、みすぼらしいテーブルについた。

「強い女を好む男がいるって、知ってるだろ」ニールがいう。「みんながみんなそうってわけじゃないが、その数は少なくない。そういう男は、女にふりまわされるのを好む。それには、きみみたいな体格の女がいい。自分をかわいいベイビーなんて呼ばせない女がね。おれのいうこと、わかるかい？　ある種の男から、おれがとびっきり高額の報酬を引き出してみせる。信じられないほど高額のね」

「わたしはストリートには立たない」ジュリエッタはいった。

「まさか。きみはなんにも知らないんだな。ドアマンとエレベーターつきのマンションだ。ジェットバス完備。玄関ホールを警備する男もつけた。みんなの安全を守るためにね。いいかい、きみはいま苦しい。おれにはわかる。なぜっておれも同じところにいたから。ゼロからスタートして、少しでもマシな人生を送るために死ぬほど働いた。きみは生意気な口をきき、美しくて、そんじょそこらにはいない女だ。すばらしい身体を持ち、人に負けない筋肉を持っている。だからおれは思うんだ。きみはいまよりずっといい暮らしをしていいんだって。おれのいいたいのはそれだけだ」

ジュリエッタは耳をかたむけた。

まさにわたしもそう思っている。この人はわたしを理解している。

「どこの出身だ、ジュリエッタ？」

「アラバマ」

「もっと北の人間かと思ってたよ」

「なまりを捨てたから」

「は?」

「取り替えた」

「どうやって?」

ジュリエッタの働いているジムでは、男たちはみな年寄りだった。こぞって話す話題は、ウエイトを上げる回数と、走った距離と、プロテインやステロイドの摂取量だけ。これまでジュリエッタの話し相手は彼らしかいなかった。少なくともニールは若い。「わたしが九歳のとき」ジュリエッタは話し相手に話を始めた。「ある日——ついてない日だったとでもいっておくわ。先生がわたしたちに、静かにしろっていったの。その言葉が実際に向けられていたのは、このわたしなんだけど。『そこの女子、それ以上口をきくな、もうたくさんだ』って。そのあとは、『やめろ、女のくせに、力じゃなくて、言葉をつかえ』だって。そういいながら、『女はだまってろ』って、八方塞がりじゃない。要するに女は小さくなって、大人しくしていてほしいわけ。〝いい子〟っていうのは、〝やり返さない子〟の同義語」

ニールはうなずいた。「おれはいつも、うるさくして呼び出しを受けた」

「ある日、誰もわたしを学校に迎えに来なかった。とにかく——誰も来なかった。事務室の先生がわたしの家に電話をかけてくれたけど、誰も出ない。それで、放課後に生徒の面倒を見て

1
FIRST WEEK OF JUNE, 2016 _ NEW YORK CITY

いたケイラ先生っていう人が、わたしを車で送ってくれたの。外はすでに暗くなっていた。その先生のことはほとんど知らなかった。髪がきれいな先生だったから、車に乗った。ばかよね。知らない人の車に乗るなんて。でも相手は教師だったから。先生は小粒ミンツを箱ごとくれた。運転しながら、ひたすらしゃべりまくるの。わたしを元気づけるためにね。先生はカナダ人。カナダのどこかは知らないけど、なまりがあった」

ニールはうなずいた。

「それを真似したの。どうしてそういうしゃべり方をするのか不思議だった。ガスをガズって発音して、アバウトはアブート。そういうなまりを大げさに真似したら、ケイラ先生、ゲラゲラ笑いだしちゃって。それって、カナダ特有のなまりらしいの。母音推移っていう現象なんだけどね。口まねが上手いわねって先生にいわれた。やがて家に着いて、玄関まで歩いていってドアをあけた」

「それで?」

「彼女は家にずっといたの」

「ふざけんな、だな」

「そう。彼女はテレビを観てた。迎えに行こうなんて考えもしなかった。できなかったのかもしれない。どっちだったのかわからない。いずれにしてもひどい話。電話を取ることもしない。学校がさんざんかけたっていうのに。わたしはドアを大きくあけてなかに入っていった。『どこにいたの?』っていうと、『しーっ、テレビを観てるのがわかんないの?』だって。それでいってやった。『どうして電話に出なかったの？』すると、『静かにしろって、いってんのよ』と返ってきた。ここでもやっぱり、だまれ、口ごたえするなってわけ。それでわたしは、乾燥シリアルをボウルに入れて夕食にし、彼女の隣でテレビを観た。そうやってテレビを観ていて、一時間ちょっとたったころに、ある考えが浮かんだ」

「どんな？」

「テレビで話し方を学べる。ニュースキャスターの話し方、裕福な人間の話し方、医療ドラマでは医師の話し方が学べる。そういう人たちは、誰もわたしみたいな話し方をしない。同じ社会集団に属する人たちは同じしゃべり方をするんだってね」

「たしかに」

「それが真実。それで思った。ああいう話し方をすれば、そんなにしょっちゅう、だまってろとはいわれないんじゃないかって」

「独学したのかい？」

「まずは一般的な米語の発音。テレビでみんながしゃべっているのがそれ。でもいまのわたしは、ボストン、ブルックリン、ウエストコーストのアクセントや、南部低地、中央カナダ、BBC放送で話される英語や、アイルランドやスコットランドや南アフリカの英語もしゃべれる」

「きみは女優になりたいのかい？」

ジュリエッタは首を横にふった。「もっといいことを考えてる」

1

FIRST WEEK OF JUNE, 2016 _ NEW YORK CITY

「じゃあ、世界征服」

「まあ、近いかも。考えたことはあるわ」

「やっぱりきみは女優向きだ」ニールがにやっと笑う。「それどころか、いつか本当に映画に出てるって断言できる。一年もしたら、ワーオ！　このジュリエッタって女の子、シャネルのカウンターに立ってサンプルを顔に塗りたくってたんだ。ときどきおれの話もきいてくれてたんだぜって」

「ありがとう」

「きみにはいい服が必要だ、ミス・ジュリエッタ。金持ちの男と会って、宝石やきれいな服を買ってもらいなよ。テレビに出てくる人間みたいにしゃべれるってのはさておき、いまはトレーニングウェアにスニーカーで、髪型も安っぽい。そんなんじゃあ、どこへもたどりつけない」

「あなたが売っているようなものを、わたしは売りたくないの」

「ブルックリンなまりをきかせてくれ」

「ランチ休憩はもう終わり」ジュリエッタは立ちあがった。

「じゃあ、アイルランド」

「だめ」

「じゃあ、いまよりもっといい仕事につきたくなったら、ここに連絡して」ニールはポケットから名刺を取りだした。黒い紙に銀色で携帯の電話番号がプリントされている。

「じゃあ、行くわ」

ニールが乾杯するように、コークをかかげる。

ニールといると、自分が美しい女に思える。話のきき手として申し分ない。

翌朝ジュリエッタは荷づくりをし、ニューヨーク行きのバスに乗った。あと少しでもここに長居していれば、自分がどんな人間になるかわからない。それが恐ろしかった。

＊

家賃を払う日。ジュールは今日までずっと、スーパーマーケットで買ったラーメンを食べてきた。財布のなかには五ドルしか入っていない。

ニューヨークのジムはどこでも、ライセンスを持っていないトレーナーを雇わない。ジュールはハイスクールの卒業資格もない。仕事の推薦も得られない。なぜなら、最初についたたったひとつの職場から逃げてきたからだ。ジムが一番稼げそうだと思い、その仕事で小金を貯めてから、将来性のある仕事をさがそうと思っていた。ところがジムではどこも雇ってもらえなかったので、化粧品売り場をはじめとする小売店の売り子や、子守、ウェイトレスなど、募集が出ている仕事の口をかたっぱしからあたってみた。連日、朝から晩まで。しかし収穫はゼロ。

アパートの一階にある〈ジョイフル・フード・マート〉のなかに入ってみる。店はにぎわっていた。仕事帰りの人々が箱入りのパスタや豆の缶詰を買っていき、ナンバーくじで遊んでい

1

FIRST WEEK OF JUNE, 2016 _ NEW YORK CITY

る。ジュールはカップに入ったバニラプリンを一ドルで買い、プラスチックのスプーンを取った。歩きながら夕食がわりにプリンを食べ、リタとシェアしている部屋に上がっていく。

室内は真っ暗だった。ジュールはほっとする。リタは早くに寝たか、夜になってから出かけたんだ。いずれにしろ、これで家賃が払えない言い訳を考えなくてすむ。

翌朝、リタは寝室から出てこなかった。普通なら土曜日は七時には起きていて、ケータリングの仕事に出かけるはずだった。八時になったところで、リタの部屋のドアをノックしてみる。

「だいじょうぶ？」

「死んでる」リタがドアの向こうから答えた。

ジュールはなかをのぞく。「今日、仕事よね？」

「十時から。でも、ひと晩じゅう吐きまくってて。カクテルをちゃんぽんして飲んじゃった」

「水を持ってこようか？」

リタはうめき声をあげた。

「わたしが代わりに仕事に行こうか？」ふいにいい考えが浮かんだ。

「無理でしょ」とリタ。「ケータリングの仕事ってどうやるか知ってる？」

「うん」

「もし今日行かなかったら、クビになる」とリタ。

「じゃあ、わたしを行かせて。どっちにとっても得よ」

リサはベッドのわきから足をおろし、小さなテーブルのへりをつかんだ。いまにも吐きそうだ。「そうね。そうしてもらう」

「本当に?」

「ただ——先方にはあなたはわたしだっていって」

「ぜんぜん似てないけど」

「問題ない。監督者が新しくなったの。ちがいなんてわかりっこない。大勢が働いてるし。大事なのは、出席簿のわたしの名前に、ちゃんとチェックが入ること」

「わかった」

「それと帰る前に必ず賃金をもらうこと。時給二十ドルを現金で。それにチップもね」

「お金はわたしがもらっていいの?」

「山分け」とリタ。「だってわたしの仕事なんだから」

「じゃあ四分の三」

「わかった」リタは電話をチェックして、必要な情報を紙切れに書きだした。「グリーンブライアー・スクール、場所はアッパー・イースト・サイド。バスで鉄道の駅まで行って、途中地下鉄に乗り換えて」

「なんのイベント?」

「学校に寄付をする人たちのパーティー」リタはまたベッドに倒れこむ。そのときも頭を揺らさないよう気をつけている。「もう二度と飲まない。そうだ、黒いワンピースを着ていってね」

1
FIRST WEEK OF JUNE, 2016 _ NEW YORK CITY

「そんなの持ってない」

リタがため息をつく。「クローゼットから一枚持ってって。向こうでエプロンを貸してくれる。だめ、そのレースがついたのは。水洗いできないから。コットンのほうを貸してあげる」

「靴も必要なんだけど」

「ちょっと、ジュール」

「ごめん」

「そのハイヒールを持ってくといいわ。チップをたくさんもらえる」

ジュールはハイヒールに足を入れてみた。小さすぎたが、なんとかなるだろう。「ありがとう」

「チップも半分はわたしがもらう」とリタ。「その靴、高いんだから」

＊

ジュールはこんな上等の服を着るのは初めてだった。厚地のコットンでできたワンピースは襟ぐりがスクエアになっていて、スカート部分がゆったり身に沿い、いかにも日中の礼装にふさわしかった。リタがこんなにいい服を持っているとは知らなかったが、きけばリサイクルショップで安く手に入れたという。

ジュールはワンピースにランニングシューズという格好で通りに出た。リタのハイヒールはバッグに入れてある。初夏の熱気のなかにニューヨークの街の匂いが立ちのぼる。ゴミと貧困と野心が入り交じった、混沌とした空気が肌に感じられる。

ブルックリン橋を渡っていこう。マンハッタン側から地下鉄に乗れば、途中で乗り換えなくてすむ。

歩きだしたときから、太陽がまぶしい光を放っていた。石づくりの塔が空高くそびえている。波止場には船が何隻か浮かんでいて、水面に航跡を残して進んで行く。自由の女神像が見るからにたくましく、颯爽《さっそう》と輝いている。

他人の服を着ただけで、自分が生まれ変わったように感じられるのは不思議だった。自分を捨てて、別人になりかわる興奮。美しくはつらつとして、有名な橋を渡り、ビッグな人間になる――それこそが、ニューヨークへやってきた目的だった。

そういう可能性に満ちた道が自分の目の前にのびているなんて、今朝の今朝まで思いもしなかった。

19

THIRD WEEK IN JUNE, 2017
CABO SAN LUCAS, MEXICO

2017年 6月第3週 メキシコ カボ・サン・ルーカス

現在

それから約一年後の午前五時。ジュールは安宿のカボ・インで、よろけるようにバスルームに行き、顔に水をかけてからアイラインを引いた。もちろんメイクはする。苦にならないし、時間もある。コンシーラーを入念につけ、パウダーをはたき、くすんだ色のアイシャドーを塗ってから、マスカラと、ほとんど黒に近い口紅とグロスをつける。

ジェルを髪にもみこみ、着替えをする。黒のジーンズにまたブーツを履き、暗い色のTシャツを着た。メキシコの気温からすれば暑すぎる格好だが、ここは機能が優先だ。スーツケースに荷物を詰め、ボトルに入った水を飲み、ドアの外へ踏みだす。

ノアが通路にすわっていた。壁に背中をつけ、湯気の上がるカップを両手に包んでいる。

待ち伏せだ。

背後でカチッと音がした。うしろへさがった拍子に閉まったドアに背中をぶつけた。

最悪。

これで自由になったと思っていた。あるいはもうすぐそうなると。ところがいまになって、目の前に敵が待っている。

ノアは自信たっぷりで、くつろいでさえいる様子だ。ひざを持ちあげた格好ですわり、両手で発泡スチロールのカップを持っている。「イモジェン・ソコロフね?」

えっ。どういうこと?

ノアはわたしをイモジェンだと思ってる?

そうか、そうだった。

ノアはディケンズの話でこちらを誘いこもうとした。病気の父親。哀れなネコ。なぜなら、イモジェン・ソコロフはそういう話に乗ってくるとわかっていたから。

「ノア!」ジュールは笑顔を浮かべた。「ああ、驚いた。ここにいまあなたがいるなんて、信じられない」BBC放送の発音でいいながら、ホテルの部屋のドアに背中をくっつける。

「ジュリエッタ・ウエスト・ウィリアムズという人物の失踪事件について、あなたと話したいの。そういう名前の若い女性、知ってるわね?」

「すみません、いまなんて?」ジュールはハンドバッグの位置をずらして、簡単にははずれないようにする。

「気どったアクセントは不要よ、イモジェン」ノアがいって、コーヒーをこぼさないよう、ゆっくりと立ちあがった。「あなたがジュリエッタのパスポートをずっとつかっていたと、こちらにはそう信じるに足る理由があるの。あなたは数か月前、ロンドンで自殺を装い、そのあと自分のお金を彼女の口座に移し、彼女の身元をのっとった。証拠がすべてあがってるのよ。おそらくそれにはジュリエッタの協力もあったんでしょう。ところがここ数週間、ジュリエッタの姿を誰も見ていない。あなたの遺言が執行されてからまもなく、彼女の足取りがまったくつかめなくなった。プラヤ・グランデで、あなたが彼女の名前でクレジットカードをつかうまでね。どう、身に覚えはない？　あなたの身分証明書を見せてもらえるかしら？」

まったく初耳の情報について、よく考えなければならなかったが、いまは時間がない。行動が先だ。

「ほかの誰かとまちがえてるんじゃないかしら？」ＢＢＣ放送のアクセントを崩さずにいった。「トリビアの夕べに参加できなかったのは悪かったわ。いま財布から身分証明書を出して見せるから、それですべてはっきりする」

バッグのなかをさがすと見せかけて、二歩前に出たところで、ノアより有利に立った。下からコーヒーを蹴りあげる。まだ熱いコーヒーがノアの顔に飛び散った。

ノアが頭をのけぞらせたところで、スーツケースを力一杯たたきつけた。側頭部を直撃されたノアが床に倒れる。ジュールはまたもやスーツケースをふりあげて、ノアの肩にたたきつけた。何度も、何度も。ノアは床をたたき、左手でジュールの足首をつかもうともがくいっぽう、右手をジーンズの足に伸ばした。

武器を持っている？　そうだ。すねに何かくくりつけてある。

ジュールはブーツの足で、ノアの手を力一杯踏みつけた。骨のくだける音がしてノアが悲鳴をあげたが、もう一方の手は依然としてジュールの足首をつかもうとしている。バランスを崩して倒そうというのだ。

ジュールは壁に背中を押しつけて身体を固定し、ノアの顔を蹴った。相手が身を丸め、目を守ろうと両手を上げる。そのすきにノアのジーンズのすそをひっぱりあげた。

ふくらはぎにつけたストラップに銃が一挺収まっていた。ジュールはそれを抜き取る。

ノアに向かって銃を構えながら、廊下を後退していく。スーツケースをひきずりながら、狙いははずさない。

階段の手前まで来たところで、くるっと方向転換し、一気に駆けおりた。

ホテルの裏口に出たところで、あたりに目を走らせる。金属のゴミ容器が並び、裏の駐車場に車が隙間なく並んでいる。建物の裏に立てかけられた数台の自転車。

だめだ。自転車には乗れない。スーツケースを置いていくわけにはいかない。

坂になった通りをずっと下っていった先に広場があって、そこにカフェが一軒建っている。

だめだ、あそこは目立ちすぎる。

ジュールはホテルの駐車場を進んでいった。建物の角を曲がったところで、ホテルの側壁についた一枚の窓が目に入った。客室の窓で、てっぺんがかしいで隙間が大きくあいている。

部屋のなかをのぞきこむ。

19

THIRD WEEK IN JUNE, 2017 _ CABO SAN LUCAS, MEXICO

からっぽ。ベッドは整えられている。

窓についた網戸をぐいとひっぱってはずし、部屋のなかへ投げ入れる。窓の開口部にスーツケースを押しこみ——ぎりぎりではまった——力任せに押して、安っぽいブラインドのあいだを通す。それからショルダーバッグを投げ入れ、最後に自分も乗りあがって桟に腹を乗せる。肌をすりむきながらなんとか通り抜け、床にどすんと落ちた。窓を閉め、ブラインドの位置を直し、荷物と、はずした窓の網戸をバスルームに投げ入れ、自分もそこに閉じこもる。

まさかノアも、ホテル内に自分がとどまっているとは思わないだろう。

ジュールは浴槽のへりに腰をおろし、むりやり呼吸を落ち着ける。スーツケースのファスナーをあけ、赤毛のウィッグをひっぱりだす。黒いTシャツを脱いで、白いTシャツを着ると、ウィッグを頭に乗せて地毛を内側にたくしこんだ。スーツケースのファスナーを閉じる。銃を取りあげて、ジーンズの尻の上のウエストバンドにつっこんだ。映画でこうするのを見たことがあった。

数分後、窓辺にノアが近づいてくるのがわかった。電話で話をしながら、ゆっくり歩いてくる。「わかってる」ノアの声がきこえた。「わたしは状況を甘く見ていた。それは認めるわ」間があく。「でもどう考えたって深刻な問題じゃないでしょ。女相続人が失踪したってだけじゃない?」ノアが歩くのをやめたので、話がきき取りやすい。「おバカな金持ち娘が、ハメをはずしている。これまであがっている証拠からすると、彼女は友人と手を組んで自殺を偽装した。もっと大胆に生きたかったんでしょうね。ふたりで逃避行する予定だったのよ。どっちもいまの生活に嫌気がさしていた。元彼につきまとわれ、両親に命令される。協力した友だちは、遺言に書かれた遺産を山分けできるものと思っていた。ところが金持ち娘のほうは彼女を裏切った。かねてからの計画通り友人の身元を乗っ取るまではよかったものの、そのあと彼女は、友人を消し去った……おそらく人を雇ってロンドンで殺させたんじゃないかっていうのが、こっちの推理。その友人は、今年四月にロンドンで目撃されたのを最後に行方がわからなくなってる。金持ち娘のほうは友人に完全になりきって金を独り占めして逃げ、幸せに暮らしていた。ただし彼女の元彼は、自殺なんて信じられないといって、どこまでもしつこく警察に食い下がった。で、最終的には警察のほうも、彼のいうことが正しいとわかってきた。それで捜査を続けたところ、とうとうその友人のクレジットカードが、メキシコのリゾートでつかわれたことをつかんだってわけ」

　ここでまた間があり、今度は電話の相手が話しているのだとわかる。「冗談じゃないわ。相手はヴァッサー大学に通う女子大生よ。まさか攻撃してくるなんて思わない。誰がそんなこと。身長はせいぜい百五十センチ。バカ高いスニーカーを履いてた。完全な不意打ちよ」

　またここで間。ノアの声がだんだんに小さくなり、歩み去っていくのがわかる。「とにかく、誰か人をよこして。こっちは医者に診せないと。相手はわたしの銃を持ってるの。そんなのわかってるって。とにかく地元に救援を頼んで。わかった《コンプレンデ》？」

　刑事を送りこんだのはフォレストだった。ジュールはようやく事情がわかってきた。彼はイモジェンの自殺を受け入れず、最初からジュールが怪しいとにらみ、執念深く警察に訴え続け

19

THIRD WEEK IN JUNE, 2017 _ CABO SAN LUCAS, MEXICO

た。その挙げ句、どうなったか？　イモジェンは彼から離れるために詐欺行為に手を染め、ジュールは彼女にだまされて死んだかわいそうな被害者に過ぎないと、そういわれた。

ジュールはバスルームを出た。床をはいずっていって窓辺にしゃがみ、外を偵察する。ノアは腕と肩を押さえて坂道を下っていく。

路線バスがやってきた。ジュールはスーツケースをつかむと、キャスターを転がして廊下に出た。ホテルの横の出入り口から外に出る。道路のへりを落ち着いた足取りで歩いていって、手をあげた。

バスがとまった。

ジュールは息を吸う。

ノアはふりかえらない。

ジュールはバスに乗りこんだ。

ノアはまだふりかえらない。

ジュールが料金を支払うと、バスのドアが閉まった。骨の折れた手をかばって立っているノアの近くで、車が一台とまった。ノアは車のなかにいる人間に警察官の身分証を見せている。

バスはそれとは反対の方角に走っていく。ジュールは運転席近くのすりきれたシートに腰をおろした。

どこでも好きなところでおりることができる。ここの路線バスはそういうシステムになっていた。「キエロ・イール・ア・ラ・エスキナ・デ・オルティス・イ・エヒド（オルティスとエヒドの中間あたりまで行きたいんですけど）。プエデス・ジャバールメ・セルカ・デ・アジ（このバスはそこまで行きますか）？」ジュールはきいた。オルティスとエヒドの中間——そこに中古車を現金で売っている男がいると、ホテルの受付係が教えてくれた。よけいなことをきかずに売ってくれる。

運転手はうなずいた。

ジュール・ウエスト・ウィリアムズはシートの上で身を乗りだした。

いま彼女は、パスポート四つと、運転免許証四つと、ウィッグ三つと、数千ドルの現金を持ち、航空券の購入につかえるフォレスト・スミス・マーティンのクレジットカードの番号を覚えている。

実際、フォレスト・スミス・マーティンのクレジットカードをつかってできることは山ほどあった。彼がこれまで起こした面倒の数々に、代償を払ってもらえる。

ああ、ワクワクする。

しかし、それはよけいなことだろう。自分にとってフォレストはなんの意味も持たない。もうイモジェン・ソコロフでいる必要はないのだから。

自分のなかに残っていたイモジェンの最後のかけらが、身体からすり抜けていく。波に洗われて岸から消える小石のように。

この先自分はまったく別の人間になる。また新たな橋を渡り、新しい服に着替えればいい。アクセントを変えれば別人になりかわれるとわかった。

19

THIRD WEEK IN JUNE, 2017 _ CABO SAN LUCAS, MEXICO

またそうすればいい。

ジュールは翡翠のヘビの指輪をはずして床に落とし、それがバスの後方へ転がっていくのを見つめる。クレブラでは誰も身分証明書を見ない。

背中にあたる銃が熱く感じられる。わたしには武器がある。壊れるような心はない。

アクション映画のヒーローと同じく、この物語はジュール・ウエスト・ウィリアムズが主人公なのだ。

著者覚え書き

『わたしがわたしであるために』は数多くの本や映画に触発されて生まれた。ヴィクトリア朝時代の孤児の物語、信用詐欺師の話、アンチヒーローの小説、アクション映画、ノワール映画、スーパーヒーローのコミック、時間を逆行して語られる物語、主人公が社会階級を移動する物語、激しい野心に苛まれる不幸な女性の生活に関する本などなど。結果、できあがった作品には、それらから学んだ要素が何層にも重なっている。影響を受けたものの名をすべて挙げるわけにはいかないが、パトリシア・ハイスミスの『リプリー』、マーク・シールの『*The Man in the Rockefeller Suit*』、チャールズ・ディケンズの『大いなる遺産』には、取り分け負うところが多い。

謝辞

本作を早くに読んで詳しい感想をくれた、次の方々に感謝をいたします―アイヴィ・オーキン、コー・ブース、マット・デ・ラ・ペーニャ、ジャスティン・ラーバレスシャー、ゾーイ・ペレスマン。何度も書きかえた草稿を読んでくれた、サラ・ムリノフスキ、ヘザー・ウエストンにはさらなる感謝を捧げます。写真家のヘザー・ウエストンは、本作品にインスパイアされた一連の素晴らしい画像を製作して、わたしの美意識を深めてくれました。アリー・カーター、ローラ・ルビー、アン・アース、ロビン・ワッサーマン、スコット・ウエスターフェルド、ゲイル・フォアマン、メリッサ・カンター、ボブとメグのウォリッツァー夫妻、ケイト・カー、リバ・ブレイ、レン・ジェンキンにも、多くの支援と助言をいただき、感謝に堪えません。わたしのエージェント、エリザベス・カプランは素晴らしい人物で、そのアシスタントである、ブライアン・マガフォグにも大いに助けてもらいました。ジェーン・ハリス、ホットキー・ブックスのエマ・マシューソン、アレン・アンド・アンウインのエヴァ・ミルズとエリス・ジョーンズにも、早い段階に熱心な支援をいただきました。医療関係の専門知識では、ラモーナ・

ジェンキンにお世話になりました。ジョン・アダモ、ローラ・アントナッチ、ドミニク・チミナ、キャスリーン・ダン、コリーン・フェリンガム、アナ・ジェッツバイ、レベッカ・グドリス、クリスティン・ラボフ、ケーシー・ロイド、バーバラ・マーカス、リサ・ナデル、エイドリアン・ウェイントラウブをはじめ、ペンギン・ランダム・ハウスの素晴らしいチームの皆々様に感謝を捧げます。厳しく、我慢強く、いつもわたしを勇気づけてくれた、アクション・ヒーローのようなエディター、ベヴァリー・ホロヴィッツには格別お世話になりました。わたしの家族にもあまねく感謝を。とりわけダニエル・オーキンに最大の感謝を捧げます。

訳者あとがき

十八歳のアンチヒロインにどうしようもなく魅了される陶酔のサイコロジカル・スリラー。

――『ホーンブック』

全体像が見えた瞬間、ディテールのことごとくがまぶしく輝きだす。

――『スクールライブラリー・ジャーナル』

発売と同時にあまたの書評で絶賛され、ドイツ、フランス、スペイン、オーストラリアをはじめ、二十五カ国に翻訳権が売れている世界的ベストセラー『わたしがわたしであるために *Genuine Fraud*（本物の偽物）』がいよいよ日本に上陸した。

主人公は、小柄で顔にソバカスのある十八歳の少女ジュール。そこに、顔立ちや背丈が似ていて、孤児という出自も同じ、十八歳の少女イモジェンがからむ。しかし共通しているのはそこまでで、ふたりの暮らしは天と地ほどの違いがある。イモジェンは裕福な家庭の養子に迎えられ、死ぬまで遊んで暮らせる資産を養父母から受け継いでいるが、ジュールのほうにはそうはいかない事情がある。

物語は、このジュールが豪華なホテルにひとりで長逗留している場面から幕をあける。知らない女性客に声をかけられた彼女は、なぜ嘘の名前を名乗るのか？　何者かに追われていると察知したとたん、血相を変えて逃げ出すのはなぜか？　目の前に次々と投げ出される謎に翻弄されながら、気がつけば読者は、現在から過去へ逆走するサスペンスという名の列車に乗せられている。メキシコのカボ・サン・ルーカスを出発した列車は、ロンドン、ラスベガス、サンフランシスコ、マーサズヴィニヤード島と、国境を越えて時をさかのぼり、いったい終着駅はどこかと不安になるが、心配は無用。数々の疑問にきれいさっぱり答えを得て溜飲を下げた読者は、旅の終わりに再び冒頭の場面に帰ってくるのだから。が、そこでまた列車はほんの少し動く。今度は過去ではなく、未来へ向かって。そのわずか数時間先の未来にこそ、じつは読者も主人公もまったく予想しない驚愕の事態が待っている。

日々自己鍛錬に励み、自らの知恵と機転と体力を武器に社会の底辺からのしあがろうとするジュール。「持たざる女」は自分をとことん追いこんで筋肉を鍛え、日々の努力によって完璧なスペイン語と、何者にもなりかわれるさまざまな言葉のアクセントを習得して、武器としての自分を限りなくバージョンアップしていく。しかしフェミニストでもある彼女は、どんなに強い野心があろうと、「女」だけは武器にしない。その潔さがなんともクール。スーパーヒーロー物のアメコミや映画を好みながら、強い男性ヒーローの添え物でしかない美貌のセクシー・パートナーというステレオタイプの女性の役割にうんざりして、自ら勝負する女になろうと決意する。それだから、雑魚寝のユースホステルに宿泊していても、みんなが眠っているうちに起き出して早朝の町を黙々と走り、筋トレのフルメニューをこなすのだ。

しかし、孤独な正義の味方に自分をなぞらえながら、人一倍、他人の愛情を欲している十八歳の少女は、いくら克己心が強くとも、若さゆえの無知、無謀、無思慮と無縁ではいられない。むしろそれらが人一倍強いからこそ、極限まで自分を追い詰めて思わぬ事態を招くのだろう。鍛え抜いた肉体を持ちながら、随所でもろさ、危うさ、孤独を露呈する十八歳のアンチヒロインが、逃げに逃げて迎えた驚きの結末をみなさんはどうとらえるだろうか。

著者のE・ロックハートは全米図書賞のファイナリストやマイケル・L・プリンツ賞のオナーに名を連ねる人気作家。前作『*We Were Liars*』（未訳）は大ヒットとなって、五十週連続でニューヨークタイムズのベストセラーリストにランクインした。本作に関するインタビューで主人公についてきかれた彼女は、「自分にも間違いなくある心の闇。それをさらして無鉄砲な行動に出るジュールをたまらなく愛しく思う」と答え、アンチヒロインを主人公にして物語を書いた理由もそこにあるといっている。

著者に愛された主人公の吸引力は凄まじく、ジュール・ウエスト・ウィリアムズとはいったい何者なのか、彼女をどこまでも追いかけて現在から過去へじりじりと向かう旅に読者は飽きることがない。緻密な構成と巧みな仕掛けに裏打ちされたサスペンスフルなストーリーの牽引力は、初めから終わりまでわずかな衰えも見せず、読者に息をつかせぬままに衝撃のラストへすべりこむ。小説の持つ可能性を極限まで追求した、一気読みまちがいなしの極上の物語を、どうぞ心ゆくまでお楽しみいただきたい。

二〇一九年四月

杉田七重

E・ロックハート

E. Lockhart

マサチューセッツ州ケンブリッジ、ワシントン州シアトルで育つ。全米図書賞のファイナリスト、米国図書館協会から優れたYA文学に与えられるマイケル・L・プリンツ賞のオナーに名を連ねる人気作家。2014年に上梓した小説『We Were Liars』（未訳）は、50週連続で『ニューヨーク・タイムズ』のベストセラーリストにランクインし、2014年度ガーディアン賞ショートリストに選出、映画化が決定している。2017年に刊行し、全米ベストセラーとなった最新作の本書は、世界25カ国で刊行が決定している。ニューヨーク在住。

杉田七重

Nanae Sugita

1963年東京生まれ。英米文学翻訳家。東京学芸大学教育学部卒業。おもな訳書にディケンズ『クリスマス・キャロル』（角川書店）、キャロル『不思議の国のアリス』『鏡の国のアリス』（ともに西村書店）、モーパーゴ『トンネルの向こうに』『月にハミング』（ともに小学館）、『発電所のねむるまち』（あかね書房）など多数。

わたしがわたしであるために

２０１９年７月１日 初版第１刷発行

著者 E・ロックハート
訳者 杉田七重
発行者 廣瀬和二
発行所 辰巳出版株式会社
〒１６０－００２２
東京都新宿区新宿２－１５－１４ 辰巳ビル
電話 ０３－５３６０－８９５６（編集部）
０３－５３６０－８０６４（販売部）
http://www.TG-NET.co.jp
印刷 製本所 図書印刷株式会社

Printed in Japan ISBN 978-4-7778-2343-7 C0097